『十三五』国家重点图书出版规划项目
『中国近代日记文献叙录、整理与研究』
（项目编号：18ZDA259）阶段性研究成果

中国近现代稀见史料丛刊【第七辑】

张剑 徐雁平 彭国忠 主编

曹元弼日记

曹元弼 著
李科 整理

本辑执行主编 张剑

凤凰出版社

图书在版编目（CIP）数据

曹元弼日记 / 曹元弼著 ; 李科整理. -- 南京 : 凤凰出版社, 2020.9
（中国近现代稀见史料丛刊. 第七辑）
ISBN 978-7-5506-3242-4

Ⅰ. ①曹… Ⅱ. ①曹… ②李… Ⅲ. ①日记—作品集—中国—近代 Ⅳ. ①I265

中国版本图书馆CIP数据核字(2020)第150876号

书　　名	曹元弼日记
著　　者	曹元弼 著　李　科 整理
责任编辑	许　勇
装帧设计	姜　嵩
出版发行	凤凰出版社(原江苏古籍出版社) 发行部电话025-83223462
出版社地址	江苏省南京市中央路165号,邮编:210009
出版社网址	http://www.fhcbs.com
照　　排	南京凯建文化发展有限公司
印　　刷	苏州市越洋印刷有限公司 江苏省苏州市吴中区南官渡路20号,邮编:215104
开　　本	880毫米×1230毫米　1/32
印　　张	8.25
字　　数	214千字
版　　次	2020年9月第1版
印　　次	2020年9月第1次印刷
标准书号	ISBN 978-7-5506-3242-4
定　　价	78.00元

(本书凡印装错误可向承印厂调换,电话:0512-68180788)

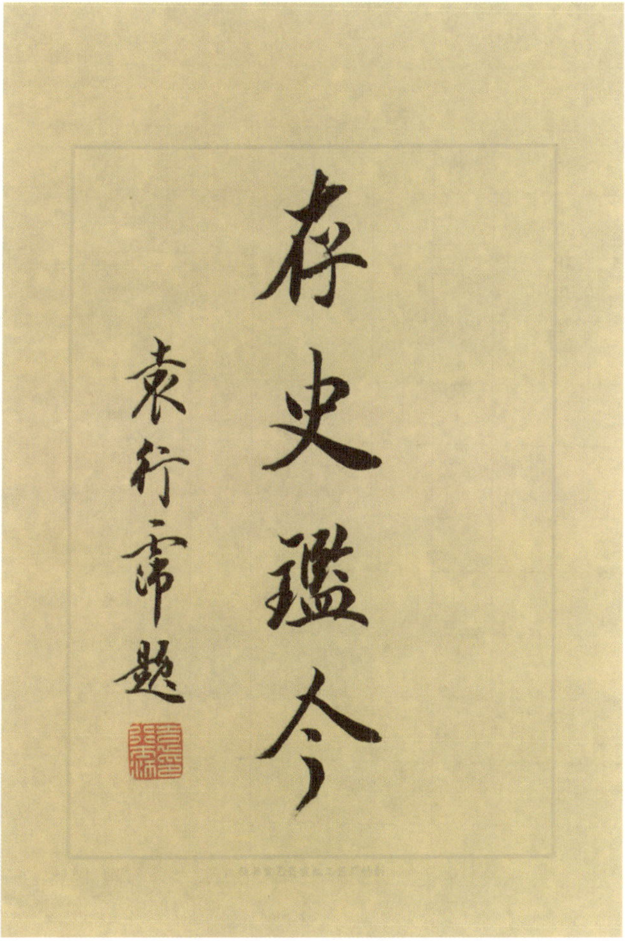

袁行霈先生题辞

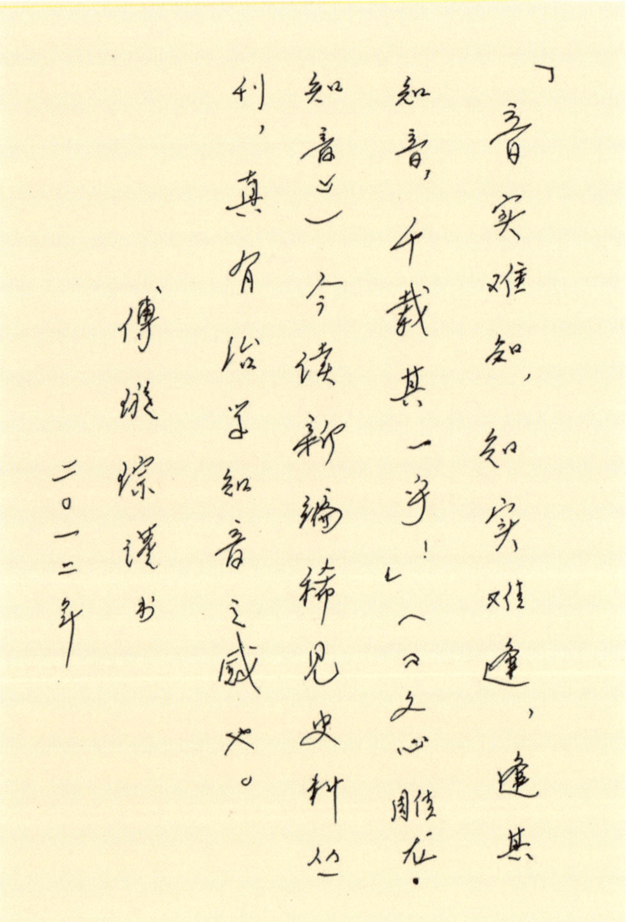
「音实难知，知实难逢，逢其知音，千载其一乎！」（《文心雕龙·知音》）今读新编稀见史料丛刊，真有治学知音之感矣。

傅璇琮谨书

二〇一二年

傅璇琮先生题辞

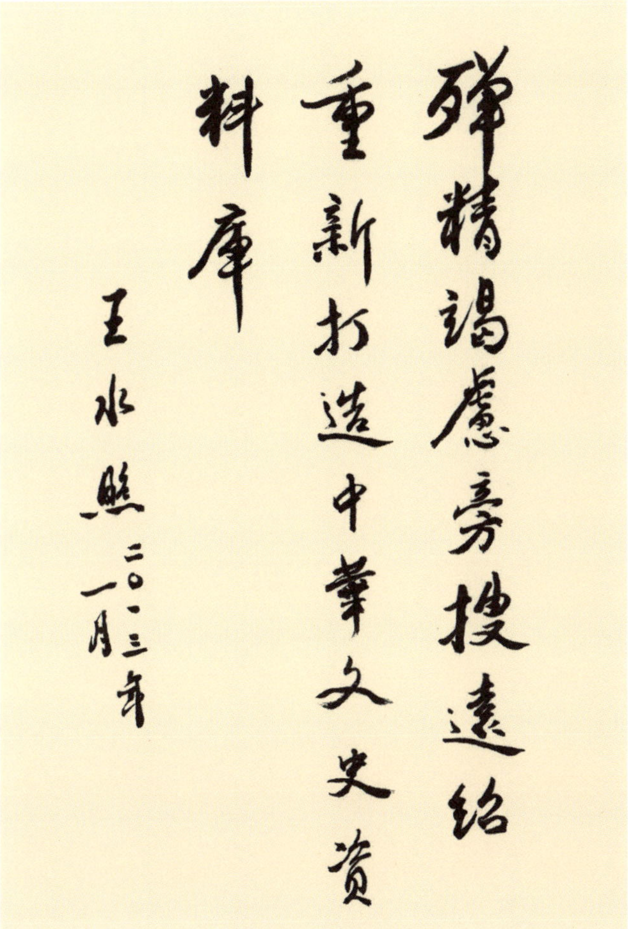

王水照先生题辞

《中国近现代稀见史料丛刊》总序

在世界所有的文明中，中华文明也许可说是“唯一从古代存留至今的文明”（罗素《中国问题》）。她绵延不绝、永葆生机的秘诀何在？袁行霈先生做过很好的总结：“和平、和谐、包容、开明、革新、开放，就是回顾中华文明史所得到的主要启示。凡是大体上处于这种状况的时候，文明就繁荣发展，而当与之背离的时候，文明就会减慢发展的速度甚至停滞不前。”（《中华文明的历史启示》，《北京大学学报》2007 年第 1 期）

但我们也要清醒看到，数千年的中华文明带给我们的并不全是积极遗产，其长时段积累而成的生活方式与价值观具有强大的稳定性，使她在应对挑战时所做的必要革新与转变，相比他者往往显得迟缓和沉重。即使是面对佛教这种柔性的文化进入，也是历经数百年之久才使之彻底完成中国化，成为中华文明的一部分；更不用说遭逢“数千年来未有之变局”、“数千年未有之强敌”（李鸿章《筹议海防折》），“数千年未有之巨劫奇变”（陈寅恪《王观堂先生挽词序》）的中国近现代。晚清至今虽历一百六十余年，但是，足以应对当今世界全方位挑战的新型中华文明还没能最终形成，变动和融合仍在进行。1998 年 6 月 17 日，美国三位前总统（布什、卡特、福特）和二十四位前国务卿、前财政部长、前国防部长、前国家安全顾问致信国会称：“中国注定要在 21 世纪中成为一个伟大的经济和政治强国。”（徐中约著《中国近代史》上册第六版英文版序，香港中文大学 2002 年版）即便如此，我们也不能盲目乐观，认为中华文明已经转型成功，相反，中华文明今天面对的挑战更为复杂和严峻。新型的中华文明到底会怎样呈现，又怎样具体表现或作用于政治、经济、文化等层面，人们还在不断探索。这个问题，我们这一代恐怕无法给出答案。但我们坚信，在历史上曾经灿烂辉煌的中华文明必将凤凰浴火，涅槃重生。这既是数千年已经存在的中华文明发展史告诉我们的经验事实，也是所有为中国文化所化之人应有的信念和责任。

不过，对于近现代这一涉及当代中国合法性的重要历史阶段，我们了解得还过于粗线条。她所遗存下来的史料范围广阔，内容复杂，且有数量庞大且富有价值的稀见史料未被发掘和利用，这不仅会影响到我们对这段历史的全面了解和规律性认识，也会影响到今天中国新型文明和现代化建设对它的科学借鉴。有一则印度谚语如是说:“骑在树枝上锯树枝的时候，千万不要锯自己骑着的那一根。”那么，就让我们用自己的专业知识与能力，为承载和养育我们的中华文明做一点有益的事情——这是我们编纂这套《中国近现代稀见史料丛刊》的初衷。

书名中的“近现代”，主要指 1840—1949 年这一时段，但上限并非以一标志性的事件一刀切割，可以适当向前延展，然与所指较为宽泛的包含整个清朝的“近代中国”、“晚期中华帝国”又有所区分。将近现代连为一体，并有意淡化起始的界限，是想表达一种历史的整体观。我们观看社会发展变革的波澜，当然要回看波澜如何生，风从何处来；也要看波澜如何扩散，或为涟漪，或为浪涛。个人的生活记录，与大历史相比，更多地显现出生活的连续。变局中的个体，经历的可能是渐变。《丛刊》期望通过整合多种稀见史料，以个体陈述的方式，从生活、文化、风习、人情等多个层面，重现具有连续性的近现代中国社会。

书名中的“稀见”，只是相对而言。因为随着时代与科技的进步，越来越多的珍本秘籍经影印或数字化方式处理后，真身虽仍“稀见”，化身却成为“可见”。但是，高昂的定价、难辨的字迹、未经标点的文本，仍使其处于专业研究的小众阅读状态。况且尚有大量未被影印或数字化的文献，或流传较少，或未被整合，也造成阅读和利用的不便。因此，《丛刊》侧重选择未被纳入电子数据库的文献，尤欢迎整理那些辨识困难、断句费力、裒合不易或是其他具有难度和挑战性的文献，也欢迎整理那些确有价值但被人们习见思维与眼光所遮蔽的文献，在我们看来，这些文献都可属于"稀见"。

书名中的"史料"，不局限于严格意义上的历史学范畴，举凡日记、书信、奏牍、笔记、诗文集、诗话、词话乃至序跋汇编等，只要是某方面能够反映时代政治、经济、文化特色以及人物生平、思想、性情的文献，都在考虑之列。我们的目的，是想以切实的工作，促进处于秘藏、边缘、零散等状态的史料转化为新型的文献，通过一辑、二辑、三辑……这样的累积性整理，自然地呈现出一种规模与气象，与其他已经整理出版的文献相互关联，形成一个丰茂的文献群，从而揭示在宏大的中国近现代叙事背后，还有很多未被打量过的局部、日常与细节；在主流周边或更远处，还有富于变化的细小溪流；甚至在主流中，还有漩涡，在边缘，还有静止之水。近现代中国是大变革、大痛苦的时代，身处变局中的个体接物处事的伸屈、所思所想的起落，藉纸墨得以留存，这是一个时代的个人记录。此中有文学、文化、生活；也时有动乱、战争、革命。我们整理史料，是提供一种俯首细看的方式，或者一种贴近近现代社会和文化的文本。当然，对这些个人印记明显的史料，也要客观地看待其价值，需要与其他史料联系和比照阅读，减少因个人视角、立场或叙述体裁带来的偏差。

知识皆有其价值和魅力，知识分子也应具有价值关怀和理想追求。清人舒位诗云"名士十年无赖贼"(《金谷园故址》)，我们警惕袖手空谈，傲慢指点江山；鲁迅先生诗云"我以我血荐轩辕"(《自题小像》)，我们愿意埋头苦干，逐步趋近理想。我们没有奢望这套《丛刊》产生宏大的效果，只是盼望所做的一切，能融合于前贤时彦所做的贡献之中，共同为中华文明的成功转型，适当"缩短和减轻分娩的痛苦"(马克思《资本论》第一卷第一版序言)。

《丛刊》的编纂，得到了诸多前辈、时贤和出版社的大力扶植。袁行霈先生、傅璇琮先生、王水照先生题辞勖勉，周勋初先生来信鼓励，凤凰出版社姜小青总编辑赋予信任，刘跃进先生还慷慨同意将其列入“中华文学史史料学会”重大规划项目，学界其他友好也多有不同形式的帮助……这些，都增添了我们做好这套《丛刊》的信心。必须一提的是，《丛刊》原拟主编四人（张剑、张晖、徐雁平、彭国忠），每位主编负责一辑，周而复始，滚动发展，原计划由张晖负责第四辑，但他尚未正式投入工作即于2013年3月15日赍志而殁，令人抱恨终天，我们将以兢兢业业的工作表达对他的怀念。

《丛刊》的基本整理方式为简体横排和标点（鼓励必要的校释），以期更广泛地传播知识、更好地服务社会。希望我们的工作，得到更多朋友的理解和支持。

2013年4月15日

目　录

前　言

一

曹元弼(1867—1953),字谷孙,又字师郑,一字懿斋,号叔彦,晚号复礼老人,又号新罗仙吏、定隐、玉真谪仙等,江苏吴县(今苏州)人,为近代重要的经学家。吴县曹氏为当地著名的儒医世家,自曹元弼高祖炯以来,名医辈出,其父毓俊、伯兄元恒、从弟元森、侄岳昭等皆为名医。在业医之外,曹氏一族还兼习诗礼,医儒并重,曹元弼与其仲兄福元皆进士及第,有"兄弟翰林"之庆[①],其从兄元忠,为光绪二十年甲午(1894)举人,报捐内阁中书,历任玉牒馆汉校对官、学部图书馆纂修、礼学馆纂修、资政院议员,"兼长考证、辞章、目录,校勘尤所擅长"[②]。可谓是岐黄济世,诗礼传家。

曹元弼幼承庭训,自其四岁时,其父毓俊即开始次第授以《四书》、群经,其母倪氏又亲授《仪礼正义》。其后又从陈奂再传管礼耕学,与叶昌炽、缪荃孙友善,并从吴地学人如俞樾、雷浚、陈倬、王颂蔚等问故。光绪七年(1881),受知于时任江苏学政的黄体芳,被勖以名臣事业、通经致用之方。十一年调入南菁书院肄业,从黄以周质正群经大义,与张锡恭、唐文治等为兄弟交。二十年会试中式,二十一年

---

① 《复礼堂日记》宣统三年二月八日(1911年3月8日)记云:"以弼前年蒙天恩赏以清秩,悬匾文曰'兄弟翰林',志国恩家庆也。"

② 徐世昌等纂《清儒学案》卷一五四,中华书局,2008年,第6020页。

补行殿试，以目疾不能做楷，字迹模糊，降列三等五十名，以中书用。是年十月进入张之洞幕府，先后为金陵书局总校、两湖书院经学分教、湖北存古学堂经学总教、江苏存古学堂经学总教，与黄绍箕、沈曾植、王树枏及陈澧弟子梁鼎芬、马贞榆等友善。辛亥以后，兄弟偕隐，以遗民自居，以守先待后为志，闭门著书，笺释群经，间授生徒。弟子著者有金松岑、王欣夫、汪柏年、沈文倬等。另外，唐文治自 1933 年开始，先后选无锡国专生徒从其受经，较著者有号称“复堂七子”的王蘧常、毕寿颐、唐兰、蒋庭曜、白虚、侯堮、吴其昌，以及蒋天枢、钱仲联等。曹元弼在学术上，一方面继承乾嘉吴、皖二派学术，另一方面又受晚清经世思想和陈澧、黄以周、张之洞等汉宋兼采思想的影响，形成了在通经致用思想下既重校勘考据又不废义理，既遵郑玄家法又强调实事求是的经学特色。其一生笺释群经，著述甚富，于保守中不乏创建，存于今者有《周易郑氏注笺释》《周易集解补释》《古文尚书郑氏注笺释》、《尚书今古文注疏校补》残卷、《礼经校释》《礼经大义》《大学通义》《中庸通义》《孝经郑氏注笺释》《孝经集注》《经学通义》《周易学》《礼经学》《孝经学》、《毛诗学》残卷、《周礼学》残卷、《圣学挽狂录》(《论语学》)残卷、《复礼堂述学诗》《复礼堂文集》《二集》《三集》《复礼堂诗集》《复礼堂书牍》《复礼堂日记》等。

二

本书所收为复旦大学图书馆和苏州博物馆所藏曹元弼日记。其中复旦大学图书馆所藏日记为王欣夫先生抱蜀庐钞本，两册，为王欣夫先生据所得曹元弼日记手稿本辑钞。第一册前有总目录，详记题名、时间，又《蛾术轩箧存善本书录》之《甲辰稿》卷三有《复礼堂日记》叙录，所述题名、时间等与钞本目录基本相同但更详细，兹录于下：

先师手书日记，余整理遗稿所得者曰《懿斋日记》，曰《倚庐纪痛》，皆光绪二十一年乙未所记，时师年二十九，上年会试中式，以目疾未应廷试，用内阁中书。旋里，七月、十月两赴金陵，谒江督张香涛之洞、座师黄漱兰体芳，一时交游如柯巽庵逢时、王晋卿树柟、梁星海鼎芬、蒯礼卿光典等。十一月丁外艰，回家居丧，所记别为《倚庐纪痛》。曰《明发庐日记》，为二十二年丙申所记，亦居丧中。曰《不远复斋日记》、曰《潜圣斋日记》，皆二十三年丁酉所记。二月朔，鄂督张香涛电汪柳门鸣銮促师赴鄂。六日启程，十四日至武昌，掌教两湖书院。三月廿五日开馆，交游如王雪丞秉恩、陈善余庆年、马季立贞榆、陈孝坚宗颖等，旧游如梁星海、蒯礼卿，同乡则王幹臣仁俊、汪荃台凤瀛皆在。曰《笃信斋日记》，二十四年戊戌至二十五年己亥所记。曰《日知后录》、曰《寻孔颜乐斋日记》，皆三十年乙巳所记[①]。曰《丙午学记》、曰《礼堂写经记》，皆三十二年丙午所记。曰《礼堂温故录》[②]、曰《复礼堂日记》，皆三十四年戊申所记。是数年皆在家编《十三经学》。曰《复礼堂日记》、曰《清夜焚香录》，皆宣统元年己酉所记，后半涉二年庚戌。曰《无忝录》、曰《希圣潜天室存养记》、曰《定隐庐日记》、曰《复礼堂日记》、曰《明刚自毖斋学志》、曰《复礼堂日记》，皆二年庚戌所记。曰《复礼堂日记》、曰《孔思堂日志》，皆三年辛亥所记。是数年皆总教江苏存古学堂。曰《复礼堂日记》，一九一四年夏正甲寅所记。曰《复礼堂俟命录》、曰《复礼堂日记》，为一九四八年夏正戊子至一九五三年夏正癸巳所记。是数年皆闭户著书。[③]

---

① “三十年乙巳”，抱蜀庐辑钞本目录同。按，光绪三十年为甲辰年，乙巳年为三十一年，抱蜀庐辑钞本盖脱“一”字，叙录据之而误。

② “礼堂温故录”，与抱蜀庐辑钞本卷首总目同，而正文标目则作“复礼堂温故录”。

③ 王欣夫撰，鲍正鹄、徐鹏整理《蛾术轩箧存善本书录》下册，上海古籍出版社，2002 年，第 1334—1335 页。按，原文标点有误处，径改。

钞本目录与叙录所载计有二十五种，钞本中单独标目的日记实不止此数，此当是综合日记名称和时间来分的[①]。诚如王欣夫先生所言，其所得部分日记“案之年历，所失者多矣。就存者核之，亦颇凌乱”[②]，今检核王欣夫先生对各部分日记所系之年份亦多有失考之处。笔者根据钞本正文标目顺序，将考订后各部分日记起讫时间列之如下：

《懿斋日记》，自光绪二十一年夏六月十二日（1895 年 8 月 2 日）至十一月十六日（12 月 31 日）；

《倚庐纪痛》，自光绪二十一年十二月朔（1896 年 1 月 15 日）至十二月二十七日（2 月 10 日）；

《明发庐日记》，自光绪二十二年正月朔（1896 年 2 月 13 日）至二月二十日（4 月 2 日）；

《明发庐日记》，自光绪二十二年二月二十三日（1896 年 4 月 5 日）至四月五日（5 月 17 日）；

《不远复斋日记》，自光绪二十三年二月朔（1897 年 3 月 3 日）至四月二十九日（5 月 30 日）；

《潜圣斋日记》，自光绪二十三年九月十七日（1897 年 10 月 12 日）至十二月朔（12 月 24 日）；

《笃信斋日记》，自光绪二十四年十一月十九日（1898 年 12 月 31 日）至十二月二十八日（1899 年 2 月 8 日）；

---

① 按，《明刚自毖斋学志》在抱蜀庐辑钞本正文中并未另页标目，因此《明刚自毖斋学志》是仅作为其下数行日课的题名，还是自“明刚自毖斋学志”以下至“古文日阅二叶；群经本文归古文中”部分日记即题为《明刚自毖斋学志》，就现存钞本情况暂无法断定。根据抱蜀庐辑钞本目录及《蛾术轩箧存善本书录》之叙录内容看，王欣夫先生是将《明刚自毖斋学志》视作日记题名，并包括其后内容。但笔者根据内容判断，似更倾向于作为日课之名，即如《存心堂庚戌三月自定学程》之类。

② 王欣夫撰，鲍正鹄、徐鹏整理《蛾术轩箧存善本书录》下册，第 1335 页。

《笃信斋日记》，自光绪二十五年正月朔（1899 年 2 月 10 日）至四月二十一日（5 月 30 日）；

《日知后录》，自光绪三十一年八月五日（1905 年 9 月 3 日）至十月七日（11 月 3 日）；

《寻孔颜乐斋日记》，自光绪三十一年十月十三日（1905 年 11 月 9 日）至十二月十八日（1906 年 1 月 12 日）；

《丙午学记》，仅光绪三十二年正月十二日（1906 年 2 月 5 日）事；

《礼堂写经记》，题下注云“丙午七月始”，自七月初一日（1906 年 8 月 20 日）至九月二日（10 月 19 日）；

《复礼堂温故录》，原系于光绪三十四年戊申，今考订为宣统二年事，自正月二十五日（1910 年 3 月 6 日）至二月八日（3 月 18 日）；

《复礼堂日记》题下注“同上”，即同《复礼堂温故录》为光绪三十四年戊申，虽然《复礼堂温故录》考知为宣统二年，但此记通过考证仍为光绪三十四年事，自五月十三日（1908 年 6 月 11）至二十七日（6 月 25 日）；

《复礼堂日记》，自光绪三十四年六月十八日（1908 年 7 月 16 日）至二十四日（7 月 22 日）；

《复礼堂日记》，自光绪三十四年十二月十四日（1909 年 1 月 5 日）至宣统元年二月二十九日（1909 年 3 月 20 日）；

《复礼堂日记》，自宣统元年八月十一日（1909 年 9 月 24 日）至十二月十二日（1910 年 1 月 22 日）；

《清夜焚香录》，内容无法判断年份，姑从王欣夫先生系于宣统元年，自十二月二十二日（1910 年 2 月 1 日）至二十四日（2 月 3 日）；

《清夜焚香录》，自宣统二年正月元日（1910 年 2 月 10 日）至十三日（2 月 22 日）；

《无忝录》，自宣统二年二月初十（1910 年 3 月 20 日）至二十九日（4 月 8 日）；

《希圣潜天室存养记》，自宣统元年四月四日（1909年5月22日）至二十五日（6月12日）；

《定隐庐日记》，自宣统元年五月初二日（1909年6月19日）至六日（6月23日）；

《复礼堂日记》，自宣统元年五月十五日（1909年7月2日）至七月二十四日（9月8日）；

《复礼堂日记》，此记原系于宣统二年，笔者考订其中事分三段，分别自宣统二年十月十三日（1910年11月14日）至十一月十一日（1910年12月12日）、自宣统三年正月十三日（1911年2月11日）至二十九日（2月27日）、宣统三年三月九日（4月7日）至六月五日（6月30日）；

《复礼堂日记》，自宣统二年十二月二十一日（1911年1月21日）至宣统三年四月二十七日（5月25日）；

《孔思堂日志》，自宣统三年四月二十七日（1911年5月25日）至六月九日（7月4日）；

《复礼堂日记》，自甲寅正月初一日（1914年1月26日）至二月十二日（3月8日）；

《复礼堂日记》，自甲寅二月十五日（1914年3月11日）至十七日（3月13日）；

《复礼堂日记》，此记仅二月二十一日（1914年3月17日）一条，从王欣夫先生系年；

《复礼堂俟命录》，自戊子三月十三日（1948年4月21日）至七月初八（8月12日）；

《复礼堂俟命录》，自己丑正月朔（1949年1月29日）至五月初三（5月30日）；

《复礼堂日记》，自己丑闰七月七日（1949年8月30日）至癸巳九月初七（1953年10月14日）。按，曹元弼逝世于癸巳年九月十五日(1953 年 10 月 22 日)丑时①,这部分日记所记的时间下限已非常接近曹元弼的逝世时间。

苏州博物馆所藏曹元弼日记为稿本,内容与王欣夫抱蜀庐辑钞本互补,具体细目与起讫时间如下:

《复礼堂旦名录》,自丁丑五月初二日(1937 年 6 月 10 日)至七月初四日(8 月 9 日);

《复礼堂修省录》,自戊寅正月朔(1938 年 1 月 31 日)至十二月二十八日(1939 年 2 月 16 日);

《复礼堂日记》,自己卯正月朔(1939 年 2 月 19 日)至庚辰十二月廿七日(1941 年 1 月 24 日);

《复礼堂日记》,自辛巳正月朔(1941 年 1 月 27 日)至十二月二十四日(1942 年 2 月 9 日);

《复礼堂日记》,自壬午正月朔(1942 年 2 月 15 日)至十二月十八日(1943 年 1 月 23 日);

《复礼堂日记》,自癸未正月初一日(1943 年 2 月 5 日)至十二月十八日(1944 年 1 月 31 日);

《复礼堂日记》,自甲申正月朔(1944 年 1 月 25 日)至十二月十九日(1945 年 2 月 1 日);

《复礼堂日记》,自乙酉正月初一日(1945 年 2 月 13 日)至十一月二十五日(12 月 29 日);

《复礼堂日记》,自丙戌正月朔(1946 年 2 月 2 日)至十月三十日(11 月 23 日)。

合复旦大学图书馆藏抱蜀庐辑钞本与苏州博物馆藏稿本,可以发现曹元弼日记自光绪二十一年至癸巳年,中缺光绪二十六年至三十年、三十三年、1912 年、1913 年、1915 至 1936 年、1947 年日记。除

---

① 见《复礼堂书牍》卷下,曹元弼继配柴氏致王欣夫札,复旦大学图书馆藏学礼斋钞本。

未见有日记的年份外，即便上列各日记，在内容上亦常见数日、数月的内容缺失，正如王欣夫所言："凡读书有得，则记；著书有暇，则记；故所阙或数日至数月，亦有一册而仅书一二叶者。"[①]这些所缺日记，或为曹元弼失记，或曹元弼本有记录而后来散佚，已难以质言。复旦大学图书馆藏王欣夫抱蜀庐辑钞本，今收入《复礼堂遗书》影印出版（中华书局，2019 年），苏州博物馆藏稿本收入《苏州博物馆藏近现代名人日记稿本丛刊》影印出版（文物出版社，2018 年）。

三

曹元弼日记不像一些晚清官员如张佩纶、翁同龢等的日记那样，因涉及众多人物和历史事件，而具有重要的史料价值；也不像一些学者、藏书家如李慈铭、叶昌炽、刘承幹等的日记那样，因详细记载读书心得、书籍购藏信息、学者交往，而有巨大的学术价值。曹元弼撰写日记具有省察克己、正心修身的目的，虽然详记每日读书行事名目，但于具体各事内容则甚简，于正心修身之名言、心得则较多。因此，尽管曹元弼日记跨度时间长、所涉及人物众多，但是其价值却不如李慈铭、叶昌炽等日记大。通过整理研读曹元弼日记，其价值主要体现在对曹元弼其人其学的个案研究上面，兼及相关人物生平事迹的补充。具体而言，可概括为如下几端。

其一，可以丰富对曹元弼思想学术的认识。日记作为个性化的书写，可以承载不同的功能，作为儒者身份的曹元弼，其日记在很大程度上受到了清代理学家通过日记检查功过、克己修身的做法的影响。正如曾国藩言倭仁"每日自朝至寝，一言一动，坐作饮食，皆有札记；或心有私欲不克，外有不及检者，皆记出"[②]一样，曹元弼在书日

---

① 王欣夫撰，鲍正鹄、徐鹏整理《蛾术轩箧存善本书录》下册，第 1335 页。

② 《曾国藩日记》道光二十一年七月十四日（1841 年 8 月 30 日），《曾国藩全集（修订版）》第 16 册，岳麓书社，2011 年，第 92 页。

记时，亦对每日读书为学、克己修身乃至人事往还等巨细毕书。王欣夫亦言："我师为学推服陈兰甫之汉、宋兼采，尝与张闻远书曰：'多读书，以见诸实行，实为弟痛下箴砭。自得此语后，弟书日记，不敢有一事稍略以自欺其心。'故所记皆为自治身心，绳过纠愆，鞭策极严。"①对此，曹元弼在日记中也时常加以强调，以作为省察克己、进德修业之功夫，如《笃信斋日记》光绪二十四年十一月二十一日（1899 年 1 月 2 日）记云："每一念起，必自问曰：'于经义有当乎？可书以质先圣乎？可书以质人乎？可书以自质乎？'其可书也，即直书之；其不可书也，是不当有是念也，即遏绝之。"光绪二十五年正月二十一日（1899 年 3 月 2 日）记云："每日所思所言所行，必求无失本心，可质先圣，思无越畔，书无隐情。"又如《复礼堂日记》光绪三十四年五月二十三日（1908 年 6 月 21 日）记云："自今以往，痛自惩艾，戒欺慎独。每动邪念，即诵圣经贤传自克。如不能克，必直书所过，任人见之，庶因愧耻之心可以坊欲进德。"尽管曹元弼未能坚持每日皆记，但以克己省察不断鞭策，也使得其日记内容在断断续续的状态下依然贯穿其一生，从而能够丰富我们对其思想学术的认识。具体而言有如下几方面：

首先，关于理学对曹元弼的影响。虽然从曹元弼的经学著述和文集中可以看到，其在学术上受黄体芳、黄以周、陈澧、张之洞等汉宋兼采主张的影响，在各经笺释中于汉宋各取所长，弥缝其畛域而勿绝其门户，但是学术观点不能直接等同于个人修身践履的实际，而且在清代长期汉宋之争的影响下，汉学家在立身行事方面多为理学家诟病，因此我们很难直接从曹元弼经学著述中去判断其在修身践履方面是否也深受理学的影响。而曹元弼日记则恰好为我们提供了一个认识理学对其立身行事产生影响的窗口。从曹元弼每日读书日课即可发现，其诵读书目除了经传以外，朱子书、《近思录》亦为日常必读之书。并且，对理学经典不仅仅停留在诵读，而且实体诸身，以此克

① 王欣夫撰，鲍正鹄、徐鹏整理《蛾术轩箧存善本书录》下册，第 1335 页。

己省察、正心修身，如日记中有《克己复礼疏节》一篇，作为克己省察之日课，云："君子乾乾，不息于诚，必惩忿窒欲，迁善改过，而后至。谨□心铭前，科列条举如左：一、忘身徇欲，程子所深耻，当耸然庄诵'身体发肤'一节。一、御下当庄以莅之，言笑不苟，勿与杂居齐齿，以启不逊而致忿怒。恭所以为惠也。一、昧爽始寤，当念任重道远，唯日不足，勿令平旦之气稍涉惰慢。一、读书当有定程，即为事阻，亦当量作少许时功，勿令间断。一、遇事狐疑，当断决以理。一、朔望拈香及祭礼必极诚敬。一、四时新物，必斋明荐之。"又曹元弼对于《大学》"知止有定"一节，终身奉行唯谨，时时以此省察修身，如《笃信斋日记》光绪二十五年三月二十六日（1899年5月5日）记云："'知止而后有定'一节，宅心之本，进德之原，为学处事，靡不由之。"《复礼堂日记》宣统三年二月六日（1911年3月6日）记云："为学当以'知止而后有定'一节为基址，须精思而固守之，日可见之行，方有益。"《复礼堂俟命录》戊子年三月二十一日（1948年4月29日）记云："轻喜易怒，皆心不定之咎，知止有定，则发皆中节矣。"又曹元弼在日记中亦时常以二程、朱子之言以自考省，如《懿斋日记》光绪二十一年十一月七日（1895年12月22日）记云："程子作字甚敬，以养德也。纵笔涂鸦，心之存焉者寡矣。"又《日知后录》光绪三十一年八月五日（1905年9月3日）记云："程子作字甚敬，存心之验。"《希圣潜天室存养记》宣统元年四月十一日（1909年5月29日）记云："作字甚敬，程子我师也，万勿尤安石而效之。"《孔思堂日志》宣统三年五月八日（1911年6月4日）记云："程子作字甚敬，此思不出位之验。"此类皆以大程"吾作字甚敬，只此便是学"[①]来省察克己。纵观曹元弼日记，终其一生，皆以理学付诸克己修身之实践。由此，也可知其汉宋兼采的学术主张并非停留在笔墨之间。

其次，曹元弼日记详记读书、著书日课，可资以了解其为学次第

---

① 黎靖德《朱子语类》卷五九，中华书局，1986年，第1413页。

和各书撰述始末。如光绪二十五年到宣统三年间，曹元弼居家编纂《十四经学》《经学文钞》，比较详细地列出了每日读书与编书的内容，藉此可以勾稽出《十四经学》和《经学文钞》的成书过程，对了解其内容和性质不无益处。又如《复礼堂日记》于光绪三十四年十二月十四日（1909 年 1 月 5 日）记："治《易》次第：一、校《易学文钞》；一、校所编《周易学》；一、作《周易学序》，定条例、目录；一、作《周易笺疏序》；一、编阅诸家说《易》纲领；一、阅乾、坤、屯、蒙诸家说及元弼旧说，分别去取，为长编始基；一、定《易疏》条例；一、循序编纂，荟萃群言，择善而从，贯以心得。"从这则记载可知，曹元弼关于《周易》除了编校《十四经学》之《周易学》、《经学文钞》之《易学文钞》外，还计划撰《周易笺疏》，并于此时开始作序、定条例和编纂长编。又宣统元年正月初一日（1909 年 1 月 22 日）记："是月读《孝经》《论语》。　阅《孝经》提要、《校勘记序》、邢叔明序、旧作《臧辑孝经郑注吴刻本序》《跋》。《郑注臧辑本序》即可用为《孝经纂疏序》底本。　阅《毛诗》提要、《正义序》《校勘记序》。　某日校《孝经学·明例》。"又五日（1 月 26 日）记云："《孝经纂疏》当首列《大谊》一卷，郑注当录其成句者，其零文碎谊，用小字旁注，略加申释，采前人说，务撷精要，足发经大谊，有功世道人心者。若无甚切要之言，悉置不录。此与向日疏家体例略殊。　《易疏》当放孔宪公，作论数首，冠于简端，约《明例》及《要旨》首章为之，兼采《解纷》数章。　《诗疏》自《诗谱》始可也。　凡诸经疏宜多采微言大义、古书证据，其牵连辨驳之说宜省，经文须语语解释，注文难解者解之。"可见，曹元弼不仅欲撰《周易笺疏》，而且还欲撰《孝经纂疏》《诗疏》，且对于各书如何撰写，已有大致体例。今传曹元弼各经学著述中并无《周易笺疏》《诗疏》《孝经纂疏》，而相对应的著述《周易》和《孝经》有《周易郑氏注笺释》《周易集解补释》《孝经郑氏注笺释》，此处所言的《周易笺疏》和《孝经纂疏》可视为前期准备。又《周易郑氏注笺释》一书，可谓清代汉《易》的扛鼎之作，关于此书的撰作时间，曹元弼在《复礼堂述学诗序》中言其"自宣统辛亥后，悲天悯人，独居深念，惧文武道尽，乾坤或息，忧患学《易》”①，很容易造成误解，以为此书乃辛亥革命后发愤所为，而《复礼堂日记》宣统三年四月二十五日（1911年5月23日）记云：“《周易郑氏注笺释》始属草。”可知此书在辛亥革命前即已属草。此外，关于《复礼堂述学诗》的注释和刊印、《孝经集注》和《古文尚书郑氏注笺释》的撰述过程，曹元弼均有比较详细的记载。

再次，提供了曹元弼在儒家以外的思想和信仰信息。儒家与佛、道二教之争，由来已久，尤其是自韩愈以接续儒家道统自任而激烈辟佛老以来，辟佛老似乎成为后世儒家学者尊孔崇儒的题中之意，宋代理学的代表人物如二程、朱子对佛老亦辟之甚厉，因此后世儒者或多或少都对佛老存在门户之见。从曹元弼的经学著述中可以发现，曹元弼宗法郑玄和朱子，强调纲常伦理，具有很强的卫道意识，对违背儒家经典义理之说往往辟之甚厉，张舜徽先生甚至批评其“动辄以纲常名教为言，悍然以卫道自任”②。这很容易让人觉得曹元弼对佛道二教亦存在门户之见。但是从曹元弼日记中却可以发现，其不仅不辟佛道二教，而且还有比较虔诚的信仰。例如关于佛教经典如《金刚经》《心经》《楞严经》，亦多出现在曹元弼日课书目中，如《倚庐纪痛》光绪二十一年十二月朔（1896年1月15日）记云：“诵《金刚经》，心魔仍至，妄念仍至，幸即遏绝。”六日（1月20日）记云：“诵《金刚经》四过，心魔三十余至，后又屡至。”又《明发庐日记》光绪二十二年三月二十一日（1896年5月3日）记云：“诵《金刚经》《心经》，妄念迭起。　读《孝经》《近思录》、朱子书。　读《易》。　日中奠，诵经，心仍不一。所谓气反而游散，非邪。食时复言不敬，所谓牿之反覆也。”《清夜焚香录》宣统二年正月六日（1910年2月15日）记云：“读《楞严》《庄子》。　存心养性，乐天知命，何思何虑，何忧何惧？”可见，《金刚

① 曹元弼《复礼堂述学诗》卷首《序》，民国二十五年（1936）刻本，第1页。

② 张舜徽《清人文集别录》卷二四，中华书局，1963年，第654页。

经》《心经》《楞严经》等佛教经典，在曹元弼处亦有修心克制妄念的功用。又道教经典中的《玉皇本行集经》《玉皇心印妙经》等亦见于曹元弼晚年的日课之中，如《复礼堂修省录》戊寅年二月初一日（1938 年 3 月 2 日）记云："日内当至书坊恭请《玉皇经》。"三月十六日（4 月 16 日）："恭读《玉皇本行集经》。"《复礼堂日记》己卯年正月朔（1939 年 2 月 19 日）："虔诵《玉皇心印妙经》。"曹元弼不仅诵读《玉皇本行集经》《玉皇心印妙经》，而且还对其进行校勘、注释，如《复礼堂修省录》戊寅年十月二十九日（1938 年 12 月 20 日）记云："是日始致斋恭注《高上玉皇本行集经》。"《复礼堂日记》己卯二月十三日（1939 年 4 月 2 日）记云："恭注《玉皇本行集经》《玉皇心印妙经》成。"庚辰二月初一日（1940 年 3 月 9 日）记云："恭请《玉皇经》，校正文字，自是每日恭校数页。"除了校勘、注释外，曹元弼还曾撰《玉皇本行集经管窥赘言》一书，并拟刊刻流通，如《复礼堂日记》己卯十月初八日（1939 年 11 月 18 日）记云："敬将《玉皇本行集经管窥赘言》厘订一则，以后当按日为之。"十一月二十九日（1940 年 1 月 8 日）记云："此月《玉皇心印妙经管窥赘言》稿删正告成。"癸未六月初九日（1943 年 7 月 10 日）记云："德荣以《赘言》刻样六页来。"此外，日记中也有关于曹元弼礼佛、为逝者做佛事以及玉皇圣诞日致斋拈香的记载，这可能与当地民间宗教信仰和风俗有关，同时也为我们提供了认识曹元弼思想信仰的不同侧面。

其二，提供了丰富的曹元弼生平资料。虽然说曹元弼作为近代重要经学家，但是相关文献关于其生平事迹的记载并不多，仅有王欣夫《吴县曹先生行状》等极少数传记资料。而复旦大学图书馆和苏州博物馆藏的曹元弼日记，在很大程度上提供了关于曹元弼生平事迹方面详细的一手资料，可以藉此考察其生平事迹中一些重要事件的详情和时间节点。例如出入张之洞幕府是曹元弼一生重要的经历，对其思想学术影响甚大。对于曹元弼此段经历，曹元弼其他著作和王欣夫《吴县曹先生行状》的记载并不甚详细。关于入张之洞幕府的时间和经过，《行状》言其光绪乙未补行殿试，“卒以字迹模糊，降列三等五十名，以中书用”，又云“时南皮张文襄公方督两江，延为书局总校”[①]。记载较为简略，而《懿斋日记》则详细记载了曹元弼两次至金陵谒见张之洞的经过及相关经历下的心理变化：七月十九日（1895年9月7日）“至金陵。　送石农师所属致香帅书”，二十日（9月8日），“谒香帅未见”，二十二日（9月10日）“谒当道未竟”，二十三日（9月11日）“见香帅”，二十九日（9月17日）“谒香帅未见”，八月十三日（10月1日）“见香帅”。从日记记载来看，此次金陵之行并不是很顺利，虽然见了两次张之洞，但并未被延为金陵书局总校。因此，自八月十六日（10月4日）即由金陵返苏。从日记中，还可以看出曹元弼经殿试降等、谒张之洞不顺之后的心理变化，如前所引在七月二十日谒香帅未见后，二十二日直称“当道”。同样，自金陵返苏，途经镇江、上海时，谒见当地官员皆称“当道”。八月二十日（10月8日），在镇江游览焦山彭刚直祠，“索观阮文达所送归忠愍墨迹”，在面对前辈时贤题跋、观款时云：“余以字劣，未敢下墨。苟异时立身行道无愧古人，当重读此卷，附名简后。或字以行重，后之人不至以临池尺寸相绳。”可见，此时曹元弼对殿试以字迹模糊降等之事仍耿耿于怀，而暗以立身行道自勉，以杜临池尺寸之绳。九月二十九日（11月15日），曹元弼又有金陵之行，至十月十五日（12月1日）“香帅延为书局总校”。至十一月四日（12月19日），又“迁于文正书院”。十日（12月25日），以其父病而归。光绪二十二年（1896），张之洞回任湖广总督后，又曾聘曹元弼为两湖书院经学分教，对此《行状》言“丁酉，文襄移节两湖，电聘主讲两湖书院”[②]，其后便是关于在两湖书院交游和编纂《经学文钞》《十四经学》记载，而对曹元弼在两湖书院的实际情况则记载较略。对此，日记则有相对详细的记载，如《不远复斋

---

①②　王欣夫《吴县曹先生行状》，曹元弼撰，王欣夫辑《复礼堂诗集》卷首，复旦大学图书馆藏抱蜀庐钞本。

日记》载二十三年二月朔(1897 年 3 月 3 日)“汪师来书,以香帅电并所寄行用见贻,即定于初六日启行”,六日(3 月 8 日)“如楚,启行”,十四日(3 月 16 日)“至武昌。　香帅授馆机器公所”,四月八日(5 月 9 日)“两湖书院始教,讲《六经》大义,诸生属以所讲笔之于书,从之”,九日(5 月 10 日)“始以《说文》授诸生,本日讲《序》四叶,依段注”。曹元弼在张之洞幕府,除了任两湖书院经学分教外,还与梁鼎芬合编《经学文钞》,并受张之洞嘱托编《十四经学》。《经学文钞》和《十四经学》一方面作为学堂教科书,另一方面也是张之洞幕府为应对维新派而在文教方面采取的重要举措。为了集中精力编纂书籍,曹元弼辞掉了两湖书院经学分教的职位。对此,《行状》并未记载,而《笃信斋日记》记载光绪二十五年二月十日(1899 年 3 月 21 日)“午刻始编《礼》。……编书不可再迟,再迟则失信甚矣”,三月七日(4 月 16 日)“复南皮公电”,二十四日(5 月 3 日)“南皮先生来电,辞分教得命矣。　编《觐礼》”。以上所举即曹元弼日记中所记有关出入张之洞幕府的大致经历,相较于《行状》,补充了大量细节。除了张之洞幕府的经历外,江苏存古学堂也同样是曹元弼在事功方面的重要履历,《行状》所记甚简,但《复礼堂日记》《清夜焚香录》《希圣潜天室存养记》《孔思堂日志》等所记始末细节较详,对研究曹元弼与江苏存古学堂的关系具有不可替代的价值。

其三,补充曹元弼交游资料。关于曹元弼的交游情况,目前主要可以依据的资料为王欣夫所辑《复礼堂书牍》和《复礼堂朋旧书牍录存》以及《复礼堂文集》《二集》《三集》《复礼堂述学诗》和《复礼堂诗集》中的相关记载。除此之外,曹元弼日记中亦提供了许多有关交游方面的资料。这些资料,一方面可以和前述书牍、诗文集中的相关内容互补。如曹元弼与唐文治不仅为南菁同学,而且义结金兰,王蘧常先生《记唐蔚芝先生》一文言唐文治诸友中“最所心契者,则为曹叔彦编修与王丹揆右丞"[①]。又言唐文治与曹元弼之论学云："先生集中与编修论学书牍最多，至今犹函札往来无虚日。"[②]今《复礼堂朋旧书牍录存》中保存了唐文治致曹元弼一百零五通书札，但是曹元弼致唐文治书札则仅有唐文治《茹经堂文集二编》卷四《与曹君叔彦书》后附曹元弼复函一通[③]。在今存曹元弼日记中，所记与唐文治往还书函几乎贯穿了其一生，直至戊子(1948)、癸巳(1953)仍有通信。如《复礼堂俟命录》载戊子四月初九(1948 年 5 月 17 日)"寄蔚芝书。……得蔚芝书，殷勤慰劝，详论《易》理，以解我闷"，五月初一日(6 月 7 日)"君九见过，代作一书，致蔚芝"。又《复礼堂日记》载癸巳八月二十七日(1953 年 10 月 4 日)"潘天如来，因作书与蔚芝，属其面交"。如此之类，日记中尚多，大多可与《复礼堂朋旧书牍录存》互补，以资稽考二人交游详情。又如曹元弼与梁鼎芬亦为谱兄弟，今存《复礼堂朋旧书牍录存》中梁鼎芬书札有一百二十七通，日记中有关二人交往和往来书信的记载亦可与之互补。而且，日记还记载了二人通谱的具体时间，《潜圣斋日记》载光绪二十三年十一月十七日(1897 年 12 月 10 日)"与星海先生通谱，事以兄礼"。他如吴郁生、王季烈、刘承幹、严载如等，日记中皆有可与书札、诗文集中相关内容互相补充者。另一方面则为曹元弼友朋往还书札、诗文集所无或所记甚略者。如沈文倬为曹元弼晚年重要的弟子之一，也是当代礼学传承的重要代表人物，至于其何时从学于曹元弼，笔者所见有关沈文倬先生的传记资料，大多都没有明确说明，只有《中国社会科学家自述》言沈文倬先生"1940 年移居苏州，从清末翰林院编修、湖北存古学堂经学总教曹

①② 王蘧常《记唐蔚芝先生》，《雄风》，1947 年第 1 期，第 6 页。

③ 唐文治《茹经堂文集二编》卷四，《近代中国史料丛刊续编》第四辑，文海出版社有限公司，1986 年影印本，第 707—711 页。

元弼先生受三礼郑氏学”[1]。对此，曹元弼日记则有准确记载，《复礼堂日记》庚辰九月初七日（1940 年 10 月 7 日）记云：“松岑介绍沈生文倬来受业，今日若梁率与俱至。生字凤笙，诚朴嗜学。”此处不仅记载了沈文倬从学曹元弼的具体时间，而且还说明是由金天翮介绍而来的。按，沈文倬与王欣夫一样，在从学曹元弼之前亦从金天翮受业，盖以其诚朴嗜学，而为金天翮贡之师门。又曹元弼与印光法师的交往，在曹元弼其他书牍、诗文集中并无相关信息，而在日记中则有相关记载，如《复礼堂日记》载庚辰（1940）四月曹元弼为其继配王氏治丧，二十三日（5 月 29 日）至二十七日（6 月 2 日）期间“印光法师有书来唁，已覆”。同年十一月，印光法师圆寂，《复礼堂日记》于十一月初六日（12 月 4 日）记云：“昨闻印光法师西归，作联挽之。此真僧也，言行深合于吾儒之道。”曹元弼与印光法师之交往，大概与其侄崧乔、惕寅有关，二人皆为印光皈依弟子[2]，且其所创办隐贫会亦多受印光法师指导。又胡玉缙与曹元弼本为南菁同学，同出黄以周之门，皆研治《仪礼》，但关于二人交往的记载几乎不可得见，至少在曹元弼友朋书札、诗文集中均无，而《复礼堂日记》则于庚辰正月十四日（1940 年 2 月 21 日）记云：“胡绥之、王严士、周子明、赵学南四老同来。老人嘉会，德星聚曜，岁初盛事，胜于出游写忧矣。”此实可补二人交游之阙。又如与李根源（印泉）的交往，曹元弼其他著作中并未提及，《复礼堂日记》庚寅年五月二十五日（1950 年 7 月 9 日）记云“李印泉自北京来苏，十年久别，邂逅相遇，慨论世变，且喜且悲。其

---

① 国务院学位委员会办公室编《中国社会科学家自述》，上海教育出版社，1997 年，第 624 页。

② 夏冰《孳孳为善　好施不倦——曹崧乔事略》，苏州市地方志编纂委员会办公室、苏州市政协学习和文史委员会编《苏州史志资料选辑（2001 年刊）》，第 220 页；曹文鼎《曹惕寅生平传略》，《苏州史志资料选辑（2002 年刊）》，第 172 页。

言圣道决无中绝之理，辞气甚壮，实获我心”，六月初一日（7 月 15 日）“为惠农事，致书印泉”。所谓“十年久别”乃概括言之。李根源在苏州被日军攻陷后，于 1937 年 11 月 16 日乘坐当时奉命炸毁通往南京桥梁以阻缓日军进犯的工兵总指挥马晋三的车离开苏州，至 1950 年 6 月应中央人民政府之邀，列席政协全国委员会第一届第二次全体会议后，南下苏州扫墓，已经有近十三年之久。李印泉此次返苏，次日即拜望曹元弼[①]。凡此，皆可补曹元弼交游资料，对于完善曹元弼交游网络，研究晚清遗老的交游生活，亦弥足珍贵。

其四，补充相关人物的生平资料。曹元弼日记虽然简略，但其中所记内容亦有可补充相关人物生平事迹者。例如关于唐文治与江苏存古学堂的关系，相关记载甚少，唐文治《茹经先生自订年谱》仅记载宣统二年（1910）三月：“苏提学使樊介轩先生名恭煦，偕弟曹君叔彦来沪，请余为江苏存古学校史学教习，余因史学非所长，辞之。先生与叔彦坚请不肯去，不得已，允其寄卷评阅。旋赴存古学校讲学一日，勖勉诸生。”[②]唐文治与曹元弼往还书札亦仅有一通涉及江苏存古学堂，且从此札可知唐文治对《存古章程》和教学内容有不同意见，如云：“《存古章程》昨检阅一过，所定参考各书目，经学门大致尚妥，仍请吾弟再为审定。史学门如《廿二史札记》《十七史商榷》之类，微嫌破碎，不如将顾亭林《天下郡国利病书》、胡文忠《读史兵略》等书加入，俾诸生知致用之方。此外如《思辨录》内论史各条，所见均博大精微，勘资浏览。词章学门应添入公牍文，如曾文正、左文襄奏稿并宜

---

① 李希泌《回忆先父李根源在吴县的岁月》，中国人民政治协商会议江苏省吴县委员会文史资料征集整理委员会编《吴县文史资料》第二辑，第 118—119 页。关于此，郑逸梅《前尘旧梦》（北方文艺出版社，2016 年，第 298 页）亦有记载。

② 唐文治《茹经先生自订年谱》，《近代中国史料丛刊三编》第九辑，文海出版社有限公司，1986 年，第 63 页。

披阅。骈体姑备一格，词亦然。字宜研究字学渊源，不必再加临池之功。世局方危，当急筹济时之策，岂可复加[①]承平之时啸歌自得，填词度曲，为无用之学问耶！《湖海诗传》等书均浅陋，似宜从删。”[②]根据这些材料，极容易造成唐文治拒绝出任江苏存古学堂职务的认识。实际上唐文治后来接任了存古史学教习。从曹元弼日记来看，唐文治在宣统二年底至三年期间参与了江苏存古学堂的事务，且曹元弼还曾与樊恭煦商量拟聘其任存古学堂文科监督。《复礼堂日记》载宣统三年正月十三日（1911 年 2 月 11 日），曹元弼“与提学商请蔚之为文科监督”，“十九归，即发唐蔚之信”，二十九日（2 月 27 日）“与蔚哥书，告以情形，拟电稿请其审定，请题，告以修金留此”。当然唐文治后来以“于中西史学本无心得，近又接准部咨筹办商船学校，诸事创始，于存古一席断难兼顾”而辞掉了史学教席[③]，并且在《覆苏提学辞存古监督电》中言“文治迩来烦劳过甚，夜不能寐，渐成眩晕，严命屡以节劳为训，存古监督，无论如何，绝不敢担任”[④]，拒绝了存古监督一职。这方面曹元弼日记中也有相关记载，如《孔思堂日志》载五月十三日（6 月 9 日）“两得蔚兄书，即复之，坚请其勿辞，且任监督”，二十日（6 月 16 日）“候中丞，以蔚老辞存古监督，商请毛君实方伯担任”。凡此，皆可补唐文治与江苏存古学堂之关系。又如汪柏年，字青在，浙江桐乡人，原在章太炎苏州国学讲习会任助教，并从太炎研

① “加”字，原稿如是，疑为“如”字之讹。

② 王欣夫辑《复礼堂朋旧书牍录存》第二册，复旦大学图书馆藏抱蜀庐钞本，第 3 页。

③ 《唐蔚芝侍郎咨苏抚辞存古总教文》，《时报》宣统三年五月二十日（6 月 16 日）。

④ 《覆苏提学辞存古监督电》，《时报》宣统三年五月二十日（6 月 16 日）。

治经学，后又转从曹元弼治经学，被曹元弼视为传郑氏《易》的人选[①]，但不幸早亡，相关资料对其卒年均无记载，而《复礼堂日记》于乙酉二月十五日(1945 年 3 月 28 日)记云："闻汪青在逝世，深为惋惜，当函慰心源，问其事略，为之传。"据此可补汪柏年之卒年。又如清遗民彭谷荪，字子嘉，关于其卒年亦不详，如《民国人物别名索引》即于彭谷荪之卒年付之缺如[②]，而《复礼堂日记》庚辰十一月初六日(1940 年 12 月 4 日)载："惊闻彭子嘉丈为凶徒所戕。呜呼！君子道消，小人道长，祸机四伏，一触即发。嘉老心存皇室，老成练达，不意惨遭此祸。数日前犹来此纵谈，前日又得其手书，咄咄怪事，我悲何堪?"此亦可补彭谷荪卒年之缺。此外如日记中多记曹元弼与叶昌炽、刘承幹、吴郁生、王季烈、王欣夫等的交往与书信往来，对相关往来书信的系年考释、补充相关人物事迹，亦不无价值。其中曹元弼致王欣夫的五十九通书信，笔者即多据日记中的相关记载，对这五十九通书信进行系年考释，在补充王欣夫的生平事迹方面，创获颇多。

此次整理，以复旦大学图书馆藏王欣夫抱蜀庐辑钞本和《苏州博物馆藏近现代名人日记稿本丛刊》所收稿本为底本。在内容编排上，按各日记时间先后，将二者合而为一，并施以标点。王欣夫先生抱蜀庐所辑钞本系年上偶有失误，今皆按实际时间移动，并于脚注加以说明。全书采用简体横排，文中异体字、正俗字在不害文义的情况下径改为通行字。文中有文字讹误之处，则参考上下文及相关文献，予以校改，并出校记，以示审慎。原稿空缺、漫漶和难以辨识之字则以

① 详见曹元弼《古文尚书郑氏注笺释》卷二，《续修四库全书》第 53 册，上海古籍出版社，1995 年，第 604 页；沈文倬《曹元弼〈古文尚书郑氏注笺释〉》，《文献》1980 年第 3 辑，第 229 页。

② 蔡鸿源主编《民国人物别名索引》，吉林人民出版社，2001 年，第 212 页。

“□”表示。根据《中国近现代稀见史料丛刊》之体例要求，文中凡阴历日期均括注公历日期，以便读者。蒙北京大学中文系张剑先生不弃，以此册整理之任相属，又蒙南京大学文学院徐雁平先生赠以《苏州博物馆藏近现代名人日记稿本丛刊》所收曹元弼日记稿本之复印件，在此一并致谢！限于整理者学识谫陋，加以时间仓促，不免错误，敬请读者教正。

己亥夏五月李科谨识于北京大学畅春园

懿斋字说

吴县曹元弼

昔卫武公年九十有五，作《懿戒》以自儆。夫以睿圣之德，好学自修，臻于至善，犹欿然不自满，兢兢焉救过不遑。惟圣克念，尚惧作狂，况于本狂，敢云睎圣？於戏！小子未知臧否，自顾生平，自少至壮，无一善状，读圣贤书不能自克，辄取愆尤，用是困极知返。早夜以思，处相攻相取之时，求寡悔寡尤之道，发自怨自艾之心，谨附经义，自号懿斋，窃比前贤。白圭三复，天地屋漏，先圣先师实鉴此心。戒之哉！知过非艰，改过惟艰，顾名思义，庶无大悔。

懿斋日记

吴县曹元弼

光绪二十有一年乙未(1895) 二十有九岁。

夏六月十有二日(8月2日) 令月吉日,始记兹简。 读《孝经》《礼经》。 仁者自爱,勇者自克。

十有三日(8月3日) 如初。 读《通鉴》、朱子书。 心为物役,存者鲜矣。 呜呼!此心陷溺已深,及今振拔,庶出禽门。 中无主则外感乘虚而入。

十有四日(8月4日)至十有八日(8月8日) 心为物役,恶不胜书。一经悔悟,下涕沾襟。悲乎!君子之弃而小人之归乎!

十有九日(8月9日) 怒,凶德也。克己当自去怒始。 致屺怀书。 屺怀见过。 读《孝经》《礼经》、朱子书。

二十日(8月10日) 序丈见过。 怠慢忘身,祸灾所聚,身不行道,如正人何?

二十一日(8月11日) 寝疾。

二十四日(8月14日) 疾愈。 屺怀招饮,示宋元本书各种。

二十五日(8月15日) 二哥来书。

二十六日(8月16日) 读《孝经》《论语》《礼经》《通鉴》《近思录》。 虞生见过。

二十七日(8月17日) 读古文。 余如初。

秋七月朔(8月20日) 数息百。 讽《孝经》。 祀先祖考。 日读《孝经》《礼经》,而事亲守身无以异于庸俗人,或不如焉,虽多,亦奚以为？

二日(8月21日) 研墨。 读《孝经》《礼经》《论语》《通鉴》《近思录》、古文。 妄念蜂起，丧其本心。 扰则昏，昏则蔽。

三日(8月22日) 失记。

四日(8月23日) 心放学废。

五日(8月24日) 上午亦如之。 妹有疾，往视之。

六日(8月25日) 钧伯招饮。

七日(8月26日) 致二哥书。 读《孝经》《论语》《礼经》。 颜子不迁怒，犯而不校，约礼之功至矣乎！

八日(8月27日) 如初。读《通鉴》、古文。 霄纬、子丹见过。 几忽于散，祸成于显。

九日(8月28日) 读《近思录》。 余如初。

十日(8月29日) "先王有至德要道"，有者，有诸己。《广至德》《要道》三章言顺民之道，归本躬行，一人行善，为法于天下，可传于后世也。 臧文仲居蔡，因谄而僭。 令尹子文、陈文子"未知，焉得仁"，当与管仲之仁合观之。 伯夷、叔齐三章，是于应事接物，验吾心之纯疵诚伪。 读《孝经》《论语》。 玩《易》。

十一日(8月30日) 多失言，心不固矣。 读《孝经》《论语》。《孟子》"牛山之木"章、"山径之蹊间"章，当终身诵之。 数息四百，起念九。 仁人，心也。心未死，仁必有至之时，至而即去，如之何？

十二日(8月31日) 读《孝经》《论语》《礼经》《通鉴》《近思录》。 数息三百，心乱。 操养不熟，临事辄纷。 魂梦不安，思心有尤之咎征也。

十四日(9月2日) 中无主则事物摇夺之矣。利疚威惕，何以为君子？

十五日(9月3日) 讽《孝经》《论语》，当心存而身体之，若性命肌肤之不可移。

十六日(9月4日)　如金陵,桂蟾偕行。

十七日(9月5日)　至申。

十八日(9月6日)　上轮。

十九日(9月7日)　至金陵。　送石农师所属致香帅书。

二十日(9月8日)　谒香帅未见。

二十一日(9月9日)　见吴可园同年。　正己而不求于人,所以无怨也。今我,《易》之"悔吝为贼",其能免乎?操存之功,积未及乎沟浍;牿亡之咎,泄有甚于尾闾。静言思之,躬自悼矣。

二十二日(9月10日)　谒当道未竟。

二十三日(9月11日)　见香帅。

二十四日(9月12日)　巽庵见过。读《孝经》《论语》《礼经》。心少定。　至下关。　夕始入城,从巽庵饮。　梦侍先太恭人,作婴孩嬉戏状,以首投太恭人怀中。太恭人命举衣衣之,以余食食之。既寤,爽然自失,泪涔涔下。呜呼!往时元弼每出,太恭人必与家君同告教之,至于再,至于三。自初行望之,比其归而后安。今弼以孑然一身,浪游江上,日莫途远,滞迹郊关,遗体行殆,几何不委诸草莽萑苻之间。在堂不及知,在天其知之矣。梦以示,觉骇恫,可知经曰"身体发肤,受之父母,不敢毁伤",《记》曰"君子跬步而不敢忘孝",过于前者,勿复于后。自今以往,尚其慎旃。

二十五日(9月13日)　胡定甫来。

二十六日(9月14日)　定甫招饮。　两日游谈,旷日肆欲失心。

二十七日(9月15日)　亦如之。　一转念间,如梦初醒,如死复生,悔悟之机亟乘之,勿再失也。　读《孝经》《论语》。蠡管之明,孰牖启之;蓬茅之塞,孰芟夷之。为仁由己,毋自弃而已。

二十八日(9月16日)　访王晋卿大令,以拙著就正。大令亦出所著各书见贻。　易其心而后语,定其交而后求,知几其神乎?遗佚而不怨,厄穷而不悯,知命其贞乎?营营戚戚,只搅我心耳!　读《孝经》《论语》。 静者，积善之本；躁者，长恶之原。虽未至恶，其势已奔赴不可遏矣。

二十九日(9月17日) 谒香帅未见。 读《孝经》《论语》《礼经》。

三十日(9月18日) 巽庵见过。 自求多福，在我而已，求人何为？ 我有心而不能治，是无勇也；心不若人而不知恶，是无耻也。奋发刻厉，坚苦卓绝，何为而不成！

八月朔(9月19日) 难进而易退者，学也；一往而不复反者，时也。年岁不与，修名不立，不此之忧而反求人，在人者未得，在己者坐失，不智孰甚焉！ 读《孝经》《论语》《礼经》《周易》。

二日(9月20日) 致巽庵书。 自今日以往，发愤自立，不复求人。 云阁见过。

六日(9月24日) 就胡定甫兄居。

七日(9月25日) 读昌黎、茗柯、左海三先生文。 於戏！久劳者思逸，久动者思静，久失其所者思反。余之役于物而放其心也，将一月矣。暂得息，我将息焉；暂得学，我将学焉。

八日(9月26日) 下午读《孝经》《论语》。 君子之学也，不择地，不需时。造次必于是，颠沛必于是。过不知则已，知即改之；道未见则已，见即由之。袪过如歼雠，剖惑如除恶疾，必无遗类而后已。 吉人之辞寡，其心存也；躁人之辞多，其心放也。

九日(9月27日) 游谈放心。 读《孝经》，妄念五至。 读《论语》，妄念至。 读《周易》《礼经》。

十日(9月28日) 访可园、巽庵、晋卿、少若。 遇可园。 心乱。 言不及义，无所用心，二难并矣，尚何言哉？

十一日(9月29日) 游谭旷时。 既出汝心，又铭汝前，汝不改邪，汝目曷以明，学曷以成，身曷以修？先圣先师何望于汝，父母先祖何赖于汝？爱汝者沮，恶汝者喜。没世无称，非天汝弃，事有必至，理有固然。为圣为狂，孰非自取？及今不返，后悔何及[1]？　读《孝经》《论语》《礼经》，妄念仍至。

十二日(9月30日)　致晋卿书。　默讽《礼经》。

十三日(10月1日)　见香帅。

十四日(10月2日)　访晋卿。　心荡气盈，如狂如醉，学养何在？

十五日(10月3日)

十六日(10月4日)　由金陵返，次于镇江。

十七日(10月5日)　谒汪和卿年丈，未见。见芝房、兰湄。

十八日(10月6日)　谒镇江当道。

十九日(10月7日)　汪氏招饮。

二十日(10月8日)　登焦山，游彭刚直祠。谒杨忠愍公遗像，慨然有颀长之慕。他日以道事君，取法在是。索观阮文达所送归忠愍墨迹，沉郁苍秀，如疾风劲草，岁寒青松，忠义正直之气洋溢楮墨间，日月争光，江山增秀。此山得此书，不骞不崩矣。卷后有文达题记及陶文毅、胡文忠、曾文正、彭刚直诸公，洪稚存、钱十兰、汪孟慈、梁山舟、翁覃溪、王可庄诸先生，近人翁叔平、李石农、杨蓉圃师、张孝达丈、梁星海编修跋、诗若观款。余以字劣，未敢下墨。苟异时立身行道无愧古人，当重读此卷，附名简后。或字以行重，后之人不至以临池尺寸相绳。呜呼！古人往矣。彼丈夫也，我丈夫也。蒙虽不才，所不以道义自任、为天地立心、为万物立命者，有如明明之日，浩浩之波，山灵江神及我椒山先生在天之灵实共鉴之！

二十一日(10月9日)　自镇反申。

二十二日(10月10日)至二十三日(10月11日)　谒申当道。

二十四日(10月12日)　访叶伯高，未遇。

二十五日(10月13日)　仁之为器重，其为道远。举者莫能胜

---

① “及”字，原作“几”，据文义改。

也，况不举乎？行者莫能至也，况不行乎？夫苟不求胜、不求至则已矣，求胜而不举，求至而不行，是诚何心哉？　致二哥书。　读朱子世家。

二十八日（10月16日）　自申反苏。

二十九日（10月17日）　至家。

九月朔（10月18日）　先太恭人忌日。於戏！太恭人在时，固以弼为将为贤人也，今自弃若此，奈何？

二日（10月19日）　整书。

三日（10月20日）　默坐澄心。　自今以往，奋发刻厉，向道而行，不使不仁者加乎其身。

九日（10月26日）　讽《孝经》。　食时忽起幻想，操存之谓何？

十一日（10月28日）　为家大人祝寿，即于是日悬匾，为侄岳钟完姻。

十四日（10月31日）　续印《孝经》二十册成。　读朱子书。惑之来也，识不明也。知其为惑，即明矣；知其为惑，斯不惑矣。知其为惑而仍惑焉者，识不定也。识不明，当穷理以明之；识不定，当积理以定之。　载色载笑，匪怒伊教。己不伤德，人亦易从。　讽《孝经》。

望（11月1日）　读《孝经》、朱子书、《东塾读书记》《礼说》。心不存，故言多妄。言出乎身，加乎人，出其言不善，岂惟失己，必病人，故非礼勿言，即所以为仁。　讽《论语》。

十六日（11月2日）　平旦之气，清明在躬，当迎其机而直养之。　治家者不敢失于臣妾，彼以筋力事人，悦以使之，犹惧力尽则怨，况求备乎？　《论语》言仁始于孝弟，不巧令。盖孝弟不巧令之人大本已立，断无忍人陷人之心，于天下之事靡不济矣。仁天下者欲为天下得人，当以此求之。　习学如初。　筮父亲足疾尚即痛，遇讼之未济，曰："讼，元吉。"以阳讼阴，救遁成既济。乾元居正，故吉。未济之五，曰："君子之光，有孚，吉。"亦成既济。疾必速瘳，康强逢吉。　自筮学尚有成，遇离之艮，惧而自责。原筮遇复之坤，盖怙终则凶，改过则吉。先圣先师不终弃我，我忍自弃乎哉？

十七日(11月3日) 拈香观音阁。 阅旧日《礼说》。 心未甚收，又将放，虽圣人亦如之何？

二十二日(11月8日) 山径蹊间，用之成路。蓬蒿藜藋，悉已划除。白日皓皓，周道挺挺。君子攸行，吉无不利。

二十三日(11月9日) 吊于程氏。

二十四日(11月10日) 送序东年丈之丧。 两日多过。

二十五日(11月11日) 整书。

二十七、八日(11月13、14日) 扫墓。

二十九日(11月15日) 如金陵。 讽《孝经》《论语》《礼经》。数息。

晦(11月16日) 至申。 有失言。

十月七日(11月23日) 至宁主胡定甫兄所。

八日(11月24日) 见黄漱兰师。

十二日(11月28日) 星海见过。 昨夜水西门外火燔茸屋四十一家，作启集资赒救之。

十五日(12月1日) 香帅延为书局总校。

十七日(12月3日) 礼卿见过。

二十二日(12月8日) 读朱子书。 讽《孝经》《论语》《礼经》。

二十三日(12月9日) 如初。 讽《孟子》。 人当卓然以圣贤自任，庄敬诚实，以植其基；高明广大，以扩其境；勇敢强毅，以立其志；真积力久，以致其道。先难后获，弗能弗措，终吾身而已矣。 心既已知之，身既已由之，若性命肌肤之不可移也。念兹在兹，释兹在兹，造次必于是，颠沛必于是，所居则化，无入而不自得焉。 日力几何，心力几何？壹于正，犹惧不给；岐于邪，将何以堪？

二十四日(12月10日) 读朱子书。 补记至宁以来事。 惑，心之贼也。《论语》言“崇德辨惑”，德与惑对文，如善恶、吉凶、生死、祸福，无中立之势。夫子答子张、樊迟所云，弼尚不足以语，此弼之所谓惑者。疑，疾也。疑疾将作未作之时，此心未尝无一隙之明，一转念间，私意起而惑矣。治之之法，当乘其明之机，用大力决绝之，譬如电光一明，大雷立动，霹雳掷地，恶物震死。今日决绝一事，明日决绝一事，不数日间，疑根断绝，此心光明朗彻，如日中天，而德可立矣。

二十七日(12月13日) 巽庵见过。 得家书并二哥书，甚慰。

二十八日(12月14日)

二十九日(12月15日) 杂阅书传。 得家书。 自七月以来，牵役人事，奔命江干，迁延往来，靡所止疑。旅次偶理旧业，辄复废罢，心为形役，情逐时迁，岁月骎逝，晦朔代序，观感物变，良用三叹。往者不谏，来者可追，厥明夙兴，尚其毋忽。 闻李石农师之丧，悲不自胜。

十一月朔(12月16日) 是月也，天以为正，周以为春，坤凝乾元，震出复初，君子顺时，更始建德。 读《孝经》。 巧言如簧，闻者解颐，是之谓佞。虽非媚悦，志已丧矣。志已丧矣，义以方外之谓何？ 访礼卿。 为学而有矜名之心，是谓行诈欺天。 语言无节，神气飞扬，大非畜德养身之道。 疑根未除，当健以决之。雨雪见晛而消，鬼狐遇雨而亡，乌有理不胜惑者乎！ 梦魂不安，无端惊呼，不是；非礼之视、听、言、动、思，皆不是也。疾呼去之，即勿之也。

二日(12月17日) 作家书。 狐疑犹豫，即用猛力去之，又当穷理养心。 口授桂蟾经义。 读《论语》。 心不则德义之经，故非礼之言入于耳而出于口。

三日(12月18日) 我日斯迈而月斯征，及今不勉，后悔何及？自今伊始，凡有僻违，必实著其事于册。

四日(12月19日) 迁于文正书院。

五日(12月20日) 谒黄漱兰师，并以桂蟾见。

六日(12月21日) 杨范夫见过。 诵《士冠礼》六叶半。 读朱子书。　讽《孝经》。

七日(12月22日)　程子作字甚敬，以养德也。纵笔涂鸦，心之存焉者寡矣。李石农师云：某作字，一点一画皆出于古人规矩准绳，君子之于规矩准绳，何往而可离乎？　数注疏叶数。　诵《孝经》《礼经》《春秋左氏》《穀梁传》。

八日(12月23日)　诵《孝经》《礼经》《论语》、朱子书。　人当以圣贤为己任，遇事以圣贤为衡，其有疑难，则思圣贤当此何以处之。圣贤之理在心，思之即得，既得之则孤行直上，强立不桡。积之既久，自然清明在躬，气志如神矣。　读《周官》《仪礼》，当如见周公；读《论语》《孝经》，当如见孔子；读《三礼》郑注，亦当观郑君大体所在。如是，方能抉经之心，执圣之权，达道德治化之本原，而不同于章句陋儒也。

九日(12月24日)　读《周易》《周礼》《礼》、古人诗文。　问桐见过。

十日(12月25日)　致星海书。　上家大人书。　夕得家中电，云父病，即归。方寸大乱，不知所出，翼日晓发。

十四日(12月29日)　至家，则父亲已于十日辰刻弃养。大哥惧弼有意外之虑，仅以病闻。呜呼痛哉！不孝自幼羸弱，鞠育艰难，甚于他子。先慈见背后，父亲益以其不肖而怜之，食息起居，在在经心。年将壮矣，视之犹若孩提。今乃遭此惨变，疾病未尝侍奉，含敛未及躬亲，抢地呼天，攀援无路，不孝何以为心，何以为人邪？呜呼痛哉！　十三日小敛已不及矣，痛哉！

十六日(12月31日)　大敛，随伯兄匍匐将事。

倚庐纪痛

孤子元弼录

鸣呼！身体发肤，受之父母，不敢毁伤，孝之始也。心者，身之主，未有心死而身能存者。元弼之心死矣，然游魂余气尚未离身，一息尚存，仍为在天所凭依。乃自十年以来，忘孝之道，思虑过节，重以忧病，迄今心魔纠缠，瞬息间幻境万变，精气虚耗，不能自主。及今不治，必成痼疾。以先父母之盛德懿行，而有昏狂废疾之不才子，灵爽昭昭，能无怨恫？不孝之中，又不孝焉。明发不寐，有怀二人，惟有善闲心神，壹诚追慕，勿使思心有尤，为鬼狐所侮，慎重遗体，此其本矣。

十二月朔(1896 年 1 月 15 日) 月晦而复朔，亲去而不复来，哀哉！ 以绝魔闲邪之说，告于先考之灵。 诵《金刚经》，心魔仍至，妄念仍至，幸即遏绝。

二日(1 月 16 日) 礼，非丧事不言，不忘哀也。弼独何心，以他事置喙乎？

三日(1 月 17 日) 视漆。

四日、五日(1 月 18、19 日) 读《礼》。

六日(1 月 20 日) 自今以往，视、听、言、动、思有离道失正者，必谨书于策。天地神明、先圣先师及我先考妣之灵实鉴之。 读《孝经》，心魔五至。 读《礼》。 数息百，心魔四至。 读朱子书，为治心也。 诵《金刚经》四过，心魔三十余至，后又屡至。 处创钜痛深之时，而言语衎尔，真鸟兽之不若矣。

七日(1月21日) 呜呼！哀哀父母，生我劬劳，民莫不谷，我独不卒。凶祸如此，疾痛惨怛，当至死不穷。乃未及一月而哀情已杀，天性何在，人心何在？ 诵《金刚经》二过，心魔十六至。 读《孝经》，心魔二至。魔之为心害也，如奸宄颠越不恭，当劓殄灭之无遗育。

八日(1月22日) 二哥奔丧至家。 数息，心神较清。

十日(1月24日) 读《孝经》《礼经》、朱子书。

十一日(1月25日) 诵《金刚经》，心不凝。 丧亲之谓何？而言语衎尔，稍有人心，忍出此哉？ 读《孝经》《礼经》、朱子书。 高子皋三年未尝见齿，至痛在心，非他事所能移也。在戚而有嘉容，是谓不度。

十二日(1月26日) 失记累日。

十六日(1月30日) 读《孝经》《礼》、朱子书。 观《易》，以求幽明之故、死生之说。

十八日(2月1日) 凡事当求之实，不当索之虚。虚不可索而得也，徒使心放荡无所定耳。 梦父亲。呜呼！明灵在天，岂能一日忘不肖邪？

十九日(2月2日) 居丧之礼，庐垩室之中①，不与人言，况与妇人言乎？败礼忘哀，至此极矣。

二十日(2月3日) 除恶未尽。

二十三日(2月6日) 读《易》《礼》《孝经》。

二十五日(2月8日) 有疾。

二十六日(2月9日) 忧心茕茕，念我父母令德遗教，他日能述修万一否邪？筮之遇大有之大壮。

二十七日(2月10日) 先妣生日也。呜呼！自今以往，不孝永为无父无母之人邪？悲乎痛哉！

---

① “垩”字，原误作“亚”，《礼记·杂记》“三年之丧……庐垩室之中”，据改。

明发庐日记

曹元弼录

光绪二十有二年丙申(1896),岁在鹑尾 三十岁。

春娵訾正月朔(2月13日) 於戏!弼之少也,每元日从二昆跻堂上大人寿,父母昆弟欢欣和乐,何其盛也!大福不再,重祸荐臻,无父无母,何怙何恃?谁非人子,我独于罹,天邪命邪?如之何? 读经。 古之人尽爱敬于事亲,而后推以及人,自事兄事君事长,以及居家临民,不令少有余憾,以亏孝道。今弼大本已失矣,弥缝匡救,其有及乎?否乎?虽加一日愈于已,夙兴夜寐,强为善而已矣。 玩《易》。

二日(2月14日) 诵《金刚经》。 读《孝经》。 人之行莫大于孝,孝莫大于严父。事母之爱,事君之敬,皆资于事父。弼也事父无状,不获终养,生民之本绝矣。回念二十九年中,长我育我,恩斯勤斯。迨先妣之没,益以其不肖而怜之。岂意春晖永谢,朝露遽晞,欲报之德,昊天乎,我心无穷已!

三日(2月15日) 诵《金刚经》。 读《孝经》。

四日(2月16日) 诵《金刚经》。 读《孝经》《易》《礼》。

五日(2月17日) 诵《金刚经》。 舅氏来。 读《孝经》《易》《礼》。

七日(2月19日) 诵《金刚经》。 读《易》。 初六:"履霜,坚冰至。"按:《九家》曰"霜者,乾之命也",《礼记》曰"天有四时,风雨霜露,无非教也"是也。履霜者,九月之时,剥一阳仅存;坚冰至者,十一月之时，复一阳始出。于坤初系此辞者，明穷上反下，阳无绝道。剥复之际，坤凝乾元，至此而息复也。故传曰："阴始凝也。"《文言》发其义，以为坤阴始姤，消至二为遁则乾毁，消至三成否则乾灭，消至上而六阳尽矣。故《易》辨之于早，曰"履霜，坚冰至"，以明阳之不绝也。夫初六曰姤来，姤五月盛暑而取象坚冰，则坤取息复明矣。坚冰由于履霜，则阳之由衰而盛，由微而著，顺致其道而无隔绝，亦明矣。至如日至之至，来复之意，卦辞据阳初息言，《文言》推本于阴始消，以明阴消之祸如此其烈。故经取息阳急也。

八日(2月20日) 弼生日也。於戏！生我者何往乎？遗训在耳，尚其服膺勿失。

九日(2月21日) 诵《金刚经》。 读《易》《礼》。

十一日(2月23日) 诵《金刚经》。 视漆。 妄陋之见，亟宜荡除。 读《礼》。

十二日(2月24日) 数息千。 久矣哉！弼之失心也，即一善念起，众妄念攻之。人心之危，道心之微，审察持守，可不勉哉？ 讽《孝经》《论语》《易》《礼》。

十三日(2月25日) 诵《金刚经》。 读《孝经》《易》《礼》。

十四日(2月26日) 诵《金刚经》，心乱。 多妄言。 午后，读《孝经》《礼经》，至夜卧，尚无大悖礼事。

十五日(2月27日) 诵《金刚经》。读《孝经》。

十六日(2月28日)至十八日(3月1日) 整书。

十九日(3月2日) 午后，凝神少顷。 星海以书来唁，答之。

二十二日(3月5日) 程子云："自讼不置，能无改乎？"夫唯能改，故贵乎自讼。

二十四日(3月7日) 诵《金刚经》。 言惰。 读《礼》《易》。视妹。

二十五日(3月8日) 居丧不哀，是谓不度。夙兴有失，言言如此，心可知矣。 诵《金刚经》。 君子无所争，犯而不校。君子而与斗筲之人校也者，贤不肖相去几何？即不以辞却之，已为心害。

二十八日(3月11日) 诵《金刚经》，心不一，失养之咎也。读《孝经》《易》《礼》、朱子书。 久矣哉！习之为心害也。乘本心发见之时，穷理积善，倘习是可以胜非乎？ 有失言。

二十九日(3月12日) 诵《金刚经》，心仍不一。 言非所言，忘哀甚矣。

晦(3月13日) 甚矣，克己之难也，一或不慎，使其身傀焉，如不终日矣。 午后，反己自思，怃然觉悔。

二月朔(3月14日) 诵《金刚经》，心不一。读《孝经》《易》《礼》、朱子书。 择乎中庸，曾不能以终日守，继志述事，难矣哉！

二日(3月15日) 诵经，纷驰益甚。 君子之孝也，言思可道，若之何其失口于人也。 读《孝经》《易》、朱子书。 心，气之君也。心不存则气反而游散矣。

三日(3月16日) 诵经。 攻取之机，何时息乎？亦贞一而已矣。 读《孝经》《易》《礼》、朱子书。 理所无而心拟度之，是谓惑。惑来当以理决之，不容转念，所谓以阳决阴也。又当涵泳优游，养此敳阳，栽培深厚，继继不已。久之，心与理融，惑何自来哉？ 流俗毁誉，当置不论。

四日(3月17日) 诵经，心少定。 读《孝经》《周易》、朱子书。 肆情牿性，形从而敝，君子危诸。

五日(3月18日) 诵经，心乱。

六日(3月19日) 失记。

七日(3月20日) 心大乱。此如一阳初复，群阴乘之，不能居贞善建，丧灭坤中且无日，安望息泰成既济乎？

八日(3月21日) 诵经，妄念蜂起，中无主故也。

九日(3月22日) 怒，凶德也。若火燎原，不可扑灭，丧家亡人，恒必由之。

十日(3月23日) 诵经。

十一日(3 月 24 日) 程子言圣人必无心疾,以持其志也。主人昧旦丕显,盗安得入室乎?

十三日(3 月 26 日) 治丧随两昆,匍匐将事。

十八日(3 月 31 日) 善不积不足以成名,元弼欲述先人之志,修德成身而立,立弗恒,是自弃也。非知之艰,惟守之艰。养心养目,勿忘勿助,砥砺道德,讲求经济,庶几负荷先业,无忝遗训。

二十日(4 月 2 日) 先考弃养百日矣,呜呼痛哉!

明发庐日记

曹元弼

光绪二十有二年丙申(1896)

二月二十有三日戊子(4月5日) 清明后一日,震六二用事,候桐始华,日直豫六五。 诵《金刚经》。 读《孝经》《易》、朱子书。讽《礼经》。

二十有四日己丑(4月6日) 豫上六。 诵《金刚经》。 行有不得,反求诸己,天下之理一也。君子成人之美,不成人之恶。 读《孝经》、朱子书。 居丧而食于人,非礼也。 无涵养持守之功,则好乐忿懥,动为心害。

二十五日庚寅(4月7日) 直讼初六。 诵经,心不一。 《春秋》讥文公纳币,贱其无人心也。礼之所重在志,色取仁而行违,君子绝之。 君子言思可道,故以训则明,为人谋则忠,若之何其失言以陷人也。 不敬则不正,耳目所加,手足所措,皆失其宜,践形惟肖之谓何? 读《孝经》《易》《礼》、朱子书。

二十六日辛卯(4月8日) 哀莫大于心死,牿之反覆,心尚有存焉者乎?读《易》。

二十七日壬辰(4月9日) 候田鼠化为鴽。 玩物丧志谓之自弃。

二十八日癸巳(4月10日) 诵经,心乱。

二十九日甲午(4月11日) 二哥如京师。

晦乙未(4月12日)

三月丙申朔(4月13日)　直蛊初六。　读《孝经》《易》、朱子书。

二日丁酉(4月14日)　候虹始见。　如初。

三日(4月15日)

七日壬寅(4月19日)　谷雨,震六三用事,候萍始生,日直革初九。

八日(4月20日)　失记累日,心放气荡。　人情一也,先之以博爱,则薄夫可敦;劫之以威力,则困兽犹斗。爱敬恶慢,各如其施,以获报焉。　读《礼运》,心为之廓然。　前日李生颂侯来见。

九日(4月21日)　作不顺而施不恕,臧武仲之所以不免于鲁国也。君子平其心,易其气,不求逞于人而人从之。　视漆。

十日乙巳(4月22日)　革九四。

十一日丙午(4月23日)　读《孝经》《易》《礼》、朱子书。

十二日丁未(4月24日)　候鸣鸠拂其羽。　诵经,心不一。如初。

十三日戊申(4月25日)

十四日己酉(4月26日)

望(4月27日)　仁道不远,欲之即是,痛发深省,万慝可攘。孤不天,不获事亲矣,先人遗教,是训是行,可不勉与?

十六日辛亥(4月28日)　夬九四。　诵《金刚经》,心不一。呜呼!一心之散,群邪攻取之,其何以堪?孝莫大乎立身,立身莫先乎立心。立心弗恒,而能迁善改过者,未之有也。

十八日癸丑(4月30日)

十九日甲寅(5月1日)　见节昭昭,堕行冥冥,不有人祸,则有天殃。朝过夕改,犹可及止,可不深念邪?　读《孝经》《易》《礼》、朱子书。　非礼之言,动于己之邪心,而足以感人之逆气。尊仁安义者,夙绝之。

二十一日丙辰(5月3日)　旅九三。　诵《金刚经》《心经》,安念迭起。 读《孝经》《近思录》、朱子书。 读《易》。 日中奠，诵经，心仍不一。所谓气反而游散，非邪。食时复言不敬，所谓牿之反覆也。 读《礼》。

二十二日(5月4日) 候蝼蝈鸣。

二十三日(5月5日) 立夏，震九四用事。

二十四日己未(5月6日) 旅上九。 克己复礼，仁也；不能自克，其害可胜道哉？ 读《孝经》《易》《礼》、朱子书。

二十五日庚申(5月7日) 师初六。 仁可过也，义不可过也。怒不中节，残贼之祸，自此滋矣。

夏四月朔(5月13日) 诵《金刚经》。 读《孝经》《易》、朱子书。 躁人之辞多，口过之来，由心放也。 梦先考妣。呜呼！鞠育劬劳，心力交瘁，不孝服劳奉养之不能，何论先意承志？凡事过则可改，亲没则一而不可复得矣。天下后世为人子者，所当以为殷鉴也。

二日(5月14日)

五日(5月17日) 读《史记·孔子世家》。

不远复斋日记

吴县曹元弼

二月朔(1897年3月3日) 读《孝经》。 汪师来书,以香帅电并所寄行用见贻,即定于初六日启行。 整书。

二日(3月4日) 整书。 读《诗正义》。

三日(3月5日) 整书。 鄙吝之见生于其心,深可悯笑。 致屺怀书,归所借《朱子全书》。

四日(3月6日) 以将行辞于师长朋友,见汪师、屺怀。 爱人不亲反其仁,己则不仁而责人之亲,又重怒之,以汤止沸,将何益哉?

五日(3月7日) 理所必无而妄意之,是谓惑。治惑无难也,革其非心,反之定理而已。程子云"圣人必不害心疾",处心师圣人,何疾之有?

六日(3月8日) 如楚,启行。

七日(3月9日) 至申。

九日(3月11日) 上轮。

十一日(3月13日) 黄漱兰师自芜湖之安庆,同轮,往见语久。

十二日(3月14日) 质明,轮至安庆,送漱师行。

十三日(3月15日) 至汉口宿。

十四日(3月16日) 至武昌。 香帅授馆机器公所。 昨梦先考妣如平生,岂游子离乡,在天之灵与俱行邪?勉哉!淑慎尔身,毋贻神恫。 读《诗正义》。 讽《易》《孝经》《论语》、古文。

十五日(3月17日) 讽《孝经》。 谒香帅未见,约十七往。

见提调王戍臣观察名秉恩、张胜之同年名孝谦，语久，甚相得。见史学分教姚□□、主政名□□、监院刘聘之名宏烈。谢□□名□□两广文见过。 是日，香帅致飧。

十六日(3月18日) 张同年见过。

十七日(3月19日) 姚□翁见过。

十八日(3月20日) 两提调致飧。 王观察见过。

十九日(3月21日) 香帅见过。

二十日(3月22日) 整理物件略定。

二十一日(3月23日) 读《诗》《周礼正义》。 为四侄讲《说文》《文选》。 读《史记》、古文。 讽《孝经》。

二十二日(3月24日) 读《孝经》《诗》《周礼正义》、古文。 讲《说文》。

二十三日(3月25日) 拜楚地当道，见瞿廉访廷韶。 访蒯礼卿同年。 讲《说文》。

二十四日(3月26日) 读《孝经》《诗正义》《周礼疏》、古文。 讲《说文》。

二十五日(3月27日) 如前。

二十六日(3月28日) 读《孝经》《毛诗》。 礼卿同年见过。

二十七日(3月29日) 读《孝经》、朱子书、《诗正义》《周礼疏》、古文。 讲《说文》。

二十八日(3月30日) 此身天地父母之形气所分也，此心受天地之中、禀父母之德以生者也。陷溺其心，毁伤其身，不孝不仁莫大焉。 读《孝经》，以下如初。

二十九日(3月31日) 如初。

晦(4月1日) 读《孝经》，以下如初。 《考工记·轮人》"参分其毂长"节，疏："辐深实应三寸十八分寸之一。"案："寸"下脱"半"字，各本皆然，于数大乖，当补。

三月朔(4月2日) 研香火神殿文昌宫。 读《孝经》两周，安念窃发，即以理克之。　“丧不过三年”，不过者，不足之辞。孝子之心无穷，礼以是断之耳。　哀哉！弼也，亲戚既没，虽欲孝，谁为孝？民莫不谷，我独于罹，如之何？智小谋大，虐用其心，以成惑疾，如之何？目力日衰，无以自济，如之何？　心持一中谓之忠，持二中谓之患，好用心而不一于善，是以生疾。自今以往，唯有敬义夹持，孤行直上，读书行事，常共先圣、先师、先父母临上质旁，提撕而警觉之，庶有瘳乎？　读《诗》《周礼》。

六日(4月7日)　见香帅。　晤陈善余、卢海田、潘樾堂、马□□。　星海见过。

七日(4月8日)　香帅招饮。　王观察、张同年招饮。

八日(4月9日)　访礼卿。　陈孝坚名宗颖见过，兰浦先生哲嗣也。扫除瑕秽，振摄精神。读《诗》《周礼》。抑人自扬，必与祸会。

九日(4月10日)　礼卿见过。

十日(4月11日)　读《孝经》、朱子书、《说文》《诗》《周礼》。疏《孝经》。　读古文。　讲《说文》。

十一日(4月12日)　心乱。　礼卿同年命其兄子寿民若木来受业，以《说文》授之。

十二日(4月13日)　读《说文》《孝经》《礼》、二记。

十三日(4月14日)　无欲速，无近名，形如槁木，心如止水，乃克有济。　读《说文》。

十八日(4月19日)　谒黄漱兰师，未见。

二十日(4月21日)　读《孝经》《说文》《诗》《周礼》。　孝坚见过。

二十一日(4月22日)　瞿廉访招饮。　杨生鎏来谒。　与礼卿语移时。

二十二日(4月23日)　整书。　读《周礼》。　惑志仍萌，急宜克治。　读朱子书。　《诗谱》论周后王之无道，特举烹哀公一事。淫刑以逞，恶之大者；《吕刑》观仁，于是已矣。周道衰微，诸侯不享，职此之由，故特书以明戒。　读《诗》《周礼》。

二十三日(4月24日)　送漱师回安庆。

二十四日(4月25日)　治《易》。　讲《说文》。

二十五日(4月26日)　两湖书院开馆。

二十七日(4月28日)　读《说文》《诗正义》《考工记》。　访礼卿、孝坚诸君。

二十八日(4月29日)　默坐澄心。　读《说文》《诗》《周礼》。

妄念迭生，当以理胜之。

二十九日(4月30日)　读《说文》。　《毛诗·国风》题下正义，文甚粹美。　《周南·关雎》题下疏。　陆元朗说《二南》分系周、召，与《诗序》岐。　据《左氏》，则武王以元女配胡公，非配阏父，元朗说误。　冲远说毛传，称训诂之义与班《书》殊，义得两通。　《国语》云"子男之国，虢、郐为大"，不言其始封，而王肃谓武王封为郐子，身质言语，专辄之甚。　《诗》之至云焉。　郑谓伏戏始作八卦，造书契，洪荒初辟，世质民淳，必未有诗①。降及神农重卦，黄帝造书契，庶业其繁，政教渐兴，有诗以否，不可知。至有虞氏以诗为教，乃可定其时有诗耳。不言女娲者，郑据《系辞》，不据《中候》也。许君序《说文》，亦断举伏羲、神农、黄帝，皆大儒禀经垂法之意。　大庭、轩辕，疏论诗乐，文极茂美。　论功颂德云云。　案：此诗之大用，而郑笺之大义也。知此，则可以兴，可以观，惩恶而劝善，昭明德而废幽昏，达于政而不失于恶，其为益岂有量哉？　《诗》中陈后稷、公刘、太王、王季之德，故郑推本言之。　兴者，非一日而兴也，十五王而文始平之；亡者，非一日而亡也，懿、夷阶乱，幽、厉乃放弑。然而从善如登，从恶如崩，自后稷以来，历千载，越异代，天命始归；懿王以下，百年之间，而宗周忽诸，可不戒哉？　纣作炮烙之刑，文王请而除之，孰意后世乃有烹人者。史迁讥其遂衰，郑《谱》著其始祸，其意深矣。孔疏目此事

---

① "诗"字，原误作"时"，据文义改。

为大罪恶，得郑微旨。　五霸至记矣。　案：王泽竭而诗不作，定、哀之间，能诗者亦寖少。盖先王之教息，而战国之风成矣。　《周礼·天官》《地官》，是后稷封殖天下、公刘明民共财之道。“故孔子录懿王、夷王时诗”，疏：“孔子录周衰之歌。”“衰”当为“室”，下云《商颂》亦是周歌可证。　以为勤民恤功，疏能见郑君立教大意。

夏四月朔(5月2日)　读《孝经》《诗》《周礼》。　得家书。　凡一念起，当审其邪正。正者扩充之，邪者遏绝之。　目力日衰，今而不养，后将大困。　用静吉，凡事皆然。

二日(5月3日)　旷半日。　午后读古文。

三日(5月4日)　读《诗》《周礼》。

四日(5月5日)　人苟不以圣贤自任，则委靡浮沉，日究汗下，势必尽丧其本来而后已。自今以往，当奋志刻厉，修德讲学，迁善改过，非仁无为，非礼无行，敬养夹持，动静交养，庶几山径重开，桑榆复旦。　天地神明、先师先圣、先考先妣实鉴此心。

五日(5月6日)　读《近思录》。

八日(5月9日)　两湖书院始教，讲《六经》大义，诸生属以所讲笔之于书，从之。

九日(5月10日)　始以《说文》授诸生，本日讲《序》四叶，依段注。　“仁者先难而后获”，“正其谊，不谋其利；明其道，不计其功”，此正心修德之大要也。　有惑志，何信道之不笃，而见理之不明邪？搏狮置奕，程先生命之矣。　先圣临女而贰其心，是自败也。　鄙吝未化，何以入道？　读《近思录》，有味乎其言之也。

十五日(5月16日)　读《孝经》《近思录》《说文》。　多妄言，心不存之咎也。

十六日(5月17日)　读《说文》。

十七日(5月18日)　读《说文》。

十八日(5月19日)　祛惑定神。　戒多言，戒妄念。　读《近思录》《说文》《诗疏》。

二十日(5月21日) 读《诗》《周礼》。

二十一日(5月22日) 读《孝经》《诗》《周礼》。

二十二日(5月23日) 读《近思录》《孝经》。

二十三日(5月24日) 作《诗谱序讲义》。

二十五日(5月26日) 静生明,理胜惑。

二十六日(5月27日) 自筮终得与于斯文否,遇大有之乾。读《孝经》《近思录》。 程子言人于怒时,当忘其怒而观理之是非。凡克去私欲,当以此为准。 辞费伤信,君子耻之。 孝坚、礼卿见过。 读《史记》。

二十七日(5月28日) 星海、善余见过。

二十八日(5月29日) 星海惠假《通典》。 读《说文》《毛诗》《周礼》《孝经》《近思录》。

二十九日(5月30日) 读《孝经》《近思录》。

潜圣斋日记

吴县曹元弼

光绪二十三年丁酉(1897)

秋九月十七日(10月12日) 读《孝经疏》。 应事接物,无非学也。苟谓其妨读书而厌拒之,则书与事判为二矣,虽多,奚以为? 志气清明,度量广大,则近道矣。 心之放也,如水滔天;惑之积也,如土渗水。禹之行水也,行其所无事也。治气养心,亦若是而已。

十八日(10月13日) 读《孝经疏》。 拈香观音阁。 问倪师疾。 为彦翁购书。 视妹。 更往他所。 夕归。 病之中人,乘乎气虚,善医者务养其气;惑之害心,由于理不足,善学者务积其理。集义以生浩然之气,孟子所以不动心也。 "幼子常视毋诳",勿轻与谑。 虞生过宿,约同至申。

十九日(10月14日) 读《孝经疏》《诗疏》《易说》《说文注》。《孝经序》疏云《孝经》各家,经文皆同,惟孔壁古文为异,至刘炫遂以古《孝经·庶人章》分为二,《曾子敢问章》分为三,然则古《孝经》此二章本不分明矣。颜注《汉志》,据炫本为说,增续《别录》耳。 一变而为七,元变为画也;七变而为九,画变为爻也。以爻对画,则爻为画之变者,画为爻之未变者,故曰"彖者言乎象,爻者言乎变"。彖始著象,爻乃究气。郑云《周易》以变者为占,故称九称六,谓七变为九,八变为六也。九者,阳之极,可变为阴而非阴也;六者,阴之极,可变为阳,而非阳也。故爻辞亦谓之彖辞,明其不离本象也。及九变而为二,则阳为阴矣。《易纬》"乃复变而为一",郑云"一"当为"二"。九变为二,则六亦变为一。其变与否，则在乾元之用之也。夏、商之《易》有画无爻，故《左传》但言遇复遇蛊；《周易》有画复有爻，故传言乾之姤之同人。有九六而后阴阳相易，因以所易卦目其爻，犹云乾之初之二耳。　怒害勇，诈害知。　读陶诗。

二十日(10月15日)　思心有尤，梦魂用搅。　结习宜除。舅氏师倪听松先生涛卒。先生学纯行高，容仪温伟，器识宏远，笃于仁，勇于义，达于治体，安贫乐道，诲人不倦。弼兄弟尤深荷培植，岂意龙蛇遽厄，星陨山颓。抱痛心丧，容有极邪？二十一日小敛，二十四日大敛。

二十七日(10月22日)　起程赴楚。

二十八日(10月23日)　抵申，厥明上轮。

十月朔(10月26日)

二日(10月27日)　抵宁。

六日(10月31日)　自宁上轮。

八日(11月2日)　抵汉口。

九日(11月3日)　济江抵鄂城既济宫。　谒香丈未见。

十日(11月4日)　整书。

十一日(11月5日)　拈香文昌宫火神殿。　读《孝经》《周易》《毛诗》《说文》、古音论。　王幹臣兄见过，痛论学术人心之弊，慨然以拯衰销逆、斥佞黜邪为己任，君子哉！

十二日(11月6日)　读《孝经》《易》《诗》《礼》《说文》、音论。善余贻书两种。　幹臣贻自著书两种，意在息邪说、正人心，风雨鸡鸣，足以发聋振聩。　夏生寿康来谒，生字仲膺，书院高材，本科中式。　季立来书。　学者以圣人之心为心，则是非有正，祸福不贰，爱敬可达之天下，忠信可荐于鬼神。　中人以上可以语上也，因材设教之思无穷矣。　魂梦不安，心未定也。

十三日(11月7日)　汪生炳宸来见，生字紫垣。

十四日(11月8日)　失记。

十五日(11月9日) 海田见过。 傅生守谦、字济川。萧生延平字北承。来，未见。 读《孝经》《诗》《礼》《说文》诸书如初。

十六日(11月10日) 孝坚见过。

十七日(11月11日) 星海见过。

十八日(11月12日) 戌臣见过。

十九日(11月13日) 王生劭恂来见，生字嬖盦。 星海见招。 善余见过。 夜静，坐讽《孝经》《论语》《易》。

二十日(11月14日) 编书院课程。 善余见过。

二十一日(11月15日) 人苟以圣贤自期，则天下无逆境矣。 角一时之胜，忘终身之忧，惑莫甚焉。 读《黄文明集》、朱子书。 私意仍萌，亟宜遏绝。 读《孝经》《说文》《诗》《易》《礼》《法言》、古文辞、《切韵》。 经曰："先之以敬让而民不争。"斗辩暴乱之来，皆不能自克之，心召之也。 静养数息，才及三百，妄念之起，已不可胜计。 梦魂颠倒，此之谓夜气不足以存。

二十二日(11月16日) 平旦初觉，攻取之念已炎炎而生。己心之不正，如正人何？ 读《孝经》《说文》《诗》。 旷时。 善余见过。

二十三日(11月17日)

十有一月朔(11月24日) 读朱子书。 论学须有定志定力。 数息三百，妄念十起。 幹臣见过，论学移时。 读《参同契》《法言》。 妄念四起，当以纯刚克之。 数息四百，妄念九起。 闲居当言礼言学，勿游谈。 讽《孝经》《论语》《孟子》。 读书当沉潜反覆，勿躁迫。 夜寐略安。

二日(11月25日) 昨梦先考妣。呜呼！在天之灵，何日不照临不肖邪！ 平旦，未与物接，争心已起，气质未化，如此何以免于人祸？

七日(11月30日) 读传记、古文。

八日(12月1日) 读《孝经》《说文》《诗》《周礼》。 孝坚见过，语移时。　善余、申甫来。

十一日(12月4日)　访星海,语久。

十二日(12月5日)　读《孝经》《诗》《周礼》《春秋》《说文》。访幹臣,善余在焉。　论人者,必使其人可闻,否则诬怨,岂在明不见是图。

十三日(12月6日)　读《孝经》《诗》《周礼》。　访孝坚、彦长。心存于道,物来顺应,是非不爽,斯无惑矣。　心不可斯须离道,言为心声,闻声知情,慎辞哉!

十四日(12月7日)　累日失记,是谓无恒。

十七日(12月10日)　与星海先生通谱,事以兄礼。

十八日(12月11日)　读《孝经》《诗》《周官》《礼》《春秋》《说文》。　神明生道德,道德生文章,故学以治心为本。《大学》"诚意""正心"两章,当熟复深思,用以诚切自治,否则本实先拨,枝叶焉附?虽博极群书,犹未学也。随得随失,何有何亡邪?　心思有尤,故梦寐不安。　孝坚见过。

十九日(12月12日)

二十一日(12月14日)至二十四日(12月17日)　按时读书,差少败德。

二十五日(12月18日)　圣人以天自信,贤人以圣自信。尊其所闻,则广大矣;行其所闻,则高明矣。高明广大,在加之意而已。昨梦先考妣如平生欢。遗训在耳,尚勉行之。　读《孝经》。　编课程。　访孝坚。

二十六日(12月19日)　读朱子书、《孝经》《说文》《诗》。　治心自辨惑始,未知焉得仁。

二十七日(12月20日)　读《孝经》《说文》《诗》《周礼》。　孝坚见过。　夜寐不安。　虐用其心,以正犹不可,况以妄乎?

二十八日(12月21日)　冬至荐于馆堂。　《大学》之教,本于诚意。诚意必先致知,致知在格物。知于善深则来善物,知于恶深则来恶物。人心至灵也，一于善而毋自欺，心乃可得而正耳。 《道经》曰："人心之危，道心之散，惟一惟精。"不一不精，则散者没而危者亡矣。择善，精也；固执，一也。诚之则心存而道得也。中孚息复，其庶几乎？ 读《孝经》《礼经》、古文辞。 荃台见过。 仁者，其言也讱，未有躁妄而可与入道者。

二十九日(12月22日) 访星海。 作文一首，未成。

三十日(12月23日) 续为之，仍未毕。 善余、孝坚见过。学问事业，皆由心起，治心之道难矣哉！

十二月朔(12月24日) 拈香火神殿文昌宫。 心志易乱，操养之功浅也。 人不可以不学，学不可以无时，君子之学也，将为天下万世明其道也，敢不为天下万世珍其时乎？日知所亡，月无忘能，温故知新，曷敢不勉？

每日八点至九点读《孝经疏》终则继以《三朝记》《曾子》《表记》《坊记》等篇及《孟》《荀》。《说文注》《近思录》。 九至十疏《诗》。 十至十一读《周官》。 十一至一读《史》《汉》、古文。《类纂》《杂抄》《韩集》《顾集》。 一至四编《孝经通义》。 四至五读《周易》。 五点后闭目静养。

每月逢五逢十读《礼经》一篇，短者两篇，如《昏》《相见》《公食》《觐》。《周礼》数叶，《毛诗》一卷，《易》《书》各数叶，《论语》两篇，流览《骚》《选》、古诗、《说文》《尔雅》《方言》《释名》《广雅》、韵学。

笃信斋日记

吴县曹元弼

光绪二十四年戊戌(1898)　三十二岁。

冬十有一月十有九日(12月31日)　卦气直复六四,中行独复,传曰:“中行独复,以从道也。”道不远人,复以修身,何其咎!　入道自笃信圣人始,万事万物之来,一以圣人之言为折中。　读《孝经》。

二十日(1899年1月1日)　杂念害心,杂览害学,言人不善害德。

二十一日(1月2日)　每一念起,必自问曰:“于经义有当乎?可书以质先圣乎?可书以质人乎?可书以自质乎?”其可书也,即直书之;其不可书也,是不当有是念也,即遏绝之。　读《孝经》。　治《礼》。

二十二日(1月3日)　《孝经六艺大道录》首篇及目录刊成。

二十三日(1月4日)　节庵命为其长子学蠡开学成礼。

二十四日(1月5日)

二十五日(1月6日)　韩子云:“待用于人者,其肖于器邪?用与舍属诸人。君子则不然,处心有道,行己有方。”　读《孝经》。终岁昏惰,今乃清明。　将归,整理书籍杂物。

二十七日(1月8日)　孝坚见赠李石农师所书扇。

二十九日(1月10日)　读《孝经》。　谒香丈论学。

三十日(1月11日)　香丈招饮。

十二月朔(1月12日)　节庵招饮。　与孝坚、海田同行归。

七日(1 月 18 日)　至家。

八日(1 月 19 日)至十八日(1 月 29 日)　整理书籍物件。

十九日(1 月 30 日)　谒郎亭师。　访诸亲友。

二十日(1 月 31 日)　略定心。

二十一日(2 月 1 日)　理杂事。

二十三日(2 月 3 日)　庄诵《孝经》。　检书。

二十五日(2 月 5 日)　读《孝经》。　治《礼》。

二十七日(2 月 7 日)　先妣生日设祭。　腊祭。　理明识定，则气习之偏不足忧。非本心而妄念起，听之而已。横逆之来，奚足校哉？

二十八日(2 月 8 日)　旷废终日。　定心。　致星海书。

笃信斋日记

吴县曹元弼

光绪二十五年己亥(1899) 三十三岁。

春正月朔(2月10日) 有事于先祖五祀。 读《孝经》。 圣人之道,莫尚于和。《易》以乾元用九治天下,则各正性命,保合大和;《孝经》以至德要道顺天下,则民用和睦,上下无怨。周公制礼作乐,必待四方民大和会,故曰:"礼之用,和为贵。"

二日(2月11日) 出贺岁。

三日(2月12日) 读《孝经》《近思录》。 治《礼》。 杂览文笔。

七日(2月16日) 读《孝经》《近思录》。 编《礼》。

八日(2月17日) 弼生日也。古者,三十而《五经》立,愚今者已三十三矣,夙夜孳孳,砥学厉行,尚恐不及,以忝所生,矧曰"其敢自逸"。 读《孝经》《近思录》。 《序卦》:"以喜随人者,必有事,故受之以蛊。蛊者,事也。有事而后可大,故受之以临。临者,大也。"按:以喜随人,《系辞》所谓易从也;有事,即《系》所谓有功也。有事而后可大,即有功则可大也。圣文自相发明如此,孰谓《序卦》非孔子之言乎? 文王以六十四卦分上下经,乾坤天地之始,咸恒夫妇之始。上经言天道,下经言人事。故孔子《序卦》上下篇不相蒙,不然坎离本夫妇丽而相感,故受之以咸,蝉联易易耳。

十有一日(2月20日) 读《孝经》。 治《礼》。 帝之妻舜而不告,处人骨肉,斯为尽善。圣人人伦之至,即此可见。

十三日(2月22日) 读《孝经》《近思录》。 治《礼》。

十四日(2月23日) 读《孝经》《近思录》。 治《礼》。

十六日(2月25日) 读《孝经》《近思录》。 读《礼记》。 过言则民作辞,矧敢谑。 事缘人所好来,知可不审乎!

十七日(2月26日) 读《孝经》。 心神尚定。

十八日(2月27日) 午后旷时。 不适。

十九日(2月28日) 读《孝经》《论语》。 先圣临女,无贰尔心。 治《礼》。 曾子答单居离之言,其忘之乎? 慎戒必恭,恭则寿。

二十日(3月1日) 旷半日。 读《孝经》《论语》、古文辞。 心神不凝,昼之所为,夜糅杂而为梦,事所必无,理所必无,而梦有之,非梦也,思心之尤也。

二十一日(3月2日) 治《礼》。 少梅招饮,从之,假《五礼通考》。 当致星海、闻远书。 当致二哥书。 当复虞生书并归《文选》。 当为定甫谋事,以济其贫困。 金陵书局当于赴鄂时绕道往。 当致唐丈书。 当致伟之书。 每日自八点至二点治《礼》。 二至三读昌黎诗文。 三至四作书。 四至五说《左传》。 五以后休养。 每日所思所言所行,必求无失本心,可质先圣,思无越畔,书无隐情。

二十三日(3月4日) 读《孝经》《论语》。 编《礼》。 读古人文。 致闻远书,草未就。

二十四日(3月5日) 读《孝经》《论语》。

二十六日(3月7日) 读《孝经》《论语》。 玩愒因循,忽将弥月,今不自奋,后悔何追? 爱日以学,积善成德,游乎诗书之源,行乎仁义之途,无迷其途,无绝其原,勉乎哉!

二十七日(3月8日) 读《孝经》《论语》。 妄用其心,虐用其目,毁伤莫大焉。 治《礼》。 心神尚定。

二十八日(3月9日) 读《孝经》《论语》。 治《礼》。 境从心起，怀疑不祥。　静不专则动不直。

二十九日(3月10日)　读《孝经》。　治《礼》。

三十日(3月11日)　读《孝经》《论语》。

二月朔(3月12日)　日中，温经。　市德归怨，事虽小，其为心害实大。　善念起，养之使盛大；妄念起，克之使消止。　读古文。

二日(3月13日)　温经。　读古文。　编《礼》。

三日(3月14日)　平旦之气，岂可以溺志暴气乱之。　经不可离须臾，离经即叛道矣。故圣人之道，学而时习。　理明则辞达，志道乃成章。游之乎诗书之源，行之乎仁义之途，何患文不逮意。　温经。　人而不仁，疾之已甚，乱也，尤而效之，罪又甚焉。圣人以万物为一体，焉有不可化之人乎？　治《礼》。　读古文。　致闻远书。

四日(3月15日)　温经。　一日暴之，十日寒之，未有能生者也。　治《礼》。　读古文。　使人不以道不能行，于妻子能敬以和，则无我怨矣。　血气方刚，仁可过也，义不可过也，况未必义乎？

五日(3月16日)　旷时。心有所忿懥，则不得其正。　香丈来电，复之。

六日(3月17日)　仍旷时。　温经。

七日(3月18日)　温经。　编《礼》。　致节庵书，稿未竟。

八日(3月19日)　温经。　编《礼》。　简则易从，易从则有功，有功则可大，可大则贤人之业，繁难则反是。敏则有功，作辍则反是。　改过迁善，笃信好学，斯格于上圣矣。　吾之心正，而天地之心亦正；吾之气顺，而天地之气亦顺。顷刻之间，可以希圣参天，仁远乎哉！

九日(3月20日)　昔者，郑君好学，实怀明德，进退容止，非礼勿动，作《六经》注义，格于先圣，可谓渊懿矣。　读《孝经》《周易》《近思录》。　编《礼》。　闲邪存诚，功不可瞬息间。

十日(3月21日)　午刻始编《礼》。　斋祓其心，乃能近道。有心而不知治，不知孰甚；有心而不能治，无勇孰甚？心在吾身，治之尚曰不知不能，天下事将复何知何能？是自暴也，是自弃也，是不仁也。 闻远来书，以先受松江府聘，不能就两湖分教，其不失信若此，可敬也。当专电复星海，并作书详述厥故。 编书不可再迟，再迟则失信甚矣。

十一日(3月22日) 《孟子》曰："乃所愿则学孔子也。" 《论语》曰："笃信好学。""君子博学于文，约之以礼，亦可以弗畔矣夫！" 曾子曰："尊其所闻则高明矣，行其所闻则广大矣。""言有主，行有本，谓之有闻矣。" 《易》曰："闲邪存其诚。" 简则易从。 敏则有功。 自强不息。 学道爱人。 董子曰："正其谊，不谋其利；明其道，不计其功。" 《易》曰"夫大人者"至"况于鬼神乎"。 "是故君子所居而安者"至"吉无不利"。 《孟子》曰："操心危，虑患深，故达。" 以上诸文，录之以当书绅铭座。 温经。 编《礼》。 读古文。 致星海书，稿未竟。

十三日(3月24日) 辰初起。 《孝经》大义在爱敬，而敬又所以为爱。凡言不敢，皆敬也。 程子曰："圣贤必不害心疾。" 温经。 治《礼》。

十四日(3月25日) 客多废业。

十五日(3月26日) 玩物丧志，不亦难乎！

十六日(3月27日) 出门终日。

十七日(3月28日) 旷废半日。 温经。 编《礼》。 凡非所思而思，皆为离经叛道。 不曰坚乎，磨而不磷；不曰白乎，涅而不缁。况本非磨涅而虑其磷缁，是自丧其坚白也。虽郑贾之学，舒向之文，云平之思，一遇心疾，皆丧之矣，可不戒哉！

十八日(3月29日) 平旦之气，岂可渎乱！ 自修正。 温经。 编《礼》。 胡不动心忍性？

二十一日(4月1日) 读《孝经》《近思录》。 圣贤必不患心疾，盖圣贤心广体胖，物来顺应，如天涵海镜，日丽风和。尽天下之物，不足以累吾灵明；尽天下之事，皆足以助我学养。何疾之有邪？

编《礼》。

二十二日(4月2日) 编《礼》。 己所不欲,勿施于人,故在家无怨。匪怒伊教,教之至也。责善则离,不祥莫大焉。 伊耕三旬冥寿,悲夫!尚复何言?但望我妹能自排遣,积病渐愈,死者有知,亦当少慰耳。凡事前定,悲欢如梦,得其情,尽其常,斯无憾矣。

二十四日(4月4日) 思圣人之所以为圣,不知足之蹈之、手之舞之。我亦人也,而甘自菲薄邪? 编《礼》。

二十五日(4月5日) 致星海书。 万无此理而妄意之,是谓惑,是谓心疾。疾在身,犹可言也;疾在心,岂不哀哉!疾在身,以药医之;疾在心,亦以心药医之。心药者何?曰:圣人之言,天理之正,人心之所同然。用心药之法奈何?曰笃信圣人。克己复礼,终日乾乾,如临帝天,一念之起,一事之行,必书以示人,且以质圣。如此,自然妄念私意无所容于方寸之间,雨雪漂漂,见晛曰消矣。

二十七日(4月7日) 除恶莫如尽。

二十八日(4月8日) 力行其善,至于充满而积,实则神明自得,辉光日新矣。 读《孝经》。 方读《天子章》大传,忽思解《圣治章》谊,习不以时,思出其位,即妄念也。 读《近思录》。 编《礼》。

二十九日(4月9日) 晏起,昧旦丕显之谓何? 读《孝经》《近思录》。 编《礼》。

三月朔(4月10日) 思无邪,毋不敬,立心之本;敏则有功,简则易从,立事之宗。 知者以其所及济其所不及,愚者以其所不及丧其所及。 读《孝经》《近思录》。 编《礼》。

二日(4月11日) 如初。

三日(4月12日) 如初。

四日(4月13日) 出门。

五日(4月14日) 读《孝经》《近思录》。 行有不得,反求诸己,先圣所以幸教我者,其宝之勿失。 事无难易,顺应而已;遇无困亨,顺受而已。 校所编《礼》说。

六日(4月15日) 旷时。 安而后能虑,聪明睿知,皆由敬出。不得于心,则求于气,徒思何益,适以窒其机耳。 南皮公来电见招。

七日(4月16日) 不惑不忧不惧,更相为用。 复南皮公电。读《孝经》《近思录》。 编《乡饮礼》。

八日(4月17日) 如初。 时不可旷,机不可留。

九日(4月18日) 编《乡射》。

十日(4月19日) 气习之偏,须以毅力克之。 思而不学则殆。 三思则私意起而反惑。

十一日(4月20日) 致星海书。 斋祓其心,一诚不贰,方能入德。 色斯举矣,翔而后集,凡事任天而动,时止则止,时行则行。

十二日(4月21日) 读《孝经》《近思录》。 编《礼》。 闻远来书。

十三日(4月22日) 读《孝经》《近思录》。 闻桃花开一枝,亟往观之。役于物如此,何以定性? 编《礼》。

十四日(4月23日) 读《孝经》《近思录》。 再不自克,悔无及矣。道不可须,觉察早一刻是一刻,防闲密一分是一分。

十六日(4月25日) 读《孝经》《近思录》《汉儒通义》。 凡事以义断决,何思何虑?

十八日(4月27日) 闻远见过,止宿二日,畅论学术,获益甚多。 沈谷成年丈见惠锺氏《谷梁补注》。

二十日(4月29) 读《孝经》《近思录》。

二十一日(4月30日) 失记。

二十三日(5月2日) 编《聘礼》《公食大夫》。

二十四日(5月3日) 妹病初愈,归。 南皮先生来电,辞分教得命矣。 编《觐礼》。

二十五日(5月4日) 略编《丧礼》。 温《周易》《孝经》《孟子》。 选《经学文钞》。 静坐数息,心神少定。程子见人能静坐,即谓其好学,有以夫!

二十六日(5月5日) “知止而后有定”一节，宅心之本，进德之原，为学处事，靡不由之。 读《孝经》《近思录》。 每日自八点至十二点编《礼》，述而不作，即有深悟卓见，亦俟暇日补之。 十二点至一点疏《礼》。 一至二读《孝经》及他经，并选先儒说经文。 二至四校《礼》。 四至五读诗、古文，陶写性情，或纵笔所之，发抒蕴蓄。五点后讲《书》。 六点至七点，闭目数息。

二十七日(5月6日) 沈谷成年丈寿辰，往祝。

二十八日(5月7日) 编《丧服》。 读古文辞。 燕燕飞无定，差池羽不齐。岂知精卫石，不作护巢泥。沧海愁波阔，扶桑怨景低。宣尼方叹凤，何日得安栖。

二十九日(5月8日) 编《丧服》义。

四月朔(5月10日) 正阳之月，纯乾用事，君子法之，闲邪存诚。 读《孝经》。 编《丧服》义。

二日(5月11日) 读《孝经》《近思录》。

四日(5月13日) 视妹。 访沈谷成年丈，语良久。

五日(5月14日) 二嫂及欢侄自都归。

六日(5月15日) 闻远来书，言初七日启行赴鄂矣。 当检朱子说丧礼一事，在《礼书纲目》卷首。 须检《左传》叔仲惠伯劝襄仲语。 孔子射于矍相节，当补入《乡射》。 轻喜已不可，况易怒乎？是不仁也。

七日(5月16日) 疏《礼经》。

八日(5月17日) 编《礼》。

九日(5月18日) 梦中所为，觉则知其幻；醉时所言，醒则知其狂。此势之不两立者也。为伯夷之清，则不能辞首阳之饿；为柳下惠之和，则不能却袒裼之来。此势之不两立者也。既曰古之人，古之人希圣而希贤矣，又何见道之不明，而克己之不勇邪？凡事有定，尽人事以待天命可也。 妹病复剧，深虑之。以妹之孝友，勇于为善，苟有天道，必当挽回。

十一日(5月20日)　视妹。　神福仁而祸淫，苟此理不爽，妹必当愈。　理杂物。

十二日(5月21日)　《易·系辞》当反复潜玩。　“夙兴夜寐，无忝尔所生”，当终身诵之，终食无违。　君子无入而不自得，上不怨天，下不尤人。　喜、怒、哀、乐皆有其节，过则为灾。

十三日(5月22日)　欢侄完姻，请期摄媒事。

十四日(5月23日)　编《礼》，以妹疾，心神不能专一。

十五日(5月24日)　不先定其神，何以济人于危。　剥穷而反，三阳先正，谦以制礼，复斯不远。　素患难行乎患难，君子无往而不循理处善。　为学之道，由不自欺，真积力久，以至于神明自得。　视妹。

十六日(5月25日)　私意未化，岂未闻伯夷、柳下惠之风乎？夷、惠犹日月也，人皆见之；孔子犹天也，民无能名。　读《孝经》。复沈谷成年丈书。　鄙薄未化而求入道，难哉！　编《礼》。

十七日(5月26日)　读《孝经》《论语》。　凡事必求无憾。精义入神，以致用也。凡事以义断决，何疑为？　哀莫大于心死，《孟子》“牛山”章为世人起死肉骨，厥功不在禹稷下矣。

二十一日(5月30日)　始集《心药编》。　读《孝经》。　学莫先乎得其本心。人题直立端，正当天地，以有心尔，心正而天地之情可见。　圣人先得我心之所同然，正朝夕者视北辰，正嫌疑者视圣人。　泰伯之让，民无得而称，德之至，仁之熟也。　自二月十二夜，妹略患寒热，十四卧病以后，时愈时剧，元气益亏。三月廿四左右，颇有起色，必欲归吴氏，固留之不可。遂于廿四上午归。归两日，又转剧。至四月初九，头痛大作。二十，痛止而腹泻，神思渐乱，有飘乎欲仙之意。至二十五日辰刻，竟去世。呜呼哀哉！呜呼哀哉！以妹之纯孝苦节，勇于为善，更历万痛千愁，而天复促其年邪？以我生无禄，父母俱失，生人之趣，固已尽矣，而天复夺之妹邪？人生到此，天道宁论？悲夫！悲夫！尚何言哉！尚何言哉！其明日大敛，盖棺论定，佥曰贤仁。妹无憾矣，其如我何？自是万事观空，无心人世矣。

日知后录*

吴县曹元弼

余之生三十有九年，思十九年时，志高气盛，以圣贤为必可为，以道济天下为非他人任，忽忽十年，德无所进，又十年，以至于今，而学益退，气且衰矣。知及之仁，不能守之，虽得之，必失之。曰古之人，古之人夷考其行而不掩，古人传我而我不往，且驰而背之，如之何其可邪？今觉而反之，其已无及乎？其尚可及也，一息尚存，我欲仁，仁斯至矣，何不及之有？亭林顾先生，豪杰士也，资其浩气以策顽懦，志此录以励日新云尔。

八月五日(1905 年 9 月 3 日) 汉之儒者，皆欲引其君以胜残去杀，当道志仁。贾生《过秦》，其言深切沉痛，所以戒汉也。“仁义不施，而攻守之势异”，《孟子》所谓“虽与之天下，不能一朝居”者，信矣。次篇言安民，三篇言知人。　五霸假仁义而仁义小，故老庄以煦煦孑孑者当之。　程子作字甚敬，存心之验。

八日(9 月 6 日) 小人以小恶为无伤而弗去，非不知恶之为恶

---

* 《日知后录》，王欣夫先生抱蜀庐辑钞本卷首目录注时间为“三十年乙巳”。按，乙巳当为光绪三十一年，即 1905 年，盖偶脱“一”字。又《日知后录》开头曹元弼自言“余之生三十有九年”，曹元弼生于同治六年正月初八(1867 年 2 月 12 日)，以虚岁计乙巳年正月初八后即可称三十有九，可知此年为光绪三十一年。

也，溺于欲不能自克耳！天下之罪莫大于不能自克，贪者以不能自克而盗，邪者以不能自克而淫，极之误国殃民，乱臣贼子。夫岂不知而为之，亦不能自克，以至于此极耳！是故不能自克则陷溺迷乱，入于禽兽；能自克则惩忿窒欲，迁善改过，而可贤矣；贤而积之，则安处善乐循理，神明自得，而可圣矣。　哀莫大于心死。自己者，以心治百体也；不能自克，心死者也。"震苏苏""震行无眚""震无咎者存乎悔"，庶几哉，其死而复生乎？

九日(9月7日)　独坐沉思，日月逾迈，如水东流，喟然大息，思所以补既往而策将来者；度精力，计时日，定程期，自一日以迄没身，无惑心，无弃言焉。

十日(9月8日)　八点至九点，究《孝经》大义。　九至两，辨《河图》《洛书》、先天后天。　两至三，读古人文、诗若经师文，以畅怀导气。　三至四，作友朋书问。　四至五，温《周礼》。　五以后百家。　默坐静息可也。

十一日(9月9日)　八至九释《孝经》例。至十三日毕。　九至两以后，同前。

十二日(9月10日)　有事。　余暇用功如前。

十三日(9月11日)　九至两定《易》图。　余如前。

十四日(9月12日)　八至九辑《孝经》与群经相通之义。　九至两校补《周易会通》。十九日毕。　余同前。

二十日(9月18日)　八至九解《孝经》难义数事。　九至两，前数日有未竟之绪则补之。　余同前。

二十一日(9月19日)　八至九定《孝经》条例、目录。　九至两定《周易》条例、目录，并群经通例。约二十五日毕。　余同前。

二十六日(9月24日)　自朝至暮，作《易序》，约二十八日毕。

二十九日(9月27日)　作《孝经序》，约九月初二日毕。

初三日(10月1日)　作《群经总序》，约初五日毕。

初六日(10月4日) 作上张宫保书,约初九日毕。

初十日(10月8日) 作致梁星海书,约十一日毕。

十二日(10月10日) 作致汪荃台书。 自二十六日至此,每夜温经史、古文能背诵者。

十三、十四两日(10月11、12日) 校《孝经》《周易》校改处。

十五日(10月13日) 八至两校《礼》说,至月杪毕,随定条例、目录。 两至三读古文、《周礼》。 致友朋书如前。

十月朔(10月28日) 作《礼序》,至初三日毕。

初四日(10月31日) 八至两定礼图。 余读古文等如前。

初五日(11月1日) 八至两温《礼经》,掇其与群经相通之义,约二十五日毕。 余读古文、《周礼》等如前。

二十六、二十七日(11月22、23日) 容有未备补之。

二十八日(11月24日) 八至两读《周礼》。 两至三读古文。 三至四作友朋书问。 四至五读《孟子》,至十一月十八日毕。

十九日(12月15日) 九至两读《礼书纲目》,至十二月初八日毕。《周官·明例》始无遗憾。 余读古文、《孟子》等如前。

初九、初十两日(1906年1月3、4日) 删友孙仲容书。

十一日(1月5日) 八至两,校《周礼》说,随定条例、目录,约二十日毕。

二十一日(1月15日) 考正数事,约来年正月初十毕。月半前定图,十六至十八作序,十九、二十定《流别》《阙疑》。

正月二十一日(2月14日) 八至两校《孟子》说,月杪毕。例、目即定。

二月朔(2月23日) 考正《孟子》事,约八日毕。

初九日(3月3日) 删《孟子字义疏证》,两日毕。月半前序《孟子》,并定《流别》。

以上各经均于明年二月望前告成,如今年至楚,则须于后一月或两月。

以上各经成后，当以四十五日粗读《易》一过。

六月朔(7月21日) 八至两治天文地理。两至五治古文、算学。与友朋书，约八月毕。

九月至丁未(1907) 正月杪，治《尚书》成。

丁未二月至四月 二戴《礼记》成。

五月至岁杪 《春秋三传》《国语》成。

戊申(1908) 正月治《论语》，一月毕。 二月治《诗》，五月毕。至己酉(1909)，《尔雅》《说文》毕。 《易》《礼》书成。

庚戌(1910)、辛亥(1911) 《孝经六艺大道》余成，《孝经注》成。

壬子(1912) 以后，编《经儒法则》。 观古诗文及养生书，为老而自息计矣。[①]

十三日(9月11日) 邪说者，暴行之先驱；戏言者，灭身之祸胎。自今以往，誓不出一戏言，恐惧戒慎，如临师保，省察克治，庶几有功。 养心莫善于寡欲，欲者，心之洪水猛兽，乱臣贼子也。夫必抑心之洪水，驱心之猛兽，诛心之乱贼，而后可以学孟子，承三圣。志不定则不能学，气不盛则不能行，坚持其志，行无不慊，则德进业修，浩乎沛然矣。三折肱，知为良医。弼之肱折于私欲多矣，今而知圣人之言，真良医也。速药哉！宁瞑眩毋死。

十六日(9月14日) 月攘一鸡，以待来年然后已，此与不改过之甚者，无志如此，虽圣人亦无如之何矣。 君子三戒，皆所以治血

---

① 自八月"十一日 八至九释《孝经》例"至此，根据内容判断，治学计划与每日实际行事多相混，而此以下至结尾"七日 读《孝经》《曾子》"，时间大体连贯，且其后《寻孔颜乐斋日记》起自十月十三日，与此亦大体上相衔接，姑暂从王欣夫先生系于乙巳年。考虑到八月十一日至此，内容多有计划性质，而其后又有"九月朔"，因此自"十三日"至"三十日"仍系于八月。所系未必准确，聊供参考。

气。血统于气，气统于志，持其志则血气自治矣。

《经学文钞》目：《史记·孔子世家》录略、《儒林传序》《太史公自序》录略、《汉书·艺文志总序》及序六儒家、《儒林传序》《后汉书·儒林传序》。

二十三日(9月21日) 说《孝经》《周易》。读《庄子》。

二十四日(9月22日) 《易·通卦验》云"天地成位，君臣道生"，盖天尊地卑，即君臣之象。《易》首乾坤，本天道以正人伦，其义之所由来尚矣。又云："苍牙通灵，昌[1]之成，孔演命，明道经。"道经，谓《易》也。周秦间人称道经者，谓大道之经，《荀子》"道经"其类也，不得误以为老氏书。

二十五日(9月23日) 说《孝经》《易》。

二十六日(9月24日) 未有心不定而能进学者，岂惟学之不进，将从恶如崩，今日又蹈覆辙是也。凡事顺理而行，不可使心躁迫纷乱，非徒无益，而又害之。读书著书，至乐事也。急迫求之，则反为至苦。苦则心与道背驰，必不益矣。

三十日(9月28日) 《庄子》曰："善故静。"盖所谓静者，心一于善也。《大学》曰："在止于至善。知止而后有定，定而后能静。"

九月朔(9月29日) 先慈忌日也。日中斋敬设祭。"八统[2]诏王驭群臣"，注曰："驭者，驱之纳之于善。"此义非施于臣民，若上文祭祀以驭其神，则"驭"只训为治，与乡义同。故"驭"字见于八则，而郑君至此始发此义。用莫神于声，此书之所以贵读也。朱子谓韩昌黎、苏老泉毕生于声响上用功，至哉言乎！人一能之己百之，人十能之己千之，此之谓发愤。如是而学不成者，未之有也。

二十日(10月18日) "知止而后有定"一节，为圣学纲要，万事

---

① "昌"字，原空缺，孔颖达《论卦辞爻辞谁作》引《通卦验》云"苍牙通灵，昌之成，孔演命，明道经"，今据补。

② "统"字，《周礼·天官·大宰》作"柄"。

根本，立心立事，须臾不可离。一日用力，还至而立有效。 由知止以至能虑能得，则心广体胖，行无不歉，而浩然之气塞乎天地矣。 读《孝经》，此心久放，穷而自返。读圣人书，奚啻亡子之见父母，流人之返其家乎？ 君子不重则不威，学则不固，戏言戏动，学所以随得随失也。人不忠信，则事皆无实，虽有改过迁善之心，而频复频失，亦终必亡而已。是皆不知止之咎也。 人莫不诵《论语》，而发首"学而时习之"一语，无人能行之者，民行之不兴，国势之日弱，无怪焉耳！

二十一日(10月19日) 读《孝经》。 礼言夙兴，《孟子》称鸡鸣而起。一日曾几何时而平旦清明可玩愒邪？ 《易》说"能消者息，必专者败"，至哉言乎，率是道也，其何不济？

十月三日(10月30日) 《孝经》言教，《论语》言学；《孝经》以教为政也，《论语》学而后入政也。教即礼也。《孟子》言制产养老，即《孝经》之教；言孝弟守先王、待后学，即《论语》之学。反是则上无礼、下无学，犯上作乱，邪说暴行作矣。

七日(11月3日) 读《孝经》《曾子》。

寻孔颜乐斋日记*

吴县曹元弼

十月十三日(1905年11月9日) 读《孝经》。 知言则无疑，养气则无惧，二者亦反其本心而已矣。 曾子曰："君子爱日以学，及时以行，难者勿辟，易者勿从①。"又曰："不能行而言之，诬也。"玩时愒日，行不逮言，吁可惧哉？

十四日(11月10日) 曾子曰："先忧事者后乐事，先乐事者后忧事。"德义之缓，邪利之急，灾及其身，悔何及哉？ 曾子曰："复而不改，殒身覆家。"所谓"迷复，凶"也。

十六日(11月12日) 读《孝经》《论语》《曾子》。 《论语》发首言"学而时习之②，不亦说乎；有朋自远方来，不亦乐乎"，孔子、颜子乐处在是矣。首章言学，次章言孝弟。《孟子》曰："仁之实事亲，义之实从兄，乐之实乐斯二者。"

十一月望(12月11日) 读《孝经》《论语》。 七戒：戒怠、戒

---

* 王欣夫先生抱蜀庐辑钞本卷首于《寻孔颜乐斋日记》下注云"同上"，即同《日知后录》"三十年乙巳"，上已考知当为光绪三十一年乙巳，则《寻孔颜乐斋日记》亦当为光绪三十一年日记。又此记有云："先冬至三日，卦气直颐艮，君子以养正，思不出其位，是日十一月二十三日。"光绪三十一年冬至为十一月廿六日(12月22日)，与所言十一月二十三日乃"先冬至三日，卦气直颐艮"及二十六日"日南至"正合。

① "从"字，原空缺，据《大戴礼记·曾子立事篇》补。

② "之"字，原脱，据《论语·学而》补。

欲、戒怒、戒疑、戒多事、戒戏、戒幻想。 求放心。 积其气。

先冬至三日，卦气直颐艮，君子以养正，思不出其位，是日十一月二十三日(12 月 19 日) 读《孝经》《论语》《中庸》。 阅自著《易说》。

二十四日(12 月 20 日) 《孝经》"天地之性人为贵，人之行莫大于孝"，后人以性行连言，文出于此。

二十五日(12 月 21 日) 心有所忿懥，则不得其正，其离道也远矣。

二十六日(12 月 22 日) 日南至。读东原先生《原善》《论性》等篇。

二十七日(12 月 23 日) 读《孝经》《论语》，说《易》。

二十八日(12 月 24 日) 本心明则自信，好学笃则自乐。 《孟子》曰："中也养不中，才也养不才。"今日怪诞跋扈者，不中者也，养之使归于纯正，则用人之知去其诈，用人之勇去其怒矣。委靡固蔽者，不才者也，养之以□其志气，则虽愚必明，虽柔必强矣。 读《孝经》《论语》。 濮梓泉方伯见过。 问叔来，语良久。 说《易》。 圣贤必不患心疾，理明也。知止、定、静、安而后能虑、能得。日夜之所息，平旦之气，本心见焉。不得于心，弗求于气者，谬矣。 日夜之所息，坤凝乾元，《易》□□初于此见之。

十二月朔(12 月 26 日) 从善如登，从恶如崩，进寸退尺，曷用有成？

二日、三日(12 月 27、28 日) 天下至可乐者道，至难得者时，离道弃时，吁可悲矣！ 阅旧著《礼说》。 未有心不定而能进学者。气壹动志，百邪乘之，一念之差，坐废四日，戒之戒之！ 日迈月征，此身将老，君子之弃，小人之归，可惧哉！

七日(1906 年 1 月 1 日) 读《孝经》《中庸》。

十一日(1 月 5 日) 读《孝经》《中庸》。 辑《易》《礼》义。

十七日(1 月 11 日) 读《孝经》《论语》、古文辞。 校《礼说》。

十八日(1 月 12 日) 读《孝经》《论语》、古文。

丙午学记

吴县曹元弼

光绪三十二年春正月十二日立春(1906年2月5日)

自此以后,操舍无常,存亡不定,或记或否,虽所学不无寸进,而放心卒未能收,杯水车薪,枉寻直尺,恐蹈迷复之凶。猛厉发蒙之志,恒以立心,损以窒欲,益以迁善。一息尚存,不惧来日之短;千圣如在,尚鉴无邪之思。“克己复礼”章当拳拳服膺,念释不忘,以为起死肉骨之万金良药。

礼堂写经记丙午七月始

吴县曹元弼

七月初一日(1906年8月20日) 儒者一念之敬,可以为天地立心,为生民立命;一念之怠,文武之道坠于其手,可不戒哉!

二日(8月21日) 《大学》"在亲民",程子读为"新民"。愚谓亲民乃新民之本。下文:"一家仁一国兴仁,一家让一国兴让,上老老而民兴孝,上长长而民兴弟。"曰兴,新民也;曰兴仁、兴让、兴孝、兴弟,亲民也。自古圣人化民易俗,使邪者正,昏者明,散者聚,弱者强,其用莫大乎兴。而所以兴之之道,则在因其孝弟之本心,导之相爱相敬,俾各竭其聪明材力,以尽相生、相养、相保之能事。是故有民而不能兴行,愚弱涣散,有载胥及溺之忧,不知新民之失也;兴民而不本于孝弟仁让,则悖逆争乱,有不戢自焚之惧,不知亲民之失也。今之言学者,知新民之急而不探本于亲民,是以一学之内,时有寻戈阋墙之衅。其在家庭,父子兄弟,离心离德。旧染之污如故,而殆有甚焉。欲望夫民我同胞与国为体,其所厚者薄,而其所薄者厚,恐未之有也。

三日(8月22日) 《康诰》曰:"作新民。"其下言文王作罚不孝不友、民彝大泯乱者,刑兹无赦,下篇《酒诰》教民聪听祖考之彝训,孝养厥父母,是新民主于亲民也。孟子论仁政曰:"人伦明于上,小民亲于下。"亦引《诗》云"周虽旧邦,其命维新",申之曰"子力行之,亦以新子之国",是亲民所以新民也。三代之学,则所以明人伦,大学之道所在也。

四日(8月23日) 郑注《大学》,文约道精,《正义》望文顺,故惟以“诚意”贯通全篇，为得七十子及汉师相传大义；朱子阐发义理，示学者以读书反身之法，穷理进德之方，字字抉其精敳，语语可以持守，实出孔疏之上。学者勿争古今文字句之末，而弃身心之实益也。

五日(8月24日)至**十日(8月29日)** 日知其所亡，月无忘其所能。昨日何生，今日何成，日慎一日，完如金城，孔子所谓恒，曾子所谓毅也。数日不书日记，慢矣过矣。

十一日(8月30日) 惜莫惜于荒芜旧学，乐莫乐于启发新知。

十二日(8月31日) 题吴彦钦、菡青两先生孝行各二十韵。

十三日(9月1日) 《易》占射隼，《诗》刺相鼠，人禽之判，死生之机，决于有礼无礼之间耳，戒之戒之。长恶不悛，从自及也。小惩而大戒，此小人之福也。迷复必凶，夬履乃贞。

十五日(9月3日) 物必先腐也，而后虫生之；人必先怠也，而后邪入之。毋不敬，则思无邪矣。 斯须废学，邪僻之气即设于身。坐如尸坐时习，立如斋立时习，邪气安得干其间哉？

十六日(9月4日) 致闻远书。善善而不能学，恶恶而不能改，虽有师友，亦如之何哉？ 目力日衰，心气日耗，速止斧斤，不伐牛山，倘有剥穷复生之望乎？卦气起中孚，欲正其心，先诚其意，慎察其几，庶不离道。

十七日(9月5日) 积精日刚，先难后获。

二十二日(9月10日) 读《孝经》《中庸记》《说文》，辑《礼说》。

二十三日(9月11日) 神虽耗而未竭，身虽弱而未病，目虽昏而未矇，及今养之，犹可以有立于天地间，不至与草木同腐，勉乎哉！ 信道笃，乐道深。

九月二日(10月19日) 君子而时中，小人而无忌惮。郑君有容貌君子、容貌小人之说。夫诚于中，形于外。容貌，德之符也。见君子厌然，所谓容貌小人；心广体胖，所谓容貌君子也。

复礼堂日记*

吴县曹元弼

五月十三日(1908年6月11日) 读《孝经》《论语》。作诗自

---

* 此记王欣夫先生抱蜀庐辑钞本卷首目录注其时间云“同上”，即同《复礼堂温故录》之“三十四年戊申”，但《复礼堂温故录》实为宣统二年日记(见后)，此记是否仍为光绪三十四年戊申日记则尚待考订。抱蜀庐辑钞本《复礼堂温故录》与《清夜焚香录》之间题“复礼堂日记”者四，卷首目录分为二，盖以前二者系于三十四年戊申，后二者系于宣统元年己酉。此记为四者之首，内容可作为判断时间者仅有“二十六日 闻远来，语终日”一条。检《复礼堂朋旧书牍录存》，张锡恭致曹元弼札有两函似与此有关：其一曰“前日诣府，是时尚未知兄拜赐命，回里后匆匆入都，见邸报始得知之，曷胜欣喜。朝廷所以待兄者，不啻如戴东原、张皋文两先生”，落款时间为“九月廿八日”。所谓“兄拜赐命”指光绪三十四年五月二十三日(1908年6月21日)苏抚陈启泰奏保曹元弼经明行修，进呈所著《礼经校释》，五月二十六日奉上谕而加恩赏给翰林院编修之事。其二曰“执手话别，忽已三月，班群入都，得稔兴居曼福，至以为慰。天不憖遗，张文襄公又捐馆矣”，“溥公去位，竟为满臣行三年丧一疏”，无具体落款时间，惟信中有言“岁云秋矣”。按，张之洞逝世于宣统元年八月二十一日(1909年10月4日)。又“溥公去位”，当指溥良去礼部尚书之位，据《清史稿·表四十八·疆臣年表十二》载，宣统元年八月“迁溥良察哈尔都统”(《清史稿》卷二〇八，中华书局，1977年，第8306页)，又《清实录·宣统政纪》卷二〇载八月庚子(八月廿四日，10月7日)，“以礼部尚书溥良为察哈尔都统”(《清实录》第60册，中华书局，1987年，第369页)。张锡恭写是札时间当在八月二十四日以后，退后三月，似与此记五月二十六日“闻远来，语终日”，在时间上较光绪三十四年更接近。 (接下页注)

箴。　自知斯谓知，自爱斯谓仁。苟无克己功，曷作睎颜人。古圣不惑年，今已过其辰。返躬自愆咎，何以答君亲。心战癯厥体，得道肥其身。操舍争一息，生死判千春。复礼恪匪惰，勉尔立元神。

十四日(6月12日)至十八日(6月16日)　失记。

十九日(6月17日)　惟定能进，故艮受之以渐；惟节能信，故节受之以中孚。若游移失据，动作无常，焉能为有，焉能为无乎？

二十三日(6月21日)　读书志道几三十年，而不能变化气质，克去私欲。己则败礼，何以教人？自今以往，痛自惩艾，戒欺慎独。每动邪念，即诵圣经贤传自克。如不能克，必直书所过，任人见之，庶因愧耻之心可以坊欲进德。　古圣人于欲曰窒，于己曰克，非心刚力果，强毅有恒，不能济。如用兵救火，必扑灭而后已；如尝毒探汤，一误不再误，其庶乎！

二十四日(6月22日)　欲正人心，先正己心；欲息邪说，先息邪念。未有己不正而能正人者。枉尺直寻，月攘一鸡，此自暴自弃与不仁之甚者也。二十年求道，犹夫人也，正坐此病。一息尚存，其痛戒之。无有师保，如临父母，既立之监，或佐之史。读书对先圣，清夜见本心，不可欺也。自今以往，每事必谨书之，以质朋友，正得失。

二十六日(6月24日)　闻远来，语终日，使我神敛气肃，惕然思察所行，有恳恻黾勉不敢自舍之意。道气感人，诚足敬也。

二十七日(6月25日)　善哉！韩子之言，“非圣人之志不敢存”，学之所以日进不已也；“无迷其途，无绝其源”，学之所以功成不放也。靡不有初，鲜克有终，行百里者半九十，仁不能守，虽得必失。惟圣罔念作狂，况万不及圣者，可无慎乎？　才高意广，而执德不固，立心弗恒，虽有至理名言，无以自信，况于取信于天下后世乎？

(续上页注)但此记言五月“十四至十八日　失记”，而《复礼堂日记》(1909年7月2日—1909年9月8日)中有五月十五日、十六日、十七日日记内容，则与此记系于宣统元年矛盾。结合张锡恭两信，仍从王欣夫先生系于光绪三十四年戊申，并移至此。

《易》曰："亢龙有悔。"阳亢于上，阴消于下，本既拨矣，虽盛何益？其务谦乎，贞固厚顺，以反复道，乾元于是乎常存。　读《孟子》《孝经》《论语》。

复礼堂日记

吴县曹元弼

前月元弼蒙苏抚陈伯平中丞奏保经明行修，进呈所著《礼经校释》，二十六日奉上谕，加恩赏给翰林院编修。书发交礼部礼学馆。闻命之下，感激惶悚，自揆梼昧，膺兹旷典。惟有益坚此心，敦学励行，诲人不倦，诂释圣言，发明忠孝，以期仰答涓埃，无忝所生，无负知己。自今以往，书日记当益严密，思察所行，积善累德，毋或自欺，以玷清秩。

六月十八日(1908 年 7 月 16 日) 读《孝经》《论语》。

十九日(7 月 17 日) 校《孝经》《周易》经师文。 虚誉隆，实德病，此君子所大耻也。上对君亲，下对清夜，前对圣贤，后对万世，何以无愧？顾名思义，反躬自省，能无惕然惧、奋然兴乎？

二十日(7 月 18 日) 牛山之木，勿寻伐肆之斤；鲦鲉之鱼，幸转胠汐之水。出乎幽谷，入自人门，敬义夹持，达天直上。复哉复哉！思之思之！

二十四日(7 月 22 日) 何以御暑，曰静。静神凝，虽土山焦，金石流，而不爇矣；否则内热焚和，愈苦暑而暑愈酷。

克己复礼疏节

君子乾乾，不息于诚，必惩忿窒欲，迁善改过，而后至。谨□心铭前，科列条举如左：

一、忘身徇欲，程子所深耻，当耸然庄诵“身体发肤”一节。

一、御下当庄以莅之，言笑不苟，勿与杂居齐齿，以启不逊而致忿怒。恭所以为惠也。

一、昧爽始寤，当念任重道远，唯日不足，勿令平旦之气稍涉惰慢。

一、读书当有定程，即为事阻，亦当量作少许时功，勿令间断。

一、遇事狐疑，当断决以理。

一、朔望拈香及祭礼必极诚敬。

一、四时新物，必斋明荐之。

复礼堂日记

吴县曹元弼

十四日[①]**(1909年1月5日)** 读《孝经》。 治《易》次第:一、校《易学文钞》;一、校所编《周易学》;一、作《周易学序》,定条例、目录;

---

① 下云:"前数日,辨咨议局设立处,约四千余言。 当属毛上真将《孝经讲程》《文王受命》上中两篇订一册,下篇及《答宋生书》《先君之思篇讲程》为一册,每册五十余分,俟来岁开学给诸生。又钉三十分备寄鄂分送。尊尊亲亲五大义篇当多钉三十余分,《经学文钞》三十分,《孝经学》十分,印《咨议局议》一百五十分。"按,曹元弼《复礼堂文集》卷七有《苏省当遵旨专设咨议局不当附属宁局议》一文,当即此所谓"辨咨议局设立处"之《咨议局议》。此文没有具体撰写时间,但根据内容有"三十三年九月上谕著各省督抚均在省会速设咨议局,凡地方应兴应革事宜,议员公同集议,候本省大吏裁夺施行。宪政编查馆资政院王大臣钦遵谕旨,详订章程,于光绪三十四年进呈御览","宁、苏分局,出自局章,已经钦定,督抚惟有谨遵,断无改议。今议者欲以苏局附合于宁局,列数说而申驳之"云云(曹元弼《复礼堂文集》卷七,《中华文史丛书》之四十六,华文书局,1968年影印民国六年(1917)刊本,第754—755、758—759页),知此文当出于光绪三十四年(1908)七月《咨议局章程》颁发后讨论江宁和江苏两咨议局分合的问题,可知此文应该作于光绪三十四年底。又《答宋生书》《先君之思篇讲程》当分别即《复礼堂文集》卷三之《答存古学堂肄业生宋翰飞书》和《江苏存古学堂经学策程说先君之思》两文。其中《答存古学堂肄业生宋翰飞书》无撰写时间,而《江苏存古学堂经学策程说先君之思》则注云"戊申十月"。又《经学文钞》和《孝经学》皆由江苏存古学堂于光绪三十四年活字排印,其中《经学文钞序》曹元弼所署时间为是年九月,《孝经学》排印时间为光绪戊申六月。由此可将 (接下页注)

一、作《周易笺疏序》；一、编阅诸家说《易》纲领；一、阅乾、坤、屯、蒙诸家说及元弼旧说，分别去取，为长编始基；一、定《易疏》条例；一、循序编纂，荟萃群言，择善而从，贯以心得。

二十一日(1909年1月12日)　使此心如明镜止水，祥风庆云，其乐何如？　前数日，辨咨议局设立处，约四千余言。　当属毛上真将《孝经讲程》《文王受命》上中两篇订一册，下篇及《答宋生书》《先君之思篇讲程》为一册，每册五十余分，俟来岁开学给诸生。又钉三十分备寄鄂分送。尊尊亲亲五大义篇当多钉三十余分，《经学文钞》三十分，《孝经学》十分，印《咨议局议》一百五十分，取叶、王、孙三君讲义。　阅卷。　定章程。

宣统元年春正月初一日(1909年1月22日)　快雪时晴，瑞日舒耀，气佳哉！天心祐圣，用光我中兴大业。　一人有庆，兆民赖之。臣元弼职司教学，敢不勉策驽钝，日有孳孳。　是月读《孝经》《论语》。　阅《孝经》提要、《校勘记序》、邢叔明序、旧作《臧辑孝经郑注吴刻本序》《跋》。　《郑注臧辑本序》即可用为《孝经纂疏序》底本。　阅《毛诗》提要、《正义序》《校勘记序》。　某日校《孝经学·明例》。

十二日[①]　百密一疏，丧其所守。及早回头，勿再失足。见义必为，改过勿惮。　据德如守城，攻恶如歼敌。指天誓心，持一不惑，守之终身，定在今日。　《诗·明例》目：《诗所由起》《采诗》《诗音入乐》《用诗为教以厚人伦》《六义》。

五日(1月26日)　《孝经纂疏》当首列《大谊》一卷，郑注当录其成句者，其零文碎谊，用小字旁注，略加申释，采前人说，务撷精要，足发经大谊，有功世道人心者。若无甚切要之言，悉置不录。此与向日

(续上页注)此两条月份限定在十月、十一月、十二月之间。又二十一日言“阅卷，定章程”，所阅当为存古学堂课卷，而章程当为来年存古学堂章程。且记中言“俟来岁开学给诸生”，则此时当在寒假期间。故笔者倾向于此两条日记当为光绪三十四年十二月事，以供参考。

①　“十二日”原稿如此，未知是有误，还是“十二日”之记串入，今姑仍其旧。

疏家体例略殊。《易疏》当放孔宪公，作论数首，冠于简端，约《明例》及《要旨》首章为之，兼采《解纷》数章。《诗疏》自《诗谱》始可也。凡诸经疏宜多采微言大义、古书证据，其牵连辨驳之说宜省，经文须语语解释，注文难解者解之。

七日(1月28日) 《易论》《易赞》当列《易疏》首。《孝经序论》列《孝经疏》首。

八日(1月29日) 校《诗》义。

九日(1月30日) 皇上登极，偕各绅行礼。讽《孝经》《论语》《大学》《孟子》。

十三日(2月3日) 疏《孝经》。

十四日(2月4日) 读古文。疏《诗》。《易学文钞》可即编目。尚有渊如《口决义序》、竹垞王□□。

二月初吉(2月20日) 越七日上丁，释奠于先圣先师。越四日。孟子反覆差次伯夷、伊尹、柳下惠之行，其高明广大之志气，与之合也。三子各立节之极，而孔子者大而化之，若元气之运四时，乘六龙以御天。学孔子而清任和，惟我所用，以时措之，无所处而不当。此孟子所以精义致用，光明四通也欤？吾于汉晋得四师焉，曰郑康成、陈仲弓、诸葛孔明、陶渊明。高山仰止，景行行止，以此洗心，可与入德矣。伯夷、叔齐兄弟让国，求仁得仁，其谏武王，曰："父死不葬，爰及干戈，可谓孝乎？以臣伐君，可谓仁乎？"圣人人伦之至，岂山林枯槁之士所可同日语哉？圣人之论学曰："朝闻道，夕死可矣。"其论政曰："自古皆有死，民无信不立。"盖至死生不夺，而后真可以立身立国。读《孝经》《论语》。校经师文。

十一日(3月2日) 读《孝经》《论语》。君子怀德，亲师取友，求天下之善士而从之也；小人怀土，宴安酖毒，志气昏惰也。君子怀刑，见几而作，不俟终日也；小人怀惠，贪汙君之禄，安乱国之朝也。

日记久不书，"无有师保，如临父母"之谓何？放心邪气，突如其来，莫之能止。吁！关市无讥，异言异服之人，能无乘间入乎？有礼无败，敬胜百邪，欲正人心，先正己心，过勿惮改，庶免终凶。

二十日(3月11日) 读《孝经》《论语》。 朱子谓学者当察切己实病。至哉言乎！元弼实病所在，其内自讼而审克之。

二十一日(3月12日) 中丞至学堂。 往会竹石师、咏春、文小圃，及学臬两司、知府均至。

二十二日(3月13日) 致鄂中诸友及菊裳[1]书。

二十三日(3月14日) 凡事以心为主，未有心不定而能治事进德者。何以治心，曰礼。 治惑治惧法，用曾子"得正而斃"之说，知其无可逃；《易》□□□□□□□□□。用程子"尖[2]必不刺人"之说，知其不足畏而加以平日之涵养，临时之审慎镇定，勉强历炼，斯无忧矣。

作字草率，即放心之一端。凡事皆当有规矩准绳，所谓君子勤礼。

二十九日(3月20日) 自今以始，所言所行必谨书之。

---

① "裳"字，原作"常"，今改。

② "尖"字，原空缺，《附东见录后》云"室中率置尖物，复以理胜佗，尖必不刺人也"，今据补。

希圣潜天室存养记*

吴县曹元弼

三画在天，消息已见。六爻之动，吉凶以分。总彼万殊，归于一元。先心藏密，为道本根。

四月四日(1909 年 5 月 22 日) 校《说文》。凡从川之字，皆

---

* 此记王欣夫先生系于宣统二年庚戌，而记中言“十一日　祭竹石师”，“十二日　偕存古同人公祭竹石师”。知此记当作于朱之榛逝世之后。叶昌炽《缘督庐日记》于己酉三月十五日记云：“适于晚航得朱竹石观察讣。……自城中归时，闻竹老病稍瘥，乃于昨日巳刻遽不起。”(叶昌炽《缘督庐日记》第 10 册，江苏古籍出版社，2002 年，第 6142 页)知朱之榛逝世于己酉三月十四日(1909 年 5 月 3 日)。朱之榛逝世后，苏州各界有一系列公祭活动，如《新闻报》是年四月初四日(1909 年 5 月 22 日)《宦苏浙人公祭朱观察》云：“宦苏全浙同乡以前督办牙厘局朱竹石观察历署藩臬各篆，均能恩威并济，特刊发传单，布告同人，定期于本月初五日巳刻，赴牙厘局公祭，以志哀思。”《新闻报》四月三十日(6 月 17 日)《谳员公祭朱观察》云：“前苏省牙厘局督办朱竹石观察，定期五月初八日举殡发审局，各员自稽核以及帮审均备祭席及幛联等件，先于廿七日由提学何肖雅太守率领，公同叩奠。又恐届时致祭者多，特预派招待人员照料一切云。”此记所言存古同人公祭朱之榛，正在宦苏浙人和谳员公祭朱之榛之间，由此亦可推此记当系于宣统元年己酉。又《缘督庐日记》于四月十一日(5 月 29 日)记云：“作朱竹石师挽联。”(第 6164 页)江苏存古学堂建立，叶昌炽为史学总校，“自戊申至宣统庚戌凡三年”(见曹元弼《复礼堂文集》卷一〇《皇清诰授通议大夫翰林院侍讲甘肃学政叶公墓志铭》，《中华文史丛书》之四十六，第 970—971 页)。叶昌炽此联或即为十二日存古学堂公祭朱之榛之用。此记原在《无忝录》后，今移此。

有顺义。人性之善也，犹水之就下。禹之行水，行其所无事，顺莫顺于川也。屰字，从干从凵。凵，所陷也。方上干而下有陷之者，屰之意也。如不孝者，其子每效之而为戾，方上干其亲而已下为子所陷矣；不忠者，其臣每效之而为乱，方上干其君而已下陷于其臣矣。诸侯僭天子，则大夫僭诸侯，自然之势也。古之制字者，知之深矣。

五日（5 月 23 日） 校《说文》。

六日（5 月 24 日） 校《孝经》。 辑《诗》义。 阳气剥尽，非坤之安贞无以息复。元弼之困甚矣，惟至静可以积精立神，自明自刚。

八日（5 月 26 日） 静亦定，动亦定，生死不以动其心谓之勇。气塞天地，沛然谁能御之，当为而为，生死常变，悍然不顾，则不惑不忧不惧矣。朝闻道，夕死可矣。圣人惟此关打破，故能任天下之重，济天下之变，忍人之所不能忍，为人之所不能为。见义必为，充其量不过不利耳，极之不过死耳。苟不避死，何义之不立？自古皆有死，亦何惧？

十一日（5 月 29 日） 祭竹石师。 作字甚敬，程子我师也，万勿尤安石而效之。

十二日（5 月 30 日） 偕存古同人公祭竹石师。 致樊提学书。

十三日（5 月 31 日） 日月几何，而忍玩愒；精力几何，而忍□剥？积之以沟浍，如泄之以尾闾何？息之以日夜，如残之以斧斤牛羊何？呜呼戒哉！

十八日（6 月 5 日） 读曾文正五箴，真吾身针膏[①]起废良药也。一日用力，可以起死；终身诵之，可以长生。 月攘一鸡，来年然后已，此柔道之牵，自贼之甚者。

二十日（6 月 7 日） 读《孝经》《论语》。 文正五箴，真不厌百回读，不可斯须去。行之苟有恒，久久自芬芳。 天下事当求有济，勿为无益，定心养身，勤礼积善，敦学敬教，修辞立事，方可以答君亲，

---

① “膏”字，原误作“育”，据文义改。

报知己。若终日戚戚，如不可以生，或横决猖狂，不能自主，本实先拨，他何能为？此恨绵绵，终古长负，如之何其可哉？　治气养心之术，莫径由礼。古人明训，岂欺我哉？　饱食而呕之，所伤实多；量力而行，其过鲜矣。

二十四日(6月11日)　“经明行修”四字，当实践以报知己。爱所以通天下之血气也，敬所以固天下之精神也。　读《孝经》《论语》。　校《孝经疏》《诗说》。　校《经学文钞》。

二十五日(6月12日)　读《孝经》《论语》。　古之人有隐于朝市者，有隐于山林者，有隐于诗者，有隐于酒者。余他无所能，惟好经术自乐，以论赞之功，古人与稽，消磨岁月，踪迹亦在显晦之间。初欲以“经隐”二字名所居，然潜研深味，神不外驰，非定不可。程子曰：“所谓定者，静亦定，动亦定。”如是则时行时止，皆有所以为藏身之固，而尽天下可疚可怡之境不足以动我矣。于是以“定隐”名吾庐。

定隐庐日记*

吴县曹元弼

定隐者，隐于定也，知止有定，君子所以藏身之固也。

五月初二日（1909年6月19日） 不作无益害有益，留此精神，乃可以报君亲，酬知己，用情须中节，行事须量力。

初三日（6月20日） 中丞陈公伯平先生薨。呜呼！天何祸我吴民之甚邪？自戊戌以来，人心不靖，邪说横行，吴中不禅少年，日以斁法沦纲、弱肉强食为事。自公秉节，尊贤劝学，崇正黜邪，培养元气，纠逖豪强，士民蒙福，人心反正。如何不淑，不慭遗一老。悲夫悲夫！厥明往哭。 元弼受陈中丞及朱竹石师知至深，以世道人心之责，任之菲材。今自度精力衰甚，必须定心养身，庶于斯道稍有裨益，俾二公在天之灵，可以无憾。 养身之法，曰以理为断，曰量力而行，曰神定不慑，曰先事豫图，曰惩忿窒欲，曰迁善改过。

六日（6月23日） 勿妄想，勿妄疑，勿妄筮。 拟一联：戒色戒斗戒得，全生避患远耻；不惑不忧不惧，明理知命凝神。 定初九日课题。 人有礼则安，无礼则危。以礼存心，其安何如？人心之危，惟礼可以安之。诚意正心，无体之礼也。

---

* 王欣夫先生抱蜀庐辑钞本将此记系于宣统二年庚戌。按，《清史列传》卷六四《已纂未进大臣传三》载陈启泰“宣统元年五月，卒于任”（中华书局，第5106页），又沈文泉著《朱彊村年谱》宣统元年所载：“五月初三，陈启泰卒，公当往吊唁。”（浙江古籍出版社，2013年，第104页）故此记当系于宣统元年（1909）。

复礼堂日记*

吴县曹元弼

五月十五日(1909年7月2日) 一庐坐啸,天盖地舆,安土敦仁,居我广居。

十六日(7月3日) 读《孝经》《论语》。 校《诗学》《诗书文钞》。

十七日(7月4日) 几者动之微,善恶吉凶,间不容发,可不慎欤? 无谋利计功之心,则无内热焚和之患。履道坦坦,中不自乱

---

* 此记王欣夫先生系于宣统二年庚戌。按,此记言七月初九日“寄河南书”,十三日“以后应急治事如左:阅经科卷;发河南书……审定朱竹石师行状……作节庵寿文”,十九日“定竹石师行状”。所谓发河南书,当为曹元弼寄给在河南任职的仲兄曹福元之信。据邵松年所撰《皇清诰授光禄大夫特谥文懿曹公墓志铭》(苏州图书馆藏拓片,索书号:M/4408)载光绪二十八年(1902),“补授河南开归陈许道……在任六年,一署按察使,再署布政使,宣统元年己酉,调南汝光淅道。公频年以积瘁多病,时拟退休……回籍就医。越年余,将赴引,会辛亥变起,遂不复出”。又曹元弼《皇清诰授奉直大夫晋封荣禄大夫内廷供奉候选郎中先伯兄智涵先生墓志铭》云:“宣统纪元夏,仲兄又大病,兄冒暑遄往,病愈大半,请假同归。自是兄弟三人朝夕不离,其欢至笃,而忧患疾病,重以死丧,又不胜万感凄恻之哀。”(《复礼堂文二集》卷八,复旦大学图书馆藏吴县王氏抱蜀庐钞本)可知曹福元在宣统元年夏即请假归而未再赴任,故此记当作于曹福元自河南回吴县之前。又记中言审定朱之榛行状,则当记于朱之榛逝世后。又记中言“作节庵寿文”,按,梁鼎芬生于咸丰九年己未六月初六日(1859年7月5日),宣统元年为梁鼎芬五十周岁寿辰。由此言之,此记只能系于宣统元年。

矣。　精神虚惫，宜量力而行，藏修息游，以养济学，一有欲速求效之心则败矣。　暑往寒来，著书自遣。　风潇雨晦，与古为欢。　清心寡欲，直哉唯静絜。　聚精会神，焕乎有文章。　卧与周公通梦，静与孔子同意。　游乎诗书之源，行乎仁义之途。　金相玉振，兰薰雪白。　天空海阔，水止镜明。　貌恭、言从、视明、听聪、思睿。　仁宅、义路、礼服、智烛、信符。

七月初九日(8月24日)　当致斡臣书。　复霄纬书。　寄河南书。　校订《经学文钞》。

十三(8月28日)　以后应急治事如左：阅经科卷；发河南书；致斡臣书，寄件；整理《诗书文钞》；审定朱竹石师行状；致安帅公函公呈；阅卷；作节庵寿文。

十九日(9月3日)　定竹石师行状。

二十一日(9月5日)　阅卷。

二十三、四日(9月7、8日)　料理郎亭师事。　邹信。　闵信。《诗》学文、《礼》学文分类续钞。

日行事程：九点至十书前一日行事。读《孝经》《语》《孟》、古文。十一至十二玩《易》。十二至十三校《易学》《易》义。三至四读《诗》《周礼》。四至五发书问。五以后休息。　每月别出两日发要信，两日阅卷，两日出门理事，凡六日。余照章用功，凡二十四日。　行之苟有恒，久久自芬芳。

存心堂庚戌(1910)三月自定学程[①]

每日夙兴，读《孝经》《论语》《孟子》。八至十治《易》。十至十一校《易》。十一至一校《诗》。一至二辑《诗》义。二至三古文、诗。三至五发书问。五以后书日记。　每朔望焚香告天，不敢欺隐。　自三月九日始。

---

① “存心堂庚戌三月自定学程”条，原即缀此，今仍之。

复礼堂日记*

吴县曹元弼

曾曰日省，卜曰日知，学如不及，惟恐失之。先圣临女，其敢自欺？往者不追，请自今始。

八月十一日(1909年9月24日) 读《孝经》《论》、古文。 说《诗》。 伯春世兄来书。十二至十八失记。

十九日(10月2日) 读《孝经》《论语》、古文。 朱世兄见过。

二十日(10月3日) 如初。 说《诗》。

二十一日(10月4日) 如初。 说《诗》。

二十二日(10月5日) 前日陈百泉阁学来书，当于日内复之。读《孝经》《论语》、古文、《文选》。 操心闲邪，幸逾半月，克己省身，当益加精严，勿令中道而废。

二十三日(10月6日) 读《孝经》《论语》、古文。 我余生也，读书邪，著述邪，应事邪，徒以乱思忘老，而何容心于其间邪？苟成败缓急，一撄于心，是促其生也。仆虽愚，不至此。嗟夫，有生之乐既非

---

* 此记云"二十四日 闻南皮相国薨"，按，张之洞逝世于宣统元年八月二十一日(1909年10月4日)。又十一月十九日"又至存古学堂晤咏春、米荪、思九、伯南"，根据《时报》宣统二年庚戌十月廿四日(1910年11月25日)《存古学堂庶务长易员》云："苏垣存古学堂庶务长童米荪太守，现已奉委下游厘务遣差，昨经樊学司遴，有现办军装局之张采田太守，学术优长，办事明干，堪承其乏，因于二十一日奉札接事矣。"由此可知，此记内容当从王欣夫先生系于宣统元年。

所知矣，又重以戕生之衰，伐性焚和而不知止，是亦不可以已乎！

二十四日(10月7日) 闻南皮相国薨，天祸中国，天祸斯文，一至此邪！弼自是无心于世矣。《十四经学》当依旧编纂，以无坠南皮师遗教。他日此书苟能于世道人心有益，则《劝学篇》之立法指授为不虚，我师维持名教之功与《六经》无终极，而国士之知，差可无负矣。

二十五日(10月8日) 出学堂月课经学题。　二十六日至二十七日失记。

二十八日(10月11日) 说《诗》。　明日当阅南园说。　检《礼书通故》，考归宁礼。　稍迟，当编《诗》学文目，选《礼》学文。夜当磨墨。

九月初八日(10月21日) 君子以仁存心，则偏私之见无由起；以礼存心，则惰慢之气无自乘。君子终日行此乾乾，终身守此战战，容体正，颜色齐，辞令顺，礼义之始，人之所以为人也。人而无正，相鼠之讥，吁可惕哉！《书》曰："无戏怠，懋建大命。"此即威仪立命之说所由来。君子闲邪存诚，毋不敬，俨若思，是以心正气顺，自天右之，吉无不利。　孝始不毁，学贵时习，《孝经》《论语》发首即著之。此而不能，虽博极群书，奚以为？

初十日(10月23日) 读《孝经》《论语》。　校《文选》五叶余。

十一日(10月24日) 霜始降。　读《孝经》《孟子》。

十二日(10月25日) 体弱事繁，任重道远，不定心，将何所措手？《大学》"知止而后有定"二节，理繁解纷之神术也。　读《孝经》《论语》《孟子》。　说《诗》。

十五日(10月28日) 读《孝经》《孟子》。

十六日(10月29日) 日无不足，事无不及，勿忘勿助，勉强行之而已。

二十三日(11月5日) 正嫌疑者视圣人，思心有尤，治之以圣，靡愚不哲，无乱不治。

二十五日(11月7日) 德义之缓,邪利之急,时过而悔,嗟将何及! 哀莫大于心死,祸莫重于遂非,福莫长于改过,神莫大于守一。

十月十一日(11月23日) 《礼运》夫子之极言礼,而引《相鼠》之诗以明礼之急。一日克己复礼,则天下归仁;一日纵欲败礼,菑必逮夫身。圣狂之界,危乎微乎,曷其奈何弗敬? 书日记无隐,自治之法,莫此为要。 积善可以补过,慎独可以养心。 盘庚之诰曰:“无戏怠,懋建大命。”祖伊之训曰:“淫戏用自绝。”戏之为害大矣,是故君子勤礼,齐庄中正,足以有敬。 读《孝经》《孟子》。 检前人说虞周服章。 讽古文。

十二日(11月24日) 旷时则心放,心放则邪辟之念生,其机甚微,而其害将大。前鉴不远,当随时省察而夙绝之。 崇德修慝,守必固,攻必克。

十一月初五日(12月17日) 君子修身立命,思患豫防,既济而戒。

十一月十八日(12月30日) 因疾废学,为日久矣。我心之忧,日月逾迈。疾在身者,既幸而获愈;其在心者,修慝辨惑,改过迁善,使遄有喜,可不务乎? 今日,冬至后九日,卦气直复之二、三。休复,学知利行也;频复,言频蹙而复,困知勉行也。人一己百,庶以补既往之阙,植将来之基。立心有恒,勉之无斁。

十九日(12月31日) 静坐数息片时。 昨唐蔚之见过,论学甚乐。今日往候之,未直,又至存古学堂晤咏春、米荪、思九、伯南。 君子乐天知命,何忧何惧! 读《孝经》《论语》《孟子》。

二十日(1910年1月1日) 读《孝经》《论语》《孟子》。 略说《诗》。

二十一日(1月2日) 昨夜默诵《士冠礼》至归俎。今晨默诵《孝经》《论语》数章。可定心必定心,可读书必读书。凡事有定,尽吾心而已矣,强为善而已矣。

二十七日(1月8日) 莫非命也,吾心无憾,即所以事天立命,理得心安，吉孰大焉！　坚持戒定慧，完养精气神。

十二月三日(1月13日)　定心。

四日(1月14日)　心又乱，强定之。

七日(1月17日)　吾节孝吴氏妹生日也。往事已矣，嗣甥颇佳。有可以尽吾情者，务尽情焉耳。　读《孝经》《论语》《孟子》。事有非宜，正之而已，勿以疾言遽色加人。

九日(1月19日)至十二日(1月22日)　阅卷。　人有不是，可以情恕，动心忍性，德慧所以增也；使民如籍，爱敬所以广也。　圣贤决不患心疾，光明四通。　立节安有豕涂鬼弧、日中见斗之患哉！正心诚意，疑疾自除。心定则理明，气质之偏，日变化而不自知，尚何迷误之足患？

清夜焚香录*

十二月二十二日(1910年2月1日) 良日也,春气将至。 洗心斋戒,始记此册。 读《孝经》《论语》《孟子》。 玩《楞严》数章。

二十三日(2月2日) 如初。 致鞠裳丈、石惺外甥、峻臣内弟书。峻臣为六合学堂教习,勖之教人以善。 送灶神,敬谨行礼。

二十四日(2月3日) 至观音阁神仙庙拈香。 先祖妣生辰,设祭。

---

* 此记从内容无法判断年份,姑从王欣夫先生抱蜀庐辑钞本系于宣统元年己酉。

清夜焚香录

曹元弼志

宣统二年庚戌(1910) 四十四岁。

正月元日(2月10日) 戒之戒之,勿以善小而勿为,勿以恶小而为之。无有师保,如临父母。惧以终始,庶几无咎。窃比先贤,焚香告天。夕而计过,严著于篇。 行礼于五祀先祖。 读《孝经》《论语》。

二日(2月11日) 张颂臣同年来,论学移时。 二哥每举《左传》语曰:"明恕而行。"此言至要,当终身诵之,须臾勿离。

三日(2月12日) 昨日之日,往者不可谏;今日之日,时哉弗可失。不知道则已矣,知道而不力,自弃孰甚焉! 读《孝经》《论语》《孟子》、古文。

四日(2月13日) 旨哉《孟子》之言,慧而本于德,则非机变之巧;知而运以术,则有操纵之用;操心危,虑患深,则无小不忍以乱大谋矣。

五日(2月14日) 周良翰来,勤勤敦勉之。 通经必求致用,著书务以救世。敏则有功,简则易从。

六日(2月15日) 读《孝经》《论语》《孟子》《周易》。 读《楞严》《庄子》。 存心养性,乐天知命,何思何虑,何忧何惧?

七日(2月16日) 读《孝经》《论语》《孟子》。

八日(2月17日) 元弼生日,明发不寐,有怀二人,反身内省,曷以无忝? 答樊介轩前辈,并候邹咏春、张颂臣兄。

九日(2月18日)至十二日(2月21日) 失记。

十三日(2月22日) 玩《楞严》。 读《孝经》《论语》《孟子》。

复礼堂温故录*

吴县曹元弼

正月二十五日(1910年3月6日)始 《孝经疏》两日。 《孝经集传》。日二十五叶,约六日毕,尽二月初八前,终此两书。 《周易虞氏义》。日六叶,约四十日毕。 校《周易学》。日十叶,约四十日毕。 三月前尽《易学》。 《礼经》。日六叶。 校《礼学》。日十叶,六十日毕。 五月尽《礼学》。 《说文》。日十六叶。 以上皆午前事。 经本文。每日四五叶。 古文。随意阅。 养生书。随意阅。《书》问。日必□。 《经学文钞》。选校。 以上皆午后事。 尽明年四月为此。 先难后获,乐天知命。

正月二十五日(3月6日) 豫定今年编书分月日程。

二十八日(3月9日) 读古文数篇,高声盛气,以散阴霾,作阳德。 君子之行善,非求福也。然行道有福,自然之理。君子素患难行乎患难,以理之必然者自信,以理之当然者自勉。《诗》云"永言配命,自求多福"。 校《易学》《孝经学》。 致康侯书。

二十九日(3月10日) 御灾捍患,莫如积善;理乱解纷,莫如定心。譬如用兵,先固所守,而后可以进取;先为不可败,而后能乘敌之

---

* 王欣夫先生抱蜀庐辑钞本卷首注此记时间为"三十四年戊申",即1908年。又此记云"二月三日 上丁,释奠先圣孔子,率诸生谨敬行礼",考光绪三十四年仲春上丁日为二月初一,并非二月三日。而宣统二年仲春上丁乃二月三日。故此记当系于宣统二年(1910)。此记原在《礼堂写经记》后,今移至此。

可败。

二月三日(3 月 13 日) 上丁,释奠先圣孔子,率诸生谨敬行礼。

四日(3 月 14 日) 藩决难解,善时初至,宜斋祓其心,遏恶扬善,以迓天和而绝百沴。治心以圣人见善则迁,非礼勿动,则自天右之,吉无不利矣。 乐天知命故不忧,君子之处患难也;恐惧修省以致福,君子之济患难也。

八日(3 月 18 日) 玩《易》。

无忝录*

孔子说士之孝，称《诗》“夙兴夜寐，无忝尔所生”，而横渠先生之《西铭》曰：“不愧屋漏为无忝。”是故仁人之事亲也如事天，事天如事亲，敬身修德，敢不勉乎？

二月初十日（1910 年 3 月 20 日） 读《孝经》《论语》《西铭》。颠连无告之兄弟，何可胜数？见闻所及，必有以周之，勿使恻隐之心有时放失。今日济臣兄言某人七十九矣，无子，无以糊口，许以月送两元，又以米票二十纸，属济臣、智千分送贫者。勿以善小而弗为，昭烈明训，大《易》精义也。 宋生翚宜善教之，勿令怨而自弃。弟子之学无进境，师之咎也。《诗》曰“匪怒伊教”，陈、姜二生当切催之，不可慢令致期。

十三日（3 月 23 日） 读《孝经》《论语》《孟子》、古文。 与二哥筹请大吏，急办平粜，日内当谒陆申甫前辈言之。 致和羹、米荪、陈养娱、宋翰书，并前致姜稚桥书同发出。 出言宜有蕴蓄，直而不倨，乃得其中。 校《易》。

十四日（3 月 24 日） 每月于十一法外又别出十元为周急费，自此月始，永以为常。 戏言出于思，思心有尤，斯莠言自口，不可不深戒，毋曰小失，其害将大。 米荪见过。 陈生祐孙来，勖勉之。 吴生钝以病假归，行资药费俱乏，助之十五元。

十五日（3 月 25 日） 校《易》。

---

* 此记王欣夫先生抱蜀庐辑钞本系于宣统二年庚戌，其中二月“二十七日清明”，正与宣统二年清明阴历日期相合，今从之。

十六日(3月26日) 失记。大致无憾。

十七日(3月27日) 校《易》。

十八日(3月28日) 读《孝经》《论》《孟》、古文。 戏言宜戒，旷时可惜。 校《易》未果。古人云阴者晴之余，读书三余其一也，因阴废学，未之前闻。

十九日(3月29日) 天予我以聪明，识义理，通经术，而不汲汲皇皇担荷圣道，是自弃职守而误世道人心也，罪孰大焉！自今以往，痛戒前失，日进不已，以不负天降下民作师之意。呜呼勖哉！

二十日(3月30日) 读《孝经》《论语》《孟子》、古文。 朱象甫兄见过，劝以读书节用积善。

二十一日(3月31日) 徒忧无益，力善强仁，乃能祈天永命。若怠惰废弛，恐在倾者覆之之列，不可不深戒也。 致毛实君方伯书。 昨作小诗一首。 数日虽无大失，而因目眚小困，废学多时，甚矣，其志不立也；又时有疾言遽色，不能自克，甚矣，其气不定也。

二十六日(4月5日) 选经师文。

二十七日(4月6日)清明 《记》曰："清明在躬，气志如神。"读书学问，求至此境而已，《大学》所谓"明德"也。 读《孝经》《论》《孟》。 学问当识其大者，零文碎义，徒耗日力，无补世道，君子不为也。李氏《周易集解序》"而观其会通"上当脱"见天下之动"五字。"难可名焉"以上，言天地自然之易，以下分辞、象、变、占四节。天尊地卑，天之言圣人法天道以立人伦，此作《易》之大义，所谓"神明之德"，"形而上者谓之道"也；作结绳八事，所谓"形而下者谓之器"也，"天下之能事毕矣"。以上言制器尚象。"其旨远"至"吉无不利者也"，言以言者尚辞；"损以远害"以下，"深不可识"，言尚变尚占。卜商谓卜子及商瞿，非一人。"且《易》之为道"，"且"疑当为"但"。"佥例发挥"，"例"疑当为"列"。"经注文言"，文言犹文句，非谓《文言传》也。

二十八日(4月7日) 人有不是，可以情恕，况疾痛惨怛，心神不能自主之时，怜之不暇，而又何校邪？一体之亲，患难相恤，勿存彼我之见，斯为合理。 戏言当戒。 访朱象甫，勖以慎行学问。

二十九日(4月8日) 内表侄丁练秋来，语几竟日。 戏言出于思，所谓放心也，当切戒。

戴氏《周礼太史正岁年解》下篇、黄氏丕烈《周礼校本序》、曹氏元弼《释调人文》、《三通序》、朱子日记、《礼经》、胡氏《释官》、曹氏《大夫降旁亲服说》、吾邱子贡《禁民挟弓弩对》、顾氏广誉《四礼榷疑序》、张序、《冠礼约义》《礼记》《正义序》《校勘记序》、丁氏晏说《王制》《月令》。

复礼堂日记*

吴县曹元弼

日就月将，恒久不已。

十月十三日(1910年11月14日) 颜子有不善，未尝不知，知

---

* 王欣夫先生将此记及《明刚自毖斋学志》以后内容皆系于宣统二年庚戌。其中《明刚自毖斋学志》根据内容看，应该仅指此段时间日课内容，即"八点至九，《孝经》《论语》、古文。九至十《易》。十至一《诗》。一至两《说文》。两至三温经。三至四校书。四至五选文。五以后迟至六以后休养"，如《存心堂庚戌三月自定学程》之类。此记内容，自"十一日　阅宋册及课卷，约十三日毕"条及以上属宣统二年事。此记十月十四日云："连日为存古学堂事上江督、苏抚书，与叶鞠裳、邹咏春商榷，与樊稼老商榷。　劳人草草，几于寝食不暇，危局得安，此心可无憾矣。"苏省存古学堂自光绪三十四年建立以来，可称危局者，只有宣统二年底关于存古之存废和因缩短国会期限事对存古诸生的影响二事，其中尤以存古之存废为最。其一，为庆祝缩短国会期限之事。晚清预备立宪，关于开国会期限，在各省咨议局、督抚、士绅、工商、学生等群体请愿压力之下，清廷于宣统二年十月癸酉(1910年11月4日)"著缩改于宣统五年实行开设议院"(《宣统政纪》卷四三，《清实录》第60册，第770页)，苏州全城各界计划自十月十三日至十五日提灯庆祝，存古学堂诸生亦受影响。曹元弼因此而尝与叶昌炽商。《缘督庐日记》十月初十日(11月11日)记云："午后，叔彦遣纪纲订四点钟造敝斋。……为缩短国会，全城军商学界自十三至十五夜提灯庆祝，腥闻所染，存古生徒随风而靡，意在匡而正之。"(第6531页)其二，宣统二年关于存古学堂存废的争议。是年底，苏省咨议局有裁撤存古学堂之议。《时报》庚戌十二月初七日 (接下页注)

之未尝复行，得一善则拳拳服膺而弗失之。此复初之元吉，所以立天地心，异于六三频复之厉也。频复不已，将至迷复，及其未迷而复之，虽危无咎。复而不失，则危者安。自天祐之，吉无不利矣。一息尚存，克作念圣，可不勉哉！ 读《孝经》《论语》《礼》《中庸记》。 中庸

(续上页注)(1911年1月7日)《苏州存古学堂改办文科高等之计划》云："苏州存古学堂前经咨议局议决裁撤，督抚已准予公布施行。"又苏抚程德全在宣统三年九月十三日(1911年11月3日)奏上《奏存古学堂暂行停办折》称"苏省存古学堂上年经咨议局于'议决宣统三年苏属地方行政经费岁出预算'案内议请裁撤"(潘懋元、刘海峰编《中国近代教育史资料汇编·高等教育》，上海教育出版社，2007年，第265页)。而议决裁撤存古之事的具体时间，据曹元弼言则在宣统二年十月间，曹元弼宣统三年正月致张次珊书云："元弼自去年十月间因苏省咨议局议废存古，不自量其才力懦怯，上维天经地义，尧、舜、周、孔以来数千年名教纲常，列祖列宗深仁至德涵濡二百余年风俗人心，次念历代经师、大儒、名臣学行政教，所以维持天秩民常于不敝，以及先师张文襄公提倡正学，陈伯平先生整饬江南士风，我公同力经营，系千钧于一发者，不忍及我身而见其败坏不救，糜烂不收。奋身不顾，起而争之。"(《复礼堂文集》卷九《与张次珊前辈书》，《中华文史丛书》之四六，第905—906页)又宣统二年十一月二十日(1910年12月21日)和廿四日(12月25日)马贞榆致曹元弼函皆言及此事，十一月二十日函云："奉手书，知贵省存古为群小排挤，得公独立支持，得以无事。此功不止在贵省，即邻省存古实嘉赖之。鄂省存古现时亦为京城咨议局排挤，鄂督瑞公亦力与维持，当亦同声相应者也。"(王欣夫辑《复礼堂朋旧书牍录存》第一册，抱蜀庐钞本)二十四日函云："十一月十七日，《时报》言贵省存古已为咨议局议决废去，果尔，则中国之大变也。今日中国存古，惟贵省及湖北，所费比之各学堂不及百中之一，而保存国粹者无限，不审议者何心?"(王欣夫辑《复礼堂朋旧书牍录存》第一册，抱蜀庐钞本)又此记十一月十八日言"上唐尚书师书"，今《复礼堂文集》卷九有《上唐尚书师书》，当即此信，内容亦言及苏省存古学堂存废之事，"今闻诸道路，汹汹有欲废存古之说。……试思存古当日为何而立，则今日欲毁之者是何居心，不问可知。此等横议，如浸淫上闻，不独大君子立烛其奸，即大部各堂司诸君子有世道人心之责者，想亦均不愿闻"云云(《复礼堂文集》卷九，《中华文史丛书》之四六，第883页)，并亟言存古于国家之利，并驳斥相关废存古之义。凡此，皆与此部分所提及存古之事和危局相应，故此部分日记系于宣统二年。

非择之难，而守之难。择而不能期月守，故曰民鲜能久。小子勉之，自今以往，非法不言，非道不行，由期月之毅力，以至于终身乾乾，积善庄敬日强，德𬨎如毛，尚克举之。

十四日(11月15日) 心有所蔽，当思古圣贤之言足以为我发蒙辨惑者，默存而深味之，以自易其恶，日至于中。此变化气质，克去私欲之要道也。 鱼跃鸢飞，程子活泼之言，为汉学者非之，愚以为可以化凝滞而去偏私，于治身心甚有益。夫苟有益，亦何以同门异户为哉！ 读《孝经》《论语》《中庸记》《韩子》。 心未能一，盖放舍久矣，自坚持固守外，更无他法。 每日行事，须加校经注一点钟。 连日为存古学堂事上江督、苏抚书，与叶鞠裳、邹咏春商榷，与樊稼老商榷。 劳人草草，几于寝食不暇，危局得安，此心可无憾矣。

二十八日(11月29日) 读《孝经》《论语》《孟子》《周易》。 佛为一大因缘出世，我于六如变幻何心？ 养身养心，知圆勇果。 劝学劝善，仁熟义精。

十一月二日(12月3日) 当办事如左方：读《孝经》《论语》《中庸》《韩子》。 阅唐丈书。 托宾门问回单，先函问邹处。 料理《经学文》。

十一、十二、正月自课法：每日八点至九点《孝经》类。九至十校《易》。十至十一校自编《易学》。十一至两，一日治《诗》，一日《说文》。两至三温经。

复礼先生温故表：每日八至九，《孝经》《论语》及古文辞类。九至十《易》。十至十一校《易》学。十一至两，一日《诗》，一日《说文》。两至三，《周礼》《左传》《公》《谷》《尚书》等本经本注。三至四，经师文。四以后休息。

明日当书藩信。 探问藩府。 问邹。 后日当至藩学府署视钧伯。 到学堂。

十一月十八日(12月19日) 应治事：招和羹；阅淑真信；买物；检书；上唐尚书师书；覆□□；阅叶信；阅票。

十九日(12 月 20 日) 发瑞信。 读《曾集》。 作寿文,须两日成。

十二月五日(1911 年 1 月 5 日) 发鄂渚、古棠两函。 阅《易》一时。

十日(1 月 10 日) 早略读《孝经》《论语》《中庸》《易》、古文曾文正、胡竹邨。 即撰寿文。

十一日(1 月 11 日) 阅宋册及课卷,约十三日毕。 杜、曹诸方,明日当请大哥开给。 明后日夜当书唐侍郎信。 十四当发瑞制军信。 十五当发六合信。

明刚自毖斋学志*

八点至九,《孝经》《论语》、古文。九至十《易》。十至一《诗》。一至两《说文》。两至三温经。三至四校书。四至五选文。五以后迟至六以后休养。

张《讼·象》“遁倾否”,“倾”字可疑。　初“由初以刚失位”,“刚”当为“阴”。　䷅　䷤　䷾　不同之意,讼是阴事。　案:“天为讼善听之主”,“天”字衍。　“终凶祸”,脱“之”字。　“其□人苟”绝句。“三不见讼”,“三”当为“二”。　“正之危也”句有讹字。

十三日(1911 年 2 月 11 日)　应治事:覆幼莼书,赠以《校释》;与提学商请蔚之为文科监督。

---

* 此以下当为宣统三年辛亥事。王欣夫先生盖以此下内容与《明刚自毖斋学志》相连,遂目此记即名《明刚自毖斋学志》,且系于宣统二年。然此以下内容实为宣统三年之事。其中“十三日　应治事:覆幼莼书,赠以《校释》;与提学商请蔚之为文科监督”至“二十九日……明日到学堂。　后日访霄纬、介老”四条当为宣统三年正月事。首先,此四条极易与上十二月五日、十日、十一日内容相混。上既可确定为宣统二年事,若此十三日、十八日、二十八日、二十九日接前为宣统二年十二月事,则二十九日已为除夕,存古学堂正值寒假期间,当无请题、拟题、添科学以及“明日(正月初一)到学堂”之事,故可排除宣统二年。又十三日“与提学商请蔚之为文科监督”,且二十九日“与蔚哥书,告以情形,拟电稿请其审定,请题,告以修金留此。……与蔚兄书。　送题”,知唐文治已参与存古学堂事。苏省存古学堂聘唐文治为史学总教,最早为宣统二年三月,(接下页注)

十八日(2 月 16 日)　致幼莼书，交乐三带往。　定教员条约。　拟章程。　约学约藩十九日往。　二十一早到学。　十九归即发唐蔚之信。

二十八日(2 月 26 日)　应办事。　改学堂条教。　候申老商存古，交唐丈件。　交托应发书。　覆蔚之书。

二十九日(2 月 27 日)　与兄商接待蔚兄处。　候陆相、樊学、陆藩。　与蔚哥书，告以情形，拟电稿请其审定，请题，告以修金留此。　候颂臣、右卿[①]、古微、谷宜丈，赠以书。　阅卷。　拟题。　请添科学。　拟呈稿。　拟致秦侍郎书。　覆象甫、覆孝坚书。　与季立、次山书。　今日立心谨信。　与蔚兄书。　送题。　招毛上珍。　送程抚书。　明日到学堂。　后日访霄纬、介老。

(续上页注)《茹经先生自订年谱》载："苏提学使樊介轩先生名恭煦，偕弟曹君叔彦来沪，请余为苏州存古学校史学教习，余因史学非所长，辞之。先生与叔彦坚请不肯去，不得已，允其寄卷评阅。旋赴存古学校讲学一日，勖勉诸生。"(《近代中国史料丛刊三编》第九辑，文海出版社有限公司，1986 年，第 63 页)唐文治正式接受存古学堂史学总教之聘则在宣统二年十二月，《时报》辛亥五月二十日(1911 年 6 月 16 日)载《唐蔚芝侍郎咨苏抚辞存古总教文》言："文治于上年十二月间接准照会，充存古学堂史学总教一席。"又叶昌炽《缘督庐日记》宣统二年十二月初一日(1911 年 1 月 1 日)记云："叔彦日昳来长谈，黄昏始去。史学一席已聘定唐蔚芝侍郎，不禁色喜，三年尸素，可冀后来者为吾补过。"(第 6562 页)尽管唐文治宣统二年十二月已接任史学总教之聘，但此四条所记已排除宣统二年，那么此四条内容当为辛亥年事。又二十九日"与季立、次山书"，今《复礼堂文集》卷九有《与张次山前辈书》和《与张次珊前辈书》，根据内容可知张次山与张次珊实一人，即江夏张仲炘，时掌湖北存古学堂。其中《与张次山前辈书》根据内容当作于宣统二年，而《与张次珊前辈书》注云"辛亥正月"，信末时间为"宣统三年正月　日"，信中曹元弼言及上年末苏省废存古之议及请辞湖北存古学堂经学教席，当即此记所言与次山书。综上而言，笔者倾向于将此四条日记系于宣统三年辛亥正月。

① "卿"字下，原有"丨"。

九日[①] 常课外，应拟咨稿、呈稿。 明日到学堂，示诸生以学部电。 候介老商添科学。 “乾九三《文言》”，“三”当为“四”。

---

① 九日、二十日、二十六日三条，其中言九日“常课外，应拟咨稿、呈稿……候介老商添科学”，二十日“思公呈稿章法”云云，又下四月二日“拟公呈”、三日“理公呈事”、二日“余课定咨稿”云云，二者内容前后相关，因此更倾向于此三条当在下四月二日之前，则当为正月、二月或三月之事。又四月三日、五月十日、十四日皆涉及毕业事。张之洞《创立存古学堂折》中言存古学堂学习年限拟为七年，《苏抚开办存古学堂示》亦云存古学堂“按月考校，年终大考，拟定七年毕业”(《沪报》1908 年 5 月 3 日第八版)，至宣统三年三月初五(1911 年 4 月 3 日)学部《奏修订存古学堂章程折》改为中等五年，高等三年，而宣统二年末苏省咨议局议决裁撤存古学堂后，“办至宣统三年上学期举行毕业……一面于五月间举办毕业，详蒙莅堂考试，由司遵照部电，将已满六学期各生比照中学堂毕业奖案，详请咨部奏奖，其余给以学业证书，俾各出堂，以便结束”(江苏巡抚程德全《奏存古学堂暂行停办折》，《中国近代教育史资料汇编·高等教育》，第 265—266 页)。又六月五日后所列读书计划，“《易》三千六百叶，每日十叶，约六月十三始，至来年九月望卒业。《书》六千，每日二十叶，壬子九月十六始，癸丑九月卒业”云云，既云《易》于来年九月卒业，而《书》自壬子九月十六日始，至癸丑九月卒业，时间先后一贯，可知是年为辛亥年，即宣统三年。又此部分内容言及唐文治参与学堂之事甚多，根据唐文治受聘时间，亦可证此部分日记当为宣统辛亥事。又《复礼堂日记》宣统三年正月二十日(1911 年 2 月 18 日)记云：“存古学堂开学。”而此部分前三条之“九日……明日到学堂，示诸生以学部电”，可知此时存古学堂已开学，可以排除正月。又《复礼堂日记》宣统三年二月二十八日(1911 年 3 月 28 日)：“介公见示学部覆电，古必存矣。”所谓学部电当指学部关于存古学堂存废问题的复电，而此事与存古诸生关系至密，因上年底咨议局议决裁撤存古学堂，改办文科高等，那么此年存古学堂开学，诸生即面临存古存废与自己去留之问题，正如《时报》宣统三年三月初七日(1911 年 4 月 5 日)刊《存古学校之难存》所言：“苏省存古学堂前经咨议局及会议厅公同议决，至本年上半年为止，实行裁撤，改办高等文科学校。兹悉该校内班生客籍者居多，苏人士居其少数，至今日将成不完全之学生，皆有悔入此堂之意。”由此推之，九日所示诸生学部电可能即二月二十八日“介公见示学部覆电”。由是言之，(接下页注)

上六“坎者，坤之精”，“坤”疑当为“乾”。　力为其难，迄用有成，自强不息，是以大亨。

二十日　问劳，送潘，问邹，问樊，见时与商南菁及学堂各事。　常课。　思公呈稿章法。　阅卷。　拟题。　不怨天，不尤人，下学而上达，知我者其天乎！　遁世无闷，不见是而无闷，乐则行之，忧则违之，确乎其不可拔。

《周易学》目录：《明例》、《生蓍倚数例》、《易》有太极为乾元。〇大极生次、大衍之数。〇七八九六。《立卦例》。

二十六日　六合信。　上海信。　与子让件。　阅卷。　仁人者，正其谊，不谋其利；明其道，不计其功。夫苟无谋利计功之心，何往而不自得哉！　高处立，阔处行，是谓大丈夫。　常课。　起咨呈抚院稿。　余功阅卷。　应略阅时务书。

四月朔(1911 年 4 月 29 日)　《易》。　咨呈文。　催文学课

(续上页注)则九日、二十日、二十六日三条日记或为三月之事。又其后亦有宣统三年三月九日、二十日、二十六日之记，内容与此不同，但也并不冲突。又此部分四月二日、三日两出，内容有详略，亦有重复，当为重记。又此部分四月、五月、六月诸事，与后面辛亥三年四月、五月、六月各日内容所记虽有不同，但并无冲突，且多可相合。如此处四月朔(1911 年 4 月 29 日)云：“《易》。　咨呈文。　催文学课卷。　访芸、米，携章示芸。”其后《复礼堂日记》宣统三年四月朔记云：“读《易·师卦》。　拟咨呈抚部稿。　鞠农前辈见过。　介公来书。　访米荪。”又如四月三日(5 月 1 日)日记两出，分别云：“《易》。　到堂。　理公呈事。　与蔚芝商学款。　学堂各日交涉刻经史学卷、毕业事。”“《易》。　访咏、鞠，示以咨稿，与商公呈。　到堂候蔚兄，送上月修金。　商咨稿，请其□抚署，属勿言。介公有函。　存古文科名目须商。　请抚台加豫算招生。　暑假即接办。　历课文学卷。释谗毕业事。　致蔚兄书。　问介老。　访菊农。　访济之丈、咏兄、介老。”后面是日记云：“读《孝经》《论语》《易》小畜。　至学堂，与介老、蔚兄商榷。　凤石相国来书。”所记有详略，但内容如与樊恭煦、唐文治商榷等亦相合。此部分日记原稿不可得见，因此其性质是否为临时所记零星之稿，与下文《复礼堂日记》相关内容之关系若何，则不可考见。

卷。　访芸、米，携章示芸。

二日(4月30日)　《易》。　拟公呈。　阅卷。

三日(5月1日)　《易》。　到堂。　理公呈事。　与蔚芝商学款。　学堂各日交涉刻经史学卷、毕业事。

二日(4月31日)　《易》。　余课定咨稿。　问咏老。　阅卷。

三日(5月1日)　《易》。　访咏、鞠，示以咨稿，与商公呈。到堂候蔚兄，送上月修金。　商咨稿，请其□抚署，属勿言。介公有函。　存古文科名目须商。　请抚台加豫算招生。　暑假即接办。　历课文学卷。释谗毕业事。　致蔚兄书。　问介老。　访菊农。　访济之丈、咏兄、介老。

十一日(5月9日)　阅卷。　复陆中堂，上唐春师书。　函致介公，改案语一二条。　《易》。　唐师书。　《参同契》。

四月二十一日(5月19日)　常课。　定心。

五月七日(6月3日)　到学堂。

十日(6月6日)　发学部及陆中堂信。　寄蔚芝信，问毕业日期。　定章程。　阅卷。　发京信、六合信。

十一日(6月7日)　定章程，约两日毕。

十三日(6月9日)　到学堂。

十四日(6月10日)　拟毕业题。　阅卷并札记，至二十日毕。以后应办招考各事。

十六日(6月12日)　定心。　定《易》说一条。　阅卷。　候抚学。　二十前后当候藩应。

六月哉生明(6月26日)　检《经学文》。　候中丞、提学。　到学堂。　候象甫。

四日(6月29日)　先君子生日，斋戒，随两兄设祭。

五日(6月30日)　祝中丞寿。　到学堂。

群经双行叶数纪略：《易》一千七百；《书》四千；《诗》五千；《周礼》五千六；《礼经》三千二；《礼记》二千四；《大戴》五百；《左传》四千；

《公》《谷》四千;《国语》二百;《论》《孟》二千;《说文》《尔雅》《广雅》三千。

一、是编网罗众家,删繁刊失,一字去取,审择唯谨。

《易》三千六百叶,每日十叶,约六月十三始,至来年九月望卒业;《书》六千,每日二十叶,壬子九月十六始,癸丑九月卒业;《诗》六千,每日二十叶,甲寅九月毕;《周礼》五千六,乙卯九月;《仪礼》四千,丙辰七月;《礼记》《大戴》三千,丁巳四月;《左传》四千,戊午二月;《公》《谷》《国语》四千二百,戊午岁终;《孝经》《论》《孟》己未六月;《说文》《尔雅》《广雅》,每日八叶,来年九月望前毕;《九数》日阅一叶;古文日阅二叶;群经本文归古文中。

复礼堂日记

吴县曹元弼

学而时习，乐以忘忧。

爰清爰静，物来顺应。自乐自信，遁世无闷。消息为用，一元为本。观心于复，毋滑而性。非礼勿动，正己物正。行所无事，何纷不定。知命敦仁，时谓大凝。

十二月二十一日(1911 年 1 月 21 日) 君子进德修业，欲及时也，寸阴且惜之。 以岁余无多日而自舍哉！ 读《孝经》《论语》《中庸记》。 读《韩子》。 致唐蔚之兄书。

二十二日(1 月 22 日) 读《孝经》《论语》《中庸》。 治《易》《诗》。 阅学堂章程。

二十三日(1 月 23 日) 读《孝经》《论语》《中庸》《韩子》。 治《易》《诗》。 阅学堂章程。

二十四日(1 月 24 日) 旷废半日。 阅章程。

二十五日(1 月 25 日) 读《孝经》《论语》如初。 读书百遍，义理自见，此至言也。 心力以养而长，心光以用而明。养之于平日，乃能用之于临时。且养非不用之谓，当用而用，不当用而止。用之有节，是谓养。

宣统三年辛亥(1911) 四十五岁。

春正月朔(1 月 30 日) 致敬于神祇、先祖。 玩《易》大有上九爻辞。 书“自天右之，吉无不利”八字为两兄祝，并以“履信思顺”自勉。　读《孝经》《论语》。　志仁则心自治，得于心自得于气、得于言。　读《易解序》，随意讽经，意味盎然。

二日(1月31日)　读《孝经》《论语》、古文数首。　介轩前辈见过。　玩《易》。　阅《诗》义。

三日(2月1日)　读《孝经》《论语》《孟子》。　玩《易》。　天一生水于北，地二生火于南，天三生木于东，地四生金于西，天五生土于中，此一阴一阳之谓道，乾坤相并俱生，五居中央而四象相对待，同出于天地也。五行之次，水生木，木生火，火生土，土生金，金生水，此乾元流行、阴阳变化之神。天地生五行，而五行即自相生也。盖天以精刚之气生水，即金气也，而水既生，生水即有润泽滋养之气，故水生木。地以发荣之气生火，即木气也，而火既生，即有暵热聚炼之气，故火生土。天以滋息之气生木，即水气也，而木既生，即有发越盛大之气，故木生火。地以坚实之气生金，即土气也，而金既生，即有清刚流行之气，故金生水。天以温养之气生土，即火气也，而土既生，即有精凝坚固之气，故土生金。其播于四时也，以自相生之次而实本于天地迭生之次。天地生五行，水北、火南、木东、金西、土中，阴阳俱起，故对方五行相生；木东、火南、土中、金西、水北，阳息阴消，随日行之道，故比方五行。生于天地，其源也，太极之正也；播于四时，其用也，太极之行也。对方者相配，故为克；比方者相承，故为生。日月往来，四时行焉，生生之谓易，一乾元之周流也。天生水于北，地生火于南，此阴阳对待，五行之定位也。由是顺而布之，则木东、火南、土中、金西、水北相承而下，如环无端，一元气之周流而已。周子曰“阳变阴合而生水火木金土，五气顺布，四时行焉”是也。阳起阴中为水，阳升为木，阴起阳中为火，阴阳交于中为土，阴见于上为金，阳又起阴中为水，故曰“五行，一阴阳也”。五行四时，皆阳之出入于阴为之，故曰“阴阳，一太极也”。太极元气，本无形畔，故曰“太极本无极也”。

十二日(2月10日)　“非礼勿视”四语，念释在兹，须臾不离，方能遏人欲于将萌，达天德而直上。　颂侯自申来，语移时。

十三日(2月11日) 凡事成败利钝,难可逆料,但求我心无憾而已。 凡事既往不咎,未来不豫,但因见在所处之位为其所当为而已。 君子见善则迁,有过则改,终日乾乾,自求多福。 礼乐不可斯须去身,致礼以治躬,则不陷乎人欲之阱,而各正性命矣;致乐以治心,则无往非名教之乐,而保合大和矣。乾道变化,君子以之变化气质,所谓君子行此四德也。礼以治身则安处善乐,以治心则乐循理。

十四日(2月12日) 读《孝经》《论语》《近思录》《庄子》。 玩《易》。 与幼纯书。

十五日(2月13日) 多闻阙疑,至当归一,治经治事之法,皆不外此。 天下何思何虑,君子不忧不惧,时行则行,时止则止,何入而不自得邪? 说《易》当以郑氏为宗,兼采虞、荀诸家异义之精者,李、惠、张、姚《易》义宜申补之。

十六日(2月14日) 读《孝经》《论语》。 阅《近思录》,江氏注已觉字小,但温习本文可也。 《经史百家杂钞》,体大物博,教学文章,莫善之本,更略解其训诂事实,论其文法,则初学尤可一览而悟。此学堂教员之责也。 《诗》曰"予其惩而毖后患",记曰"毋曰何残,其害将大",审几于将动,绝恶于未萌,以静制动,以敬胜邪,终日钦钦,心常不放,庶矣乎!

十九日(2月17日) 人心之危,如临深渊;道心之微,如保赤子。

二十日(2月18日) 存古学堂开学。

二十一日(2月19日) 蔚公来书。

二十二日(2月20日) 福莫大于式礼莫愆,祸莫惨于不能自克。心定,德业方有根本。苟得其养,无物不长;苟失其养,无物不消。消长之间,差若豪厘,谬以千里,可不慎哉! 一日治一事,十日而十事济矣;一日废一事,至十日而事不胜其压积矣。故勤者整以暇,怠者偷以扰。心定则能勤,心放则必怠。作字不可过草,不独误事,先已放心。 读《孝经》《论语》《近思录》《庄子》。 覆蔚之书。 介公使使来约。

二十三日(2 月 21 日) 伯春招饮议事,夜分始决。 访介轩前辈。

二十四日(2 月 22 日) 积疢大愈,逍遥以游。物来顺应,养生之主。三戒坚持,自求多福。九思无斁,日进高明。 成败利钝,非人之所能为,君子素位而行,尽其在我以俟时至可也,焉用皇皇然,如负晋鼓以求亡子哉!

二十五日(2 月 23 日) 心存乎道,则邪气无由得接,故君子曰礼乐不可斯须去身。 读《孝经》《论语》《近思录》《庄子》。 拟学堂咨覆提学稿。 致蔚之书。

二十六日(2 月 24 日)

二十七日(2 月 25 日) 上唐尚书师书。

二十八日(2 月 26 日) 蔚兄来书。

二月朔(3 月 1 日) 至学堂,考察功课。

三日(3 月 3 日) 蔚兄到学,与介老同接之。 止蔚兄宿。小饮。

四日(3 月 4 日) 与蔚、介两公会于学堂,商定各事。 小饮。 蔚兄见诸生,示以学问大要。

五日(3 月 5 日) 定学堂咨覆提学稿,属和羹付写官。

六日(3 月 6 日) 为学当以“知止而后有定”一节为基址,须精思而固守之,日可见之行,方有益。

八日(3 月 8 日) 崧侄妇陈氏来归,并为二哥嫂称觞祝寿,又以弼前年蒙天恩赏以清秩,悬匾文曰“兄弟翰林”,志国恩家庆也。

十五日(3 月 15 日) 潜心于圣,以道觉民,正己而物正。

十七日(3 月 17 日) 谒陆相国。 至学堂考察。 候樊介老、邹咏兄、叶鞠丈。

十八日(3 月 18 日) 二哥谓事莫难于坚忍,坚忍由于明,明由于静,此至言也,足为弼对症之药。 已过不悔,知过不犯。但计是非,不计利害。复我本心,荡荡平坦。欲仁得仁,何待求外。自今以始，心安体泰。克己复礼，息乾由夬。日新又新，有进无退。潜圣潜天，光明纯粹。静虚动直，其气无馁。塞天地间，至刚至大。　惩忿窒欲，迁善改过，皆在坚定，所谓乾不息于诚。诚者，彻始彻终，须臾不可离者也。　读《孝经》《论语》。

二十二日(3 月 22 日)　如申。　与蔚兄商学堂事，发电学部。宿蔚兄处，论学甚乐。　明日归。

二十四日(3 月 24 日)　致蔚兄书。

二十八日(3 月 28 日)　介公见示学部覆电，古必存矣。

二十九日(3 月 29 日)　两日读书，颇能如志。惜存养省察未能缜密，是以邪气得干其间。自今以往，惟有困勉自强，实用其力，精刚日胜，善建不拔，庶有先尽己于直达天德之一日，万不可存枉尺直寻、月攘一鸡之见以自误。三月朔记。

三月初一日(3 月 30 日)　夫子说乾初曰："遁世无闷，乐行忧违，确乎不拔。"说二曰："言信行谨，闲邪存诚，善世不伐。"说三曰："忠信，修辞立诚，知几存义，进德修业。"乾乾因时而惕，服膺此三节，以立心、以立德、以立事，可谓领《易》三爻矣。　定之一息，行之终身，是谓元永贞。直方大，不疑其所行，自天右之，吉无不利，亨矣哉！治气养心之术，莫径由礼。颜子四勿，孟子所以行无不慊，以生浩然之气也。元弼虽不敏，当于此实用其力，勿令邪气得干其间。　致蔚兄书。

二日(3 月 31 日)　阅卷。

三日(4 月 1 日)　到学堂。　晤介老、蔚兄，商定应办诸事。气盛则言宜，气馁则辞屈，行无不歉，文之教也。

四日(4 月 2 日)　知周万物，道济天下，《易》之用也；乐天知命，安土敦仁，《易》之本也。圣人以此洗心，退藏于密，斋戒以神明其德。

五日(4 月 3 日)　苏抚享陆相国于全浙会馆，戒群绅为众宾，与大哥同往。

六日(4 月 4 日)　乙酉科团拜，饮于浙绍会馆。

七日(4月5日) 休息一日。

八日(4月6日) 清明佳节也。君子法之,以涤瑕荡秽,而镜至清,清明在躬,气志如神。 读《孝经》。 子曰:“吾行在《孝经》。”非诵之难,行之难也。诵而不行,侮圣实甚。呜呼!小子反躬思之,修身慎行,能乎?否乎?自今以往,严自纠绳,非法不言,非道不行,无有师保,如临父母,庶几精刚自胜,坚树不拔,专久而美,卓然有立。 读《论语》。 敬胜百邪,有礼无败。 行有不歉于心,其气必馁,此即羞恶之心,义之端也,是性善之明验也。反而求之,扩而充之,义不可胜用矣。 玩《易》。

九日(4月7日) 读《孝经》《论语》《周易》。 己所不欲,勿施于人,我之大贤与于人,何所不容,焉用怒?《易·系》“惩忿”语,称思难,岂其忘之而悻悻不自克邪? 夔哥来书。 戏言,乱之本也;忿言,祸之本也。君子夙绝之。

十二日(4月10日) 介公来书,言劳玉初提学到苏,欲枉顾,并以玉公《律议》见示,即函复。

十三日(4月11日) 访申甫前辈。 到学堂。

十四日(4月12日) 候程中丞。 遇玉初提学,同至舟,语移时。 候介老。

十五日(4月13日) 晨起,于《中庸》忽有会心,当由此深求《六经》之旨,浃洽于中,俾畅于四支,发于事业,根本盛大,而出无穷,所谓曲能有诚,无不动也。观孔孟之所以本诸身,达之天下者,而力行之,无入而不自得,天下之乐孰逾于此?至诚之道可以前知,知之以诚也。诚则明,日月有明,容光必照。蓍龟见吉凶,亦惟诚至乃能断之,岂与夫任术数者比哉?《易》之所谓吉,其义吉也。仰不愧天,俯不怍人,则天道在我,自天右之,吉无不利矣。否则罔之生也,幸而免,非天右也,君子谓之凶。 致蔚兄书。

十六日(4月14日) 读《书》《周官》《韩子》。

十七日(4月15日) 上春卿师、陆相国书。

十九日(4月17日)　拟致蔚若侍郎书。　录稿寄蔚芝。

二十日(4月18日)　以《孝经学》《经学文钞》托潘若梁带京，致蔚若侍郎。　孝子在丑不争，量力而动，好谋而成。　读《孝经》《论语》。　勿疑勿惧，勿忿勿怠，盘根错节，正天之玉女于成也。

二十一日(4月19日)　送劳玉翁回江宁，介公同往，李、郭同舟，亦佳事也。　“知者动，仁者静；知者乐，仁者寿”，四语意味至深，宜熟玩而身体之。自今以往，当以养身立德为第一义，为学次之，处事则物来顺应可也。　木神则仁，忿怒不平，木之不神也，当以仁治之；金神则义，迁就缠系，金之不神也，当以义治之；火神则礼，荧惑无定，火之不神也，当以礼治之；水神则知，浊滞寡照，水之不神也，当以知治之；土神则信，散弱不果，土之不神也，当以信治之。

二十五日(4月23日)　介公见过。　姚子让同年见过。

二十六日(4月24日)　致蔚若侍郎书。

二十七日(4月25日)　潜心于圣，其乐无涯。　介老见示学部《新定存古学堂章程》。　子异同年招饮。

二十八日(4月26日)　见猎色喜，尚为盛德之累，况失礼之尤者乎？自今以往，誓不再误，庶无迷复之凶。　逸则思淫，所谓死于安乐也。予其惩而毖后患，敢怀晏安以迷亡乎？　明察其几，健致其决，理明气盛。君子以遏恶扬善，顺天休命，敬胜百邪，肆召群孽，斋戒神明，自求多福。

二十九日(4月27日)　介公见过。　蔚兄来书。　“克己复礼”章、“知者不惑”章、“知者乐水”章、“君子喻于义”章、《孟子》“养气”章、《大学》“知止”节、《中庸》首章，以上诸章，当念释在兹，无斯须之去、造次颠沛之违。弼也失道多矣，以此反身，勤而行之，庶几失之东隅，收之桑榆。　介公以蔚兄电见示。

三十日(4月28日)　介公见过。　凡事谋定而发，审时而言，庶免悔吝。

四月朔(4月29日)　处己以仲尼，下学而上达。正己不求人，无入不自得。乐行忧则违,绝四毋意必。坚白任涅磨,确乎不可拔。 读《易·师卦》。 拟咨呈抚部稿。 鞠农前辈见过。 介公来书。 访米荪。

二日(4月30日) 读《孝经》《论语》《易》比卦。 介公见过。

三日(5月1日) 读《孝经》《论语》《易》小畜。 至学堂,与介老、蔚兄商榷。 凤石相国来书。

四日(5月2日) 致蔚兄书。 介公有咨文来。 六合来书。

五日(5月3日) 心不定,当诵经语足为对症之药者以定之。 致蔚兄书。 介公见过。

六日(5月4日) 读《孝经》《论语》《易》。 蔚兄来书,并寄咨呈稿,即复之。 "敬胜怠者吉,义胜欲者从",《丹书》之戒,夫子传《易》取之,真心箴也。

七日(5月5日) 读《孝经》《论语》《易·泰卦》。 蔚兄来书,并咨复介公稿。先是,介公见过,商榷移时,寻复蔚兄一函,告昨电收悉,至是又得惠书。

八日(5月6日) 读《孝经》《论语》《易》《书》《诗》《周官》。 访介公、鞠农前辈。 凡事勿疑,道之将行,将废命也;勿忿,人心之不同如其面,君子之行事,思其终必思其后也,尽己信天。

九日(5月7日) 是日也,以立夏,于《易》消息直乾,君子法之,以终日乾乾,自强不息。 整理书籍,不相杂厕。 稚松、君才与高等学堂生夏奇峰来,以学行要义敦勉之。 静坐移时。 读《孝经》《论语》《易》。 君子有救世之心,而无自利之蔽,体正以行权,可以济否矣。

十日(5月8日) 读《孝经》《论语》《易》。 同人"惟君子为能通天下之志",《集解》崔注"九二","二"当为"五",又云"以其人臣",当为"以己乘人"。 读《诗》《书》。 访介公。 到学堂。

十一日(5月9日) 戏言,心之蠡贼,学之间谍也。君子进德修业,必决去之。 介公见示幼云前辈复书及鄂电,复之。 伯南、思九来书，复之。

十二日(5月10日) 读《孝经》《论语》《易》《诗》《书》《周官》。

十三日(5月11日) 访介公、芸老。 到学堂。

十四日(5月12日) 改笺释部章诸条。 函呈介公。

十五日(5月13日) 芸老见过。 “闲邪存诚”四字，拳拳服膺，慎勿失之。迷复之凶，不可不戒。 朱子曰：“心定，群妄自然退听。”至哉言乎！ 君子有三戒：戒色以《礼》，戒斗以《诗》，戒得以《易》。 仁者自爱，义者自克，礼者自敬，知者不迷，信者不失。 介公见过。

十七日(5月15日) 郑君注《易》曰“持一不惑曰守”，如此方能有诸己。 学莫先乎辨惑，惑莫甚乎自欺，如恶恶臭，如好好色，邪气不得干其间，性复而大惑解矣。 到学堂，定预算。

十八日(5月16日) 访季仲。 到学堂，候介老。 致蔚兄书。

十九日(5月17日) 到学堂，豫算告成。

二十日(5月18日) 定心。 枉尺直寻，月攘一鸡，皆圣贤所深戒。君子秉心光明正大，故其动也直，其静也安。

二十一日(5月19日) 读《孝经》《论语》《易》。

二十二日(5月20日) 无礼必败，行道有福。 天生豪杰之士，予之以聪明福禄，使以斯道觉斯民，其责任重大为何如？苟不自爱惜，是辜恩溺职，以误天下苍生也。戒之戒之！自今以往，凡邪思之萌，明察其几，健致其决，绝其本根，勿使能殖，而后清明在躬，一气直追，足以绍千圣之绪，争四海之惑，而维持天经地义于不敝。《孟子》曰：“存其心，养其性，所以事天也。”又曰：“我亦欲正人心。”夫惟先正其心以合乎天地之心，而后可以正天下万世之人心，故曰“人之所以异于禽兽者几希”。庶民生之，君子存之，存亡之间，危乎微乎！我欲仁，斯仁至矣，亦在持之有恒耳。 心正则气盛，气盛则言宜。韩子之论文曰：“游之乎诗书之源，行之乎仁义之途。无迷其途，无绝其源。”可谓得立言之本者矣。本心即天也，本心常存，则自天右之，吉无不利。心，气之君也。志至则气必至，不惑不忧，不忧不惧，则其气合乎道义而塞乎天地之间，伸乎万物之上矣。　治气养心，身之利贞也；兴利除弊，国之利贞也；拨乱反正，天下之利贞也；正人心，息邪说，万世之利贞也。　三折肱知为良医，吾今而后知克己复礼。

二十五日(5月23日)　《周易郑氏注笺释》始属草。

二十六日(5月24日)　此心也，约之为絜静精微，达之为光明正大，其乐也内，其动也中。　君子不得已而著书，上裨圣道，下益将来，有用于世，无憾于心，则不疑其所行矣。著书以斯道与天下乐之，先以自乐也。一有凝滞之见，则自苦矣。事至即应，事过即养。文学温故知新各半点，余如旧。　邪念又萌，当明察其几，而夙绝之，毋使滋蔓。

二十七日(5月25日)　读《孝经》《论语》《周易》。　乐天知命，安土敦仁，素位而行，不愿乎外，正其谊，不谋其利，明其道，不计其功，何事不可为，何人不自得邪？　孟氏愿学兮，子长向往；天未丧斯文兮，小子何敢让。取之而莫与争兮，恢之而弥广；约之不盈握兮，充之而塞乎天壤。□[①]仉仉吾□兮，明明两曜其何伤；依中庸而遁世兮，何病乎谗人之高张。乾坤终古不息兮，君子修德以自强。

---

① “□”，原作“忄”。

孔思堂日志

复礼先生曹元弼自录

宣统三年辛亥(1911年) 四十五岁。

四月二十七日(5月25日) 读《孝经》《论语》《易》。 介公见过。 《易》气从下生,日月之升,人身之长,草木之生,无不皆然,故本立而道生,积小以高大。

二十八日(5月26日) 晨起,处置杂事。既生此世,何能免俗,物来顺应,不过其节,斯善矣。 昨夜善余来书,当复。 阅卷。 至学堂。

五月二日(5月29日) 阅卷讫。 蔚兄来书。 前月二十八日,妇至自六合,峻臣同来,止宿数日,至是归。

三日(5月30日) 读《孝经》《论语》。 韩子曰:"上之性就学而愈明。"上之性明矣,犹非学不为功,苟中人以下而不务学,愚以重愚,闇以重闇,悲夫! 君子惟仁义不如舜、才艺不如周公为病耳!果仁义矣,多才与艺矣,虽毁奚伤?不然,无古人之实,而人或舜之、周公之也,耻孰甚焉! 圣人之学,如天行之健,昼夜不息,不知老之将至,其次则必以老自惕。屈子曰:"老冉冉其将至兮,恐修名之不立。" 至学堂,与介老、蔚兄商榷诸事。

四日(5月31日) 休息一日。 苟得其养,无物不长。养根竢实,可不加之意乎?

五日(6月1日) 时祭。 蔚兄来书。

六日(6月2日) 定心气。 次列诸事,以备按日施行,勿忘勿助,虽繁必理。 读《孝经》《论语》《易》。 “初筮告,以刚中也”,所学在我,故应问无穷。苟无实德,而好为人师,恶乎可? 乾三时行则行,屯三时止则止,其见几一也。 敬以直内,义以方外,行无不歉于心,尚何疑乎? 悲天命而悯人穷,退之道济天下之心,与孔孟一揆,千载下如或见之,读此而不奋然兴起,必非志士仁人。我则既言矣,其敢不勉?有志者事竟成,顾力行何如耳!

七日(6月3日) 君子戒慎恐惧,畏天命也。天授我以贤圣才能,俾以其有余济人之不足,而放逸怠慢,不惟付托之重自弃,以弃天下万世,是滔天而方命也。君子敢乎哉? 君子之学,后天而奉天时也。其极则先天而天弗违。夫然,故自天右之,吉无不利。应事接物,皆所以运用天理,时行则行,安往而不乐哉? 韩柳笔皆至健,而柳有迹,韩无迹,高山仰止,韩其岱,柳其华乎? 夔兄来书。 访介公。 到学堂。

八日(6月4日) 静生明,躁生惑,寂然不动,故感而遂通,否则邪暗塞矣。 一事一物之得其理,即位天地、育万物之气象。 程子作字甚敬,此思不出位之验。 略玩《易》。 阅养生书,静养移时。 流览诗文。

九日(6月5日) 旷时可惜,放心可惧。君子进德修业,成性存存,因时而惕,心定则为所当为,直方而大,措诸天下,沛然莫之能御。

十日(6月6日) 读《孝经》《论语》。 备豫不虞,古之善教,谋定而动,乃克有济。 思出其位,事之贼也。何以治之,曰知止。《大学》“知止”,《中庸》“慎独”,是谓安乐窝;周子言几,张子言豫,是谓治安策。 上陆相国、唐尚书师书。

十一日(6月7日) 目力日衰,导养之功,万不可缓,寂然澹定,湛然虚明,自观所作字如闭目书,及今不养,后必大困。此不啻盘带几杖之铭,可使人触目警心。万念皆空,一诚向道。天之扤我,其厚我哉!

十二日(6月8日) 旷时可惕。 米荪见过。

十三日(6月9日)　学堂藩课，往与申甫、介轩两前辈会。　两得蔚兄书，即复之，坚请其勿辞，且任监督。　晚归。　读《孝经》《论语》、古文。

十四日(6月10日)　读《孝经》《论语》《易》。　候中丞未晤，约明日往。　斯道存亡之际，敢惮劳乎？大直若诎，道固委蛇。　候左子异同年，语良久。　旷时已多，良用惋惜。　午后中丞见过，明日可不出矣。此心光明磊落，无毫末渣滓，岂不快哉！

十五日(6月11日)　读《孝经》《论语》。　说《易》。　颂侯见过，请其带书致蔚兄。

十六日(6月12日)　非圣人之志不敢存，而后可以见道，而后可以解经。　说《易》须得絜静精微之意。　写定《易》说一条。　候中丞、介老。　到学堂。

十七日(6月13日)　式之见过。　心不定则无事可为，一或不慎，邪气乘虚而入，其危其微，其速定之。　安而后能虑，明镜止水，物无不照，寂然不动，有感斯通。

十八日(6月14日)　读《孝经》《论语》。　知止有定，发皆中节，治心之要。　阅卷。

十九日(6月15日)　阅卷。　禹抑洪水，行所无事；庖丁解牛，因其固然。顺理而行，天下事何难之有？　介老见过。

二十日(6月16日)　候中丞，以蔚老辞存古监督，商请毛君实方伯担任。

二十一日(6月17日)　到学堂，会同中丞，考毕业主课。　访毛实翁，商榷尚未成言，还候介老。

二十二日(6月18日)　休息一日。　百密一疏，邪气乘之，不可不慎防。　笃信好学，守死善道，乐天知命，安土敦仁。

二十三日(6月19日)　到学堂，考毕业主课。

二十四日(6月20日)　复蔚兄书。　颂侯来书。　介公来书。

二十五日(6月21日)　一或不慎，复蹈前失，既往不咎，亦力改之，永绝之而已矣，何问其他？ 君子过则改之，焉用疑为，疑则病中生病矣，何以决疑而明理。 阅《通鉴》数叶。 贞观君臣辩论治道，务得是非之正，岂惟为政前事之师，亦穷理隅反之准也。 理所必无而妄疑之，此气质之偏，还当以理胜之。大厄已过，当惩前毖后，绝其本根，勿使能殖。传曰迁善者，圣人之法，其勉之。 守《东铭》之义，而后能宏《西铭》之仁。

二十六日(6月22日) 夏至，卦气直咸。精义入神，以致用也；利用安身，以崇德也。夫如是，天君泰然，百体从令，物来顺应，事来不惑，尚何思何虑之有哉？ 程易畴《论学小记》，精言甚多。其通深锐敏，洞彻理要，不逮东原，而立言平粹，虽有不善，学者不至甚滋流弊，则较《孟子字义疏证》为胜。虽然，立教者求于圣人之道有所发明，以绍千载绝学，救当时流失而已，固不能使后日永无偏胜之弊。苟得其人，多闻择善，虽至偏激之论，善用之犹足以①起懦顽而醒醉梦，否则三代忠质文异尚未见，其或不敝也，而何有于语言轻重之间？特吾辈立言，与其偏也，宁□耳。

二十八日(6月24日) 作书致介公，辞存古学堂经学总教。

六月朔(6月26日) 面交介公，固留，审时度势，不得已权许之。 至学堂。 日内当拟章程，定教员。 阅卷。 致蔚老书。 晤程抚，商榷各事。

六月初二日(6月27日) 正其谊，不谋其利；明其道，不计其功。其情正大，其道光明，其气清刚峻上，岂不毅然大丈夫哉？ 仁、义、礼、智、信五者，须臾不离，运用纯熟，反身而诚，乐莫大焉，毋测未至，毋忽当几。利者义之和，和者纯熟也。利物足以和义，无我则无适而非宜。贞固足以干事，持正坚定，始终如一也。 元亨利贞，配四时五常，即其气象可见其体用。 读《孝经》《论语》。 玩《易》。 理所无，勿妄疑；事未至，勿过虑。无得失之见，则其行仁也诚，其

---

① “以”字下，原有“丨”。

执义也一。

三日(6月28日) 坚树在始,善建不拔,息之道也;柔道牵系,本弱蔑贞,消之道也。静专动直,则神定德立,事无不济。频复之厉,失之躁也;静专则为,初之不远复矣。 读《孝经》《论语》。 每日分若干时著书,若干时教人,若干时游息,条分科别,无相夺伦,则心定而事举矣。念虑非僻,言动乖违,皆当谨书之,以触目警心,禁止自欺。

五日(6月30日) 频蹙而复,视过涉之凶,相去一间耳,幸而无咎,何不可戒?

六日(7月1日) 卦气直遘之五。遘之义,一在防小人,一在求贤人。刚遇中正,天下大行,则阳常存而阴不能消矣。 君子以仁存心,则情可恕,理可遣;以礼存心,则敬胜怠,义胜欲。 勿以善小而弗为,勿以恶小而为之,英雄所见与圣贤同,非此何以防微杜渐、审几成务邪?

七日(7月2日) 寒山寺联:皎月映澄波,问逝水流光,浩劫几经阳九厄;勤民即生佛,愿年丰人寿,法轮长转大千春。 万古寒山,夜半钟声谈海客;三吴福地,花前旌节慰农人。

八日(7月3日) 乐天知命,自适其适。嘘吸精和,审察消息。动静光明,佼易立节。 乐则行之,忧则违之。 不降其志,不辱其身,伯夷、叔齐与? 乐天知命,与道大适。嘘吸精和,审察消息。光明四通,佼易立节。动静有常,出入无疾。以此洗心,始自今日。 读《孝经》《论语》、古文辞。 玩《易》。

九日(7月4日) 如初。 治《易》。 优游玩索,行所无事,则日进而不自知。若矜心作意求之,则岂所谓“易简而天下之理得”者邪?

复礼堂日记

翰林院编修曹元弼录

甲寅(1914) 四十八岁。

春正月初一日(1月26日) 夙兴随两兄望阙朝贺。 拈香致敬于神祇、祖先。 芸巢前辈致仲兄书,以吉语相庆。 和仲兄元旦诗一首。 与四侄语移时。余虽不知医而论医意颇当,以此存心,庶无罪悔。 读《孝经》《大学》。 补除夕诗一首。

初二日(1月27日) 读《孝经》《大学》。 鸡鸣而起,孳孳为善,著书明道,善之大者,日月于征,胡可不勉? 感念生辰在迩,赋诗一首,又《遣悲怀》一首。 夔兄来语半日。 三侄自申来。

初三日(1月28日) 拈香致敬于神祇、祖考。 诵《金刚经》。 读《孝经》《大学》。 昨梦先君子服本朝法服莅止。 日光甚明,忠孝大义,夙兴夜寐,其深体而力行之。 二哥见赠诗一首,即和元韵。 是夜梦梅真夫人,如平生。

初四日(1月29日) 诵《金刚经》。 读《孝经》《大学》。 宾门来。 略读李青莲诗。 和二哥诗两首。 胡赓臣兄来。 夜祀财神。 忠信为宝,多文为富。节用爱人,以义为利。圣有明训,神之所祐。 更定《遣悲怀诗》一首,云:酸咸辛苦并豪端,万缕千条写恨难。凤去台空言偶戏,鸾离镜寂影常寒。琴成绝调秋怀渺,花有余香春梦阑。圆缺无心天上月,云消碧海静中看。梅真夫人每归宁,辄戏谓余风去台空，又每于花落后有余生[①]之恋，不意皆为语谶。又一首：归魂弱息再承欢，孝养从今岁月宽。尚忆泰山秀孤竹，何从空谷索幽兰。琼霄偏靳鸳雏降[②]，珠雨忽[③]教马鬣干。玉女传言真妙谛，尽芟荆棘作花团。梅真每言人生世间，当种花不可种莿。恭敬退让，平情恕物，则人皆我与，无往非花团锦簇；若很戾不仁，屑屑与人计较，则人皆我敌，举足皆荆棘矣。言之有味，思之可悲。又一首：霓裳虚步送仙[④]音，疑是回风旧侣寻。赠我空遗青玉案，怀人忍抚绿珠琴。蓬莱清浅神山邈，桂树婆娑月殿深。一点灵光无障翳，尘缘了处复天[⑤]心。

初五日(1月30日) 诵《金刚经》。 鹿苹来。 济臣兄弟来，语良久。 咏台亲家来。 读《孝经》《大学》。 赋诗一首。 数日和仲兄韵，得诗若干首，并录于下：底是明星玉女逢，华峰峻削翠芙蓉。苍梧毕竟凄斑竹，丹枣何从问赤松。且喜天风诗韵朗，更看仙露墨华浓。一门馨德万夫望，宝剑腾蛟待试锋。 晓来珠玉到吟窗，奚啻南金赠我双。乐叙天伦培棣萼，馨流世德秀兰茳。愁城摧破千层垒，暗室光生二等釭。龙卧凤雏待时动，英雄会数葛兼庞。 扰攘风云局乱棋，我心匪石孰能移。竹书旷古伤麟泽，草诏当年到凤池。运厄汉家思建武，本雠宋棨记雍熙。一垆香篆一编易，归契参同复日[⑥]知。 巫咸奉诏下天扉，浴我兰汤华[⑦]采衣。丹灶无心仙诀授，白云过眼帝乡归。秕糠世外超尘劫，安乐窝中悟化机。神室金妃守冲漠，有时不翼亦鹏飞。支韵一律，赠夔一兄。

初六日(1月31日) 颂《金刚经》。 和二哥见赠诗一首：茫茫

---

① “生”字，《复礼堂诗集》作“香”。

② “降”字，原空缺，据《复礼堂诗集》补。

③ “忽”字，《复礼堂诗集》作“忍”。

④ “仙”字，《复礼堂诗集》作“鸾”。

⑤ “天”字，《复礼堂诗集》作“仙”。

⑥ “日”字，《复礼堂诗集》作“自”。

⑦ “华”字，《复礼堂诗集》作“振”。

禹土问何如，欲抑滔天厮二渠。气塞两间担道义，胸罗列宿府图书。儒宗近数陈兰圃，家训远师朱柏庐。琼玉高寒严史笔，纪元章武黜黄初。　李谷宜丈来，语良久。　宾门来。　离鸾别鹄不胜凄。其无可自遣，观空而已；无可自慰，积善而已！

初七日(2月1日)　诵《金刚经》。　读《孝经》《大学》。　伯南来。　与崧乔语良久。　祀先，敬谨行礼。　心常存，则喜、怒、哀、乐发皆中节，感、忧、惧亦不足为患矣。　怀梅真，得一绝句：豺虎横行遁海滨，一豪不挫勖完人。清刚志节神仙伴，疑是女中梅子真。

初八日(2月2日)　诵《金刚经》。　宾门来，属其写诗半日。仲兄以余生日见赠一律，即和原韵：仙掌芙蓉不染泥，三峰天外与云齐。骨奇老骥风依北，声咽慈乌日已西。当世芬华非所愿，群书纲要会当携[①]。哲兄相勖千秋业，有客休教凡鸟题。　拈香致敬于神祇、祖考。睠言生平，潸然出涕。　季文招饮，谢之。　戏言出于思，其为心害，平日尚不可，况今夕乎？

初九日(2月3日)　诵《金刚经》。　昨季文招饮，以生日感怀，未往。今日作诗将意，和仲兄韵：谷旦凌晨气候佳，德星聚处五云排。有欣永日宾筵舞，莫解飘风明发怀。一曲招魂悲楚客，九霄搏翼志齐谐。诸公努力崇明德，卓茂桓荣许等侪。　祀先，敬谨行礼。　作字草率，放心误事，甚不可也。　集东坡梅花诗，写成一绝句，阅时颇久，此所谓玩物丧志也。在精力有余之人，得暇为之，固无不可，若弱则先其所急，犹恐事倍功半，况缓急倒置乎？　赋感怀诗一首。

初十日(2月4日)　诵《金刚经》。　属宾门写诗。　方冠臣来，语良久。　和仲兄立春诗两首：祁祁甘雨送春来，十万梅花次第开。碧草东风原有信，绿波南浦几时回。晴光转到[②]芙蓉阙，别恨应

---

① “携”字，《复礼堂诗集》作“提”。

② “转到”二字，《复礼堂诗集》作“待转”。

消杨柳台。吉日辰良[1]歌太一，谪居还望侍[2]蓬莱。　君怕伤春春又来，玉梅何事笑颜开。黄莺惯作新年报，粉蝶难寻旧梦回。烟草几经迷客舍，雨花到处是仙台。独游伤[3]影加珍重，尚忆山妻语老莱。

十一日(2月5日)　读《孝经》《大学》。　诵《金刚经》。　芸巢前辈见过，慰劝殷勤，识高义卓，可感可佩。　诸侄孙开学。　崧乔偕冠臣至申。　研农兄来，语良久。　和仲兄诗一首：大千世界碎微尘，抟土尚遗怀葛民。说法应教花作雨，读书又见树逢春。龙池柳色知无恙，渔父桃源且问津。静对朝阳嘘吸好，会看光景一时新。

十二日(2月6日)　诵《金刚经》。　读《孝经》《大学》。　和仲兄诗一首，日邪世趋，非圣无法，彝伦攸斁，祸乱方兴，言之心惕。乾元垂象父兼君，万古纲常孰敢纷。金镜亡秦悲世运，珠囊理汉出经文。淫辞忽变终风曀，正气能开蔽日云。家训国恩期不负，长流世德衍清芬。　问心无他，于人无择，不得已而权宜，犹之可也。然揆之正道，不能无过矣。　两兄为弼处置著书行事之法，至当不易，当即遵行，勿再延误。

十三日(2月7日)　皇上万寿，臣元弼随臣元恒、福元望阙九敂，恭祝天地再清，圣寿无疆。礼成，恭纪和臣福元韵：垂裳出治望羲轩，仁虎书祥六纪元。春雨如膏流帝泽，寿星有耀炳宸垣。蚩蚩氓庶消千劫，翼翼皇居定一尊。万物怀新咸锡福，葱茏佳气震东原。　心地未净，当严自省察克治。　昨崧侄自申归，言晤王旭庄观察，知梁节庵前辈见赴崇陵，敬谨种树，书问可由旭公转达。　是夜又成一律：首出神灵仰帝轩，正名百物系乾元。大千世界瞻生佛，太一常居[4]拱列

---

① "辰良"二字，《复礼堂诗集》作"良辰"。

② "侍"字，《复礼堂诗集》作"到"。

③ "伤"字，《复礼堂诗集》作"偶"。

④ "常居"二字，《复礼堂诗集》作"中宫"。

垣。会看风云安扰攘[1]，再清天地定卑尊[2]。无疆万寿中兴颂，初筵永贞不待原。

十四日(2月8日)　诵《金刚经》。　属宾门写诗。　和仲兄梅花一首：无意梅花有意看，灵仙天际下珊珊。青鸾侍雪谁同舞，皓鹤思云且暂安。和靖吟怀聊自适，罗浮香梦不知寒。上元灯火今宵近，如海春光眼底宽。　每日旷时至多，大非学如不及之意。

十五日(2月9日)　晨起拈香。　漫兴一首和仲兄韵：安乐窝中久闭关，上元风物足消闲。孤松冬秀陶元亮，枯树春回庾子山。何必神仙求海上，聊娱图史寄人间。鱼龙曼衍都岑寂，笑拟新诗光禄颜。　属宾门写诗。　在仲兄处小饮。　修德养心，唯日不足。一暴十寒，其何能淑？

十六日(2月10日)　诵《金刚经》。　菊裳前辈来书，复之。赋诗三首，已录出。

十七日(2月11日)　诵《金刚经》。　赋诗一首。

十八日(2月12日)　诵《金刚经》。　赓南来。　赋诗一首。述怀：残生寂寞任逍遥，何意新声吹洞箫。目断神山青霭合，心凄慈竹白云飘。惟将孝弟培元气，便是涓埃答圣朝。试看池塘春草长，晴光转处自寒消。　又：栗里停云归鸟巢，南窗诗思静中包。同怀自合芝兰契，并世犹存金石交。最爱春阳回北陆，敢希经疏列东胶。昨非今是谁先觉，一磬空山初夜敲。　从大哥处支取洋五十六元，以六元归周急费，日内当以印惜字启及本月惜字费合十六元交研农兄。凌波兄示诗四首。

十九日(2月13日)　诵《金刚经》。　读《孝经》《中庸》。　赋诗二首。　读仲兄诗，多奖借语，愧赋一律：与物为春世漫逃，人间星凤旧词曹。玉芝三秀神光焕，绛树双声吟兴豪。高卧隆中期管乐，睠

---

① “会看风云安扰攘”句，《复礼堂诗集》作“漫说风云多变态”。

② “定卑尊”三字，《复礼堂诗集》作“有常尊”。

言江左问温陶。子由趋步东坡后，不羡韩门有李翱。《将进酒叹》：戏海冥鸿天际过，子云帘[1]入弋人罗。青春去去惟遗恨，白日堂堂且放歌。旧雨弥亲同调少，流霞拚醉感怀多。庄生悟道称悬解，奈此倒悬莫解何？

二十日(2 月 14 日) 诵《金刚经》。 读《孝经》《中庸》。 高生祖良来，愍而勉之。 约同人小饮。

二十一日(2 月 15 日) 诵《金刚经》。 读《孝经》《中庸》。 赋诗二首。 阅自著《孝经学》。 知及之当以仁守之，力行近乎仁，往者不谏，来者可追。 《感事》：梅枝窗外两三斜，初日将临薄霭遮。试看云霞新物候，无非雨露沐天家。黍苗知否曾孙稼，荆棘敢侵上苑花。不速客来还作主，需沙凝望树归鸦。 《伤春》：玉梅瘦影尚横斜，溅泪翻教珠箔遮。云景流连如有意，画图隐约问谁家。欲留残梦莺啼树，不尽余香蝶恋花。黯黯春愁怜夕照，忍听风外失群鸦。 风格江梅韵海棠，莲花证果桂宫香。君身自有神仙骨，不待灵均集众芳。

二十二日(2 月 16 日) 诵《金刚经》。 读《孝经》《中庸》。 略阅《易笺》《孝经学》。 属宾门写诗。 以《唐恭人哀辞》付刊，即为刻《文集》之始。 赋诗二首。

二十三日(2 月 17 日) 诵《金刚经》。 读《孝经》《中庸》。 赋诗一首。 春去将及三之一，立心著书，功候曾不少进，长此安穷，可悲可惧。

二十四日(2 月 18 日) 诵《金刚经》。 甘卿招饮，与两兄同往，并同访夔兄。 赋诗一首。 鞠裳前辈来书。

二十五日(2 月 19 日) 诵《金刚经》。 自二十五日以后，杂事纷扰，久未记录。其间有复梁节庵、致王旭庄、马季立、唐□臣诸君书。

---

① “帘”字，《复礼堂诗集》作“羞”。

二月初六日(3月2日) 节庵寄饼十一件，梨三颗，系大行皇太后周年祭品，恭设香案，望陵九叩，退，荐诸先祠及唐恭人灵座。 是日上丁，夙兴[1]，随两兄率侄辈恭奉至圣先师孔子画像，谨敬释菜，礼成，恭纪两律。 改旧居为书斋，赋一律志感。

初九日(3月5日) 大哥至松江。 昨和二哥释菜先圣第二诗：法服肃冠簪，蛮髳[2]俗不侵。猗兰期素守，释菜馨[3]丹忱。万古日星曜，六经天地心。会看永平世，学校蔚如林。 称心而言。 吁嗟乎！ 有情如海海扬波，黄金虚掷青春过。长呼负负悲恨多，人生到此将奈何。我纵悲死亦何补，长啸一声如龙怒。发心大济众生苦，尽化贪狼作仁虎。一大因缘出世间，天职未尽不放还。名教乐处寻孔颜，朗朗高行如玉山。孝弟蔼然春不老，真理充积气浩浩。誓于此生明圣道，天命听乎[4]心常祷。天乎天乎我心伤，勉为浊世埽秕糠。太阳回光正道昌，我事毕矣归帝乡。 此诗由中之苦言，治心之良药，而今而后，永矢弗渝，必有神效。

初十日(3月6日) 定心气。

十一日(3月7日) 诵《金刚经》。 读《孝经》《中庸》。 访研农。

十二日(3月8日) 诵《金刚经》。 读《孝经》《中庸》。 花朝风雨赋诗两首。

---

① “夙”字，原误作“凤”，今改。

② “髳”字，《复礼堂诗集》作“髦”。

③ “馨”字，《复礼堂诗集》作“罄”。

④ “天命听乎”四字，《复礼堂诗集》作“天高听卑”。

复礼堂日记

二月十五日(1914年3月11日)[①] 拈香致敬于神祇、先祖。诵《金刚经》。 读《孝经》《中庸记》。 阅《孝经学》《易笺》稿。

十六日(3月12日) 诵《金刚经》。 读《孝经》《中庸》。 吊朱兰生世丈。

十七日(3月13日) 诵《金刚经》。 读《孝经》《中庸》。 致鞠裳前辈书,叠前韵四章奉赠。

---

① 《复礼堂诗集》于甲寅年有《鞠裳前辈见和两律更叠前韵成四章奉赠》,又《缘督庐日记》甲寅二月十八日记云:"得叔彦函,和诗四章。"(第7281页)二者所记与此正合,故此记从王欣夫先生抱蜀庐辑钞本系于甲寅年(1914)。

复礼堂日记

玉真谪仙

二月二十一日(1914年3月17日)[①] 诵《金刚经》。 读《孝经》《中庸记》。阅《孝经学》《易笺》旧稿。 读《毛诗》《楚辞》、韩文。

戏言出于思,毋曰胡残,其害将然,宜防其渐。

---

① 此记仅一条,内容无可藉以考订年份者,王欣夫先生抱蜀庐辑钞本归之于甲寅年,今姑仍其旧。

复礼堂旦明录

曹元弼记

丁丑五月初二日(1937年6月10日)

夙兴庄诵《孝经》《论语》《孟子》及《礼记·中庸》《大学》二篇郑注,午前讽《周易》《礼经》,日以为常。　注《述学诗》二首。

初三日(6月11日)　易怒,暴也;旷时,慢也。是心不存,气不治也。　注《述学诗》一首。

初四日(6月12日)　午前小有不适,老年调养,食宜少,衣宜多,心宜闲,气宜和。　注《述学诗》一首。

初五日(6月13日)　时祭。

初六日(6月14日)　心定则气清,气清则不惰;心定则气和,气和则不暴。　注《述学诗》二首。

初七日(6月15日)　注《述学诗》三首。

初八日(6月16日)　日月于征,精华将竭。孳孳无怠,以学以养。时乎时乎,迨其今兮。

初九日(6月17日)　校《述学诗》。

初十日(6月18日)　考亲周故宋义。

十一日(6月19日)　考亲周故宋义毕。

十二日(6月20日)　《易》者,五经之原,圣人所以顺性之理,道不可须臾离,我今知之矣。

十三日(6月21日)　注《述学诗》一首。

十四日(6月22日)　访青立。　前二日访翰怡,出门求友,以写我心，此二君子皆超然出风尘外者。

十五日(6月23日) 校《述学诗》。

十六日(6月24日) 注《述学诗》一首。

十七日(6月25日) 校《述学诗》。

十八日(6月26日) 注《述学诗》一首。

十九日(6月27日) 贝赋琴之孙仲□来晤，少年笃志，温文尔雅，佳士也。

二十日(6月28日) 知止有定，则发皆中节；见理常明，而举事不陷矣。 注《述学诗》三首。

二十一日(6月29日) 蔚芝来书。 注《述学诗》三首。

二十二日(6月30日) 注《述学诗》三首。 覆蔚芝书。

二十三日(7月1日) 欣夫来，奉曲阜孔庙圣像照片见授，敬先珍藏经籍善本中，又以孔林蓍草一束、泰山摩崖大书集联见贻。

二十四日(7月2日) 《大学》"致知""格物"郑注，"诚意"朱注，开示学者，入道之门，最为明切，当服膺弗失。

二十五日(7月3日) 校《述学诗》。

二十六日(7月4日) 料理杂事。

二十七日(7月5日) 注《述学诗》三首。

二十八日(7月6日) 同。

二十九日(7月7日) 自六月始，友朋书问当逐日应答，慎勿稽延。 注《述学诗》三首，《述春秋》毕。

六月初一日(7月8日) 注《述学诗·左传》一首。

初二日(7月9日) 注三首。

初三日(7月10日) 注五首。

初四日(7月11日) 先君子生辰，敬谨承祀，深惟临祭不怍之义，修身慎行，敢不勉乎！

初五日(7月12日) 无时不学，无时不养，学即行乐，养即力行，无动非静，无物非我，其近于道乎！ 注《述学诗》五首。

初六日(7月13日) 潜玩经文,静养多时。

初七日(7月14日) 至外舅王香丈处。 访沈子良。

初八日(7月15日) 藏书万卷,读书万卷,著书万卷,皆糟粕耳。博学反约,守约施博,所读之书,精融形释,神明自得,与道为一。如乾以易知,发之不可胜著也;如坤以简能,敛之无乎不藏也。其斯为经纶懿文德之君子乎!

初九日(7月16日) 注《述学诗》二首。

初十日(7月17日) 祀先祖考,敬谨将事。

十一日(7月18日) 默讽经文,藉以养心。

十二日(7月19日) 注《述学诗》二首。

十三(7月20日)至十九日(7月26日) 注《述左传诗》毕,始及《国语》。

二十日(7月27日) 读书能字字体验,语语反身,使所学有诸己,如性命肌肤之不可移,则可谓善人信人,美大圣神,皆于是基之。

二十一日(7月28日) 欣夫来。

二十二日(7月29日) 《述国语》毕。

二十三日(7月30日) 观身于艮,知止有定;观心于复,至诚无息。

二十四日(7月31日) 注《述公羊诗》二首。

二十五日(8月1日) 我志先定,彼纷不纷。能如是,则事无不济矣。

二十六日(8月2日) 详玩既济卦。

二十七日(8月3日) 注《述学诗》。

二十八日(8月4日)、二十九日(8月5日) 皆略注《述学诗》。

七月初一日(8月6日) 祀先祖考妣,敬谨承祀。 翰怡见顾。

初二日(8月7日) 与翰怡书。 欣夫来。

初三日(8月8日) 程子云"养生而至于延年,为学而至于作圣,为国而至于祈天永命",皆至难之事,而有必可至之道。其道惟何？曰至诚无息而已！

初四日(8月9日) 青立见顾。 自此以往，战祸突起，八月十八日避地香，至十二月二十一日始归。乱离景象，万感[凄][1]凉，幸敝庐无恙，书策俱存，尚可重理旧业，差足慰耳！

① “凄”字，原无，据文义补。

复礼堂修省录

曹元弼记

戊寅(1938)　七十二岁。

春正月朔(1月31日)　拈香神祇、五祀先祖,祈皇天祐助,俾我大清皇帝为尧舜之君,我中土人民被尧舜之泽,圣教大行,人心向善,四海永清,四夷宾服,灾害不生,祸乱不作。望阙朝贺,恭赋二律。

十二日(2月11日)　始理旧业。　自今以往,立心处事,严密思察,恐惧修省,如临帝天,一念之疚,必谨书之,俾一于善而无自欺。新年青立、欣夫、鹿苹皆见顾。今日青在来。　晨起,庄诵《孝经》《四子书》,日以为常。　与智诠弟对校《易》《书》《诗》《礼》各数叶,校《述学诗·春秋》卷七叶。

十三日(2月12日)　恭祝皇上万寿。　校《易》。

十四日(2月13日)　覆抚侯、融甫侄书。

十五日(2月14日)　亨否孚睽,不在口说,而在心臧。有孚威如,反身之谓,学养于是乎验。　数日内虽无大过,然忿欲未免萌芽,必须存养省察,时节其中。

自十六日(2月15日)至月晦(3月1日)　校《春秋三传》《孝经》《述学诗》毕。

二月初一日(3月2日)　自今以往,当按时量力,日有常课,治气养心,积善耽道,如临帝天,如对圣贤,一息不懈,以弥吾年,庶几抑戒,顺德无愆。　续校《孝经》。　校《论语》。　日内当至书坊恭请《玉皇经》。

初二日(3月3日) 续校《论语》。

初五日(3月6日) 吴中举上丁祀孔子礼。礼废复举,人心向道之机,肃敬往与。

初八日(3月9日) 疾甚困,请严士治之,月杪始愈。

三月十四日(4月14日) 始略理旧业。 自前月至此,松岑、鹿苹、青在及和羹、青立均殷勤来问,欣夫来书,翰怡遣账友以书来。吴葆初、刘宾如见顾。王君九、彭子嘉同来。出入无疾,朋来无咎,其庶几乎! 玩《易》。 牡丹始花。

十五日(4月15日) 致翰怡书,未发。 蕙始花。

十六日(4月16日) 恭读《玉皇本行集经》。 补《述论语诗》注一条。

十七日(4月17日) 君九见过。 始注《述孟子诗》。 小有不适。

十八日(4月18日) 青在来。

自十九日(4月19日)至四月初九日(5月8日) 注《述学诗》十余首,俗扰疾扰,一暴十寒,惟坚定其心,恒久不移,庶乎有济。

初十日(5月9日) 始按章治事,随时思察,庶几心不外驰,动不过则。 注《述学诗》始及《说文》。

十一日(5月10日) 注《述学诗》。 淡而不厌,是为养生主;敏则有功,是为进学解。

十二日(5月11日) 凡事无得则无失,无喜则无愠。有得而无失者,其惟道乎?有喜而无愠者,其惟学乎?

十三日(5月12日) 出门。 述《说文》义。

十四日(5月13日) 述《说文》义。

十五日(5月14日)至五月十一日(6月8日) 著书应事,绝少安闲,大非养身蓄德之道。自今以往,当确守“知止而后有定”一节。老将至而耄及之,勿再自误。

十二日(6月9日) 述群经总义发端二首。

自十三日(6月10日)至六月十二日(7月9日)　将《述学诗》注毕,并作序。精神虚耗,努力告成。自今以往,惟当观理养[生][1],乐道忘忧,庶几坎水上滋,离火下降,未济中有既济之望耳。

十三日(7月10日)　否所以反泰,乾元复初也。天施地生,其益无方;改过迁善,元吉无咎。天人一理也。　改《述学诗序》末一段。

十四日(7月11日)　强振精神,多日夜觉头晕,不可不慎。

十五日(7月12日)　昼夜晕两次,必须凝神静气,勿馁勿轻。

十六日(7月13日)　坚定心气,行步言语,随时自检。

十七日(7月14日)　积学宜以约持博,积精宜以静制动,积善宜行心所安而无所求。

十八日(7月15日)至二十四日(7月21日)　精神虚耗,写《述学诗·条例》《目录》而已。　无日不言学,而学之自得者若何?无日不言养,而养之成效安在?今而后,吾知所谓学与养矣。

二十五日(7月22日)　"坤凝乾元,坎离交济",养生之道,不在多言,守此二语,须臾弗离而已。　吉兆不足喜,凶兆不足惧,修身俟命,自求多福。

二十六日(7月23日)　下学上达,乐天知命,不怨不尤,何忧何惧!

二十七日(7月24日)　略校《述学诗》。

二十八日(7月25日)　惠卿见顾。　自今以往,当敬用呼吸育青之功。

二十九日(7月26日)至七月初七日(8月2日)　神疲力衰,作事甚少,非涵养积久不可以动。

初八日(8月3日)　时祭,敬谨承事。　不怨天,不尤人,下学而上达,乐天知命,安土敦仁,方寸间常存此意,则心广体胖,知乐仁

---

① "生"字,原无,据文义补。

寿,自天祐之,吉无不利矣。 玩咸卦。

初九日(8月4日) 翰怡来书。

初十日(8月5日) 有陈楷亭者名崇实来书,自称弟子,盖存古旧徒,记忆不审矣。其志甚可嘉,然未有以覆之。

十一日(8月6日) 利贞者性情,轻喜易怒,皆不和不正,而怒为尤甚。自今当力戒。

十二日(8月7日) 病加于小愈,不可不慎。

十三日(8月8日) 立秋。 乐天知命,安土敦仁,学《易》之妙,尽在于此。

十四日(8月9日) 连日校《述学诗》,明日当料理他事。

十五日(8月10日) 先王以至日闭关,此自强不息之本也。寂然不动,无丝毫私念邪气干其间,夫是以静专动直,天理流行,纯亦不已。 覆翰怡书。

自十六日(8月11日)至闰月初九日(9月2日) 校《述学诗》。间答友朋书问。 心神虚耗,意兴阑珊,然如此则是守死而不足以善其道,恶乎可?

初十日(9月3日) 定心气,专精神,读《孝经》《四书》,玩《易》。校《述学诗》。 翰怡日前来书,耿耿心事,彼此同之。一息尚存,此志不懈而已。

十一日(9月4日) 读书如初。 君子体仁,无一物不在所爱之中,方寸间常若春阳之温,膏泽之润。此真乐天之妙,养生之主也。

十二(9月5日)至十六日(9月9日) 数日内松岑、欣夫、青在皆来,欣夫以《郑学录》见贻。又彭子嘉丈见顾。

十七日(9月10日) 君子体仁,无一物不在所爱之中,方寸之间如春阳之温,生机洋溢,其乐何如?心广体胖,仁者必寿。

十八日(9月11日) 连日阅《郑学录》,本传注甚精核,惟论受学马融事尚可疑,释贾子书有未当处,得暇当为《书后》一篇正之。

十九日(9月12日) 阅《郑学录》一册毕。

二十日(9 月 13 日)　借曰未知，亦聿既耄，自今伊始，积学善养，不可再有须臾放过。闲邪存诚，非圣人之志不敢存，养莫善于是矣。

二十一日(9 月 14 日)　凡事废弛，由于神不足，神不足由于心不定，心定则元气充周，贞固足以干事矣。

二十二日(9 月 15 日)　访青立。检理书画。

二十三日(9 月 16 日)　玩《易》。

二十四(9 月 17 日)至二十八日(9 月 21 日)　校《述学诗》。与抚侯、融甫等书。　心中常若忽忽不乐，此妄也。仰不愧天，俯不怍人，与天为徒，与物为春，履信思顺，吉无不利。君子求其在我，何戚戚为？

二十九日(9 月 22 日)　玩《易》。　校《述学诗》。　崧乔寓上海静安寺路静安别墅一〇一三号。　李太太住上海静安寺路慕尔明路丰顺里五弄十九号□□顾府同居。

刘翰怡住上海愚园路一一三六弄三四号。

崧乔白利南路兆丰新村□卅五号后门二楼五号房间。

惕寅卡德路□十四□弄十九号翠竹山房。

蔚芝住上海南阳路四十四号。

松岑上海汉口路证券大楼　光华大学转。

翰怡现寓上海霞飞路麦阳路口一二八四号。

云抟住上海静安寺路仙乐舞厅对门裕和里二号。

欣夫寄上海梵王渡　圣约翰大学　转。

八月初一日(9 月 24 日)　回念生平，自成童后，弱冠前，笃志治经，求道不为不早，积数十年深造之功，见道不为不真，然以我所学，律我所行，察我所存，合者几何，离者几何？其能追踪渊骞，接武郑朱乎？抑未免为乡人乎？仁以为己任，勉焉，日有孳孳，老耄不自舍，夙知而暮成，未必不如《抑戒》所云也。　玩《易》。　读《孝经》《四书》数章，潜心探索，每日如此。　彭子嘉丈见顾。　与崧侄书。

初二日(9 月 25 日) 拟与子嘉丈同致罗叔缊书稿。

初三日(9 月 26 日) 访子嘉。 青立见顾。

初四日(9 月 27 日) 收拾书画。 孔陟岵来。 抚侯、崧乔来书。

初五日(9 月 28 日) 《周易校释》《周易郑氏义》旧稿幸未遗失，拟从容续之。

初六日(9 月 29 日) 毕志飏来，属为谋事。稍缓数日，当筹之。

初七日(9 月 30 日) 筮有吉凶，君子履信思顺，乐天敦仁，则自天祐之，吉无不利。

初八日(10 月 1 日) 明日上丁大礼复举，虽未尽复旧章，而吾民出死入生、天下拨乱反正为之兆矣。元弼以久病初愈，未能往与，当于质明瞻仰云霄，拈香行礼。

初九日(10 月 2 日) 夙兴，敬谨拈香行礼。 拟撰《祀圣大义》一篇，初属稿。

初十日(10 月 3 日) 续前稿。

十一日(10 月 4 日) 覆子嘉、翰怡书。 续前稿。 凡事豫则立，乐则生，坦乎荡荡，行乎其所不得不行，斯为得之。

十二日(10 月 5 日) 熟玩《大学》《中庸》首二章经文及郑注，治心之道，尽于是矣。

十三日(10 月 6 日) 连日续前稿，精神虚耗，只得少缭缓之。 有中国通商银行一件，应交惠卿带至上海。 吴蔚老、唐蔚老、六合、上海，均须通信。

十四日(10 月 7 日) 与抚侯、融甫书，拟托惠卿带往。 昨欣夫来书。

十五日(10 月 8 日)至九月十九日(11 月 10 日) 其间与子嘉丈往复书函，并有文一篇寄君九。

二十日(11 月 11 日) 《易》属辞多以类，师象称丈人，故爻称长子、弟子。君子体仁足以长人，则能以众正矣。

二十一日(11月12日)　蒙、蛊皆言育德，果行育德，以身教也；振民育德，以道济也。故蒙发而蛊亨。

二十二日(11月13日)　蔚芝来书。　藏修息游，皆使此心不放，庶乎专久而美。

二十三日(11月14日)至三十日(11月21日)　各事丛杂，论撰久旷。

十月朔(11月22日)　子嘉来书，即覆之。

二日(11月23日)　天可希也，圣可学也，君子以顺德，积小以高大，惟日孳孳，自强不息而已。

三日(11月24日)　子嘉见示一通告。　阅《历代祀孔记》。

四日(11月25日)　阅《历代祀孔记》，中有必当辩者。

初五日(11月26日)至十三日(12月4日)　与子嘉丈往复商量者屡，今日子良又来。

十四日(12月5日)　闲邪以存其诚，诚至而邪自息，知善之为善，固执之而已矣。

十五日(12月6日)　君子行法俟命，祸福吉凶皆所不计。法天之行，静专动直，则心广体胖矣。

十六日(12月7日)　子嘉丈见顾。　覆抚侯、融甫书。

十七日(12月8日)　校《祀圣大义》。

十八日(12月9日)　校奏稿。

十九日(12月10日)至二十六日(12月17日)　其间杂事纷扰，非坚定心神，按立法程，将日形丛脞，约开列旬日内要事如下：议案稿，与经耜诸君书，与诸侄书，致吴蔚老书，与蔚芝、翰怡、欣夫书，寄六合书。

二十七日(12月18日)　知者不惑，仁者不忧，勇者不惧，心广体胖，乐[莫]①大焉。清明在躬，万物一体，浩然之气，塞乎天地，虽

---

① “莫”字，原无，据文义补。

天下之重，其何不济？ 玩损、益。 起议案草。

二十八日(12月19日) 玩益卦。 请严士诊室人疾。 续议案稿。

二十九日(12月20日) 玩益卦。 凡事当无可如何，惟有动心忍性，以理自胜。 抚侯来书。 是日始致斋恭注《高上玉皇本行集经》。

三十日(12月21日) 玩益卦。 续议案草。

十一月初一日(12月22日) 玩夬卦。

初二日(12月23日) 续议案草。

初三日(12月24日) 续议案草。

初四日(12月25日) 青立偕莫世龙来。 续议案草。

初五日(12月26日) 续议案草。

初六日(12月27日) 凡事豫则立，敏则有功。需，事之下也，云上于天，需以蓄雨耳，岂怠缓消散之象哉？

初七日(12月28日) 学养二者，交相为用，不可斯须忽忘。议案草成。

初八日(12月29日) 校议案草。 玩垢卦。

初九日(12月30日) 玩萃卦。 天道深远，须凝神静志，涵泳有得，方可赘言。夙夜惟寅，直哉惟清。秩宗典礼，所以通于神明也。

初十日(12月31日) 先君子忌辰，敬谨承祀。

十一日(1939年1月1日) 事烦则镇之以静，慎勿自扰。

十二日(1月2日) 玩萃卦。

十三日(1月3日) 覆子嘉书，以议案质之。明日发。

十四日(1月4日) 应治之事甚多，当平心静气，按日行之。

十五日(1月5日) 坤凝乾元，复阳胎息，养生之妙，尽于是矣。

十六日(1月6日) 子嘉、翰怡来书。 积善非有意积之也，以仁存心，善气常在胸中，事物之来，以此应之耳。

十七日(1月7日) 惜寸惜分，以学以养，犹恐不及，况敢玩时愒日乎?

十八日(1 月 8 日) 抚侯来书。

十九日(1 月 9 日) 鹿苹来,属致施省之书。

二十日(1 月 10 日) 章法既定,不可轻改,行之不已,自然积小高大。

二十一日(1 月 11 日) 养心无一刻外驰,读书无一字放过,作事无一端迁延,久久自有神效。

二十二日(1 月 12 日) 天下之动贞夫一,此贞下起元之义;得一善服膺弗失,此积小高大之本。

二十三日(1 月 13 日) 惩忿窒欲则安,迁善改过则乐,损而益,益而济矣。

二十四日(1 月 14 日) 终日乾乾,君子终日,对越在天也。夫然后精神可以通于神明。 是日,因室人病久未愈,敬谨礼斗,退而自省,积善修慝,无敢或懈。

二十五日(1 月 15 日) 吊惠卿,不胜凄恻。

二十六日(1 月 16 日) 不惑不忧不惧,此至难之事,然亦有可致之道。一言以蔽之曰:定而已矣。

二十七日(1 月 17 日) 读书每字每句能反之身,则获益无方,无所处而不当矣。 朱子曰:"闲邪则固一矣,主一则更不须言闲邪。"此言当深味。

二十八日(1 月 18 日)至十二月初五日(1 月 24 日) 因室人抱病,料理琐杂,心殊烦乱,何道力之不坚定耶?

初六日(1 月 25 日) 青立见顾。 先室生辰,设祭追怀,往事不胜凄然。 抚侯来书,并汇到款五百七十余元。

初七日(1 月 26 日)至十六日(2 月 4 日) 病扰心乱,百事俱废,此庸人常态耳。扰之中有至定存焉,废之中有必不废者存焉,此君子所以处心而济困也。 其间子嘉来书,颇可善。

十七日(2 月 5 日) 立春。 病来不必忧,病去不可忽,譬如用师，临事而惧，因敌制胜而已。

十八日(2月6日) 君子为善，非以徼福避祸也，而福之至、祸之去，有必然者，坚持此心，不惑不贰可也。

十九日(2月7日) 抚侯来书，定一药方。

二十一日(2月9日) 翰怡来书。

二十二日(2月10日) 青立数日间见顾，岁当往答之。

二十三日(2月11日) 覆翰怡书，并以所寄银十只交临顿路五百七十三号邢宅顾润卿转寄，时已薄暮，明日送往。 送司命神。

二十四日(2月12日) 祀先祖考妣。 鹿苹见顾，赠绿萼梅两大树。 离火上炎，坎水下涸，再不定心，水竭而火亦熄，否成未济矣。以坤凝乾，由谦息复，神定帅气，气定育精，倾否成益，犹可济乎？

二十六日(2月14日) 与抚侯、融甫书。

二十七日(2月15日) 先妣生辰，敬谨承祀。 祀岁。

二十八日(2月16日) 与欣夫书，附致翰怡一笺，属其转交。

复礼堂日记

曹元弼记

己卯(1939年) 七十三岁。

春正月朔(2月19日) 拈香神祇、五祀先祖。望阙朝贺,矢音一律。 虔诵《玉皇心印妙经》。 读《孝经》《四书》《周易》《礼经》。

自初二日(2月20日)至十一日(3月1日) 亲友来贺岁,如彭子嘉丈、洪青立兄、王严老、严鹿苹弟诸君子,当次第答之。 与抚侯、融甫、崧乔书,并摺两件托汪卓人带申。 翰怡、卓铭、崧乔均来书。

十二日(3月2日) 斋祓其心,非礼不动。 读书处事,如质圣贤;存心养性,如临帝天。乐善不倦,以日以年。

十三日(3月3日) 恭祝皇上万寿,礼成,敬赋一律。

十四日(3月4日)至二十四日(3月14日) 因室人病,杂事纠纷,撰述久旷,惟改去年所撰义一篇。为致延陵书。廿三日写成,面交子嘉。 是日恭诣关帝庙拈香。 翰怡来书,由账友带到,所寄箱均归之。

二月初一日(3月21日) 上丁,因衣冠器皿亡缺未备,又体衰目病,未能至府学与祭,惟在家恭设香案,瞻天望圣,行三跪九叩礼。 存心养性,所以事天;动心忍性,所以处困。凡事顺理而行,弗乱次以济,则艰贞无咎,勿恤有庆矣。

初二日(3月22日) 致知格物,郑注至为精善。元弼治经,有无进境,当以此验之。 欣夫来书。

初三日(3月23日) 惕寅来书。 日内应致书问,列目如下:翰怡、蔚芝、蔚若、欣夫、慕韩、卓铭、诸侄。

初四日(3月24日) 闲邪存诚,乾之所以不息也;敬义夹持,坤之所以息乾也。先天弗违,后天奉时,天德之极也;黄中通理,正位居体,人伦之至也。

初五日(3月25日) 鹿苹之子健伦持松岑书来。

初六日(3月26日) 一诚无间,则所读之书,所得之理,皆为我有;一有间断,则若在若亡,虽有善者,亦袭取耳。

初七日(3月27日) 读书最乐,为善最乐,老夫耄矣,且以喜乐,时哉时哉!

初八日(3月28日) 自今以往,治事当有一定规程,以免滑性焚和之患。

初九日(3月29日) 玩鼎卦。 连年欲从事《尚书》未果,今姑试为之,且以喜乐,且以永日,可乎?

初十日(3月30日) 与时消息,无纤芥不正;善气充积,定理昭明,以此自期,庶乎近道。

十一日(3月31日) 覆翰怡书。

十二日(4月1日) “仁者先难而后获”,与“仁者静”一义,惟其后获,故终日乾乾,而无越畔之思,无动非静也。

十三日(4月2日) 恭注《玉皇本行集经》《玉皇心印妙经》成。

十四日(4月3日)至十九日(4月8日) 其间鹿苹、青在来。

二十日(4月9日) 拟将《易学》重校一过,今日校《序》约十页。 校《礼》六页。 晚年学问务当由博反约,实有诸己,不敢望日知,求月无忘而已。

二十一日(4月10日) 校《易》《礼》各六页。

二十二日(4月11日) 略校《易》《礼》。

二十三日(4月12日) 致欣夫、崧乔书,交仲永带申。

二十四日(4月13日) 与抚侯、融甫书。 与惕寅书。

二十五日(4月14日) 玩《易》。

二十六日(4月15日) 闲邪存诚,圣学之要;积善有庆,天道之常。君子以此自省,乾乾不息而已。

二十七日(4月16日) 校《易》《礼》《书》。

二十八日(4月17日) 校《易》《礼》。

二十九日(4月18日) 甚矣吾衰,须将数十所学,剥肤存液,融会在心,动静交养,左右逢原,庶几有益。

三十日(4月19日) 校《易》《礼》。

三月初一日(4月20日) 鹿苹来。

初二日(4月21日) 恭读《玉皇本行集经》校本一周。 校《易》《礼》。 凡人初念皆善,初念之旁,每有一小念与之岐出,即不善。君子闲邪存诚,遏恶扬善,当于此辩之早辩,所谓不远复也。

初三日(4月22日) 校《易》。

初四日(4月23日) 与抚侯、融甫书。 与唐慕韩书。 校《易》。

初五日(4月24日) 覆施省之书。 属鹿苹恭录《玉皇本行集经》文昌校本。 君子居动皆易,则自天祐之,吉无不利。乐天知命,安土敦仁,何入而不自得乎?

初六日(4月25日)至十六日(5月5日) 室人病势甚厉,心忧事烦,论撰几废,以此知心定之难也。

十七日(5月6日) 立夏。 室人病势似略有转机。 玩《易》。 补《易大义》初属稿。

十八日(5月7日) 续《礼大义序》稿。

十九日(5月8日) 鹿苹来。

二十日(5月9日)至二十六日(5月15日) 室人困病淹缠,心殊忧闷,勉成《礼经大义序》一篇。

四月初十日(5月28日) 《礼经大义》成《序》及《士冠礼》一篇,当安心定气,以次续之。

十一日(5月29日) 以定理自信,以至诚格天,圣人所以处困而亨者在是。

十二(5月30日) 装订《陶诗》及《述学诗》稿毕。

十三日(5月31日) 动心忍性,所以自求多福;乐天知命,故能方寸长春。

十四日(6月1日) 素患难行乎患难,是患难中之学问,所以玉我于成也。

十五日(6月2日) 略玩《易》。

十六日(6月3日) 君子居动皆易,则乐天知命,安土敦仁,自天祐之,吉无不利矣。

十七日(6月4日) 以室人病久,祭星禳灾,天道福善祸淫,昭昭不爽,遇灾而惧,侧身修行,所以自求多福也。

十八日(6月5日) 玩《易》。 卦有否泰,爻有吉凶,君子用之,皆吉。当潜而潜,虽亢不亢。准是以推,可以无大过矣。

十九日(6月6日) 室人久病,从弟义卿特往阳山求观音大士仙水,诚音所感,得蒙佛佑,沉疴速起,斯大幸矣。 玩《易》。

二十日(6月7日) 校《礼大义序》。

二十五日(6月12日) 定心养气,不作无益害有益,如舟遇风,把柁稳,系缆坚,自无倾覆之虑,风平浪静,摇摇轻飏,到岸不难矣。

五月初一日(6月17日) 患难忧戚,天所以玉汝于成;处困而亨,君子所以自克也;转祸为福,人道所以回天也。 与诸侄书。

初二日(6月18日) 知止有定一节,学问体用,尽在于此,不可须臾离也。 与慕韩书,未发。

五月初五日(6月21日) 午末未初,继室王恭人卒。呜呼!恭人贞淑慈祥,明达事理,自宣统六年甲寅十一月十六日来归,至今二十六年,勤俭操家,约己厚人,与余相处婉顺恪恭,饮食寒暖,调和中节,体会入微,与元配唐恭人同黾勉匍匐,以免育鞠,曾无一日之安闲。往年香山避难,扞我于艰,俾得生还,尤为莫大之功。去春余病,殚力服劳，赖以复元，而恭人积忧积瘁，病根已深。至闰七月下旬咯血，盖非细故，而余尚疏狂不察，虽医药祈祷甚力，而终不免贻误。衰年丧偶，痛何极耶？呜呼！吾于五伦忠孝不敢言，兄弟朋友，庶几少憾，而独于夫妇之际，负疚实深。既失之于前，又失之于今，乃心如剡，泣涕如雨。呜呼！我生从此已矣。逝者不可复追，惟有皇天哀矜，俾恭人清净安乐，与唐恭人同侍祖先舅姑于天上。他日怡怡相会，依然聚顺合欢，夫妇三人，孝敬和乐，兄弟姊妹，欢若平生，虽离人世，永叙天伦。失浮生之短景，长逍遥于云天。如之何而能然？孳孳为善，自求多福而已。恭人有灵，必与我心息息相通也。

初六日(6 月 22 日) 小殓。

初八日(6 月 24 日) 大殓。 余哀痛欲绝，承诸亲友竭力抚慰。二十日间，青立来三次，六妹留此，朝夕慰余，尤可感也。

六月初一日(7 月 17 日) 始稍读《易》，默参消息，以散深悲。

初二日(7 月 18 日) 渐之九三，夫妇皆有凶象，而犹以顺相保。君子当凶危之时，亦反身修德，以顺天命而已。

初三日(7 月 19 日) 发上海函。

初四日(7 月 20 日) 作函托义卿赴申带往，明日行。

初五日(7 月 21 日) 王恭人别一月矣，逆计将来，痛何可支？天下穷民，哀将谁告？天高听卑，何俾我痛耶？ 与惕寅书。 凡百困心衡虑，皆所以玉汝于成。金以百炼而精，困而不失其所亨，乃为君子。 玩渐卦。

初六日(7 月 22 日) 松岑来，见我凄惨万状，曰："此时乃验学。"谓当以理持情也，良是。 玩归妹。 上海汇洋三百元来。

初七日(7 月 23 日) 义卿弟归，惕寅暂有疾，未来。 抚侯、融甫来书，随即覆之，并与崧乔书，明日发。 封衡甫来言闻远年嫂无恙。

初八日(7 月 24 日) 衡甫来。

初九日(7 月 25 日) 昨系五七之辰，为归魂之日，鬼神依人而行，殆非虚也。升屋而号，营斋以祭，痛不自胜，神其鉴之。　盛德至教，有功天下后世，则上可资福祖先，下可以笃庆室家，徒戚戚无为也。

初十日(7月26日)　悲痛之余，又多困难，要当平心顺理，按日行事。

十一日(7月27日)　得崧乔书。

十二日(7月28日)　又得崧乔书，覆之，十四日发。

十三日(7月29日)　略读《易》。　为立嗣事登报，痛乎俗之累人也。命之衰兮，天实为之，谓之何哉？继自今，其能免于葛藟之困乎？

十四日(7月30日)　与惕寅书。　与抚侯、融甫书。　自今以往，立心行事，必据于德，依于仁，勿以厄穷而灰初心。

十五日(7月31日)　略温经书，玩《易》渐卦。　惕寅来书，并寄照片。　嗟乎！吾今日万念俱灰矣，当世纷华，本非所羡，而今更不忍见矣。惟奋力为善，笃志明道，死而后已。幸天实鉴之，圣实鉴之耳！吾之于亲也，何彼何此，各随其分亲爱之而已矣，于民也一视同仁而已矣。

十六日(8月1日)　崧乔来书。　玩归妹卦。

十七日(8月2日)　得惕寅两书，又有疑滞，随即覆之。

十八日(8月3日)　惕寅又来书，并以嗣事登报。惑浮言而失大义，吾甚惜之。

十九日(8月4日)　略阅《庄子》。

二十日(8月5日)　得崧乔书。　子嘉丈来书，内附螾庐函，情挚义正，且示我“天道人伦中尚有可为，勿过颓丧”，阅之甚感。　高处立，阔处行，心广体胖，与天为徒，百殃尽去，万福来求矣。

二十一日(8月6日)　玩归妹。　以王恭人积存物鬻三之一为丧费。向非恭人节衣缩食，未雨绸缪，则今日呼吁无门矣。悲夫！痛夫！

二十二日(8月7日)　发乎情,止乎礼义,知其不可奈何而安之若命,君子之所以处困也。立我元神,养我正性。天人之理,幽明之故,皆由此通;万事根本,皆由此立。焉用戚戚伤生,作无益以害有益乎?

二十三日(8月8日)　王恭人终七,外姑来,痛哭不已。人生伤心之境,有如是耶?

二十四日(8月9日)　君子不逆诈,不亿不信,惟为所当为,弗因循贻误,则心安而事立矣。

二十五日(8月10日)　翰怡来书。　崧乔来书。　抚侯汇来三百元。

二十六日(8月11日)　卓人归,述悉一切。　六妹言昨梦我母,谓媳妇王氏身无过恶,生有自来,今与媳妇唐氏同在此承欢,告安喜,勿徒自苦。闻之,且感且泣,当勉自定心,以慰慈怀。

二十七日(8月12日)　事当无可如何之际,惟当思古圣贤遭此,何以处置,以此自处而已。

二十八日(8月13日)　始虔诵《玉皇诰》,资福祖先、父母以及室家。　玩《易》。

二十九日(8月14日)　覆翰怡书。

七月初一日(8月15日)　存其心,养其性,所以事天也;无不爱,无不敬,所以接人也;不怨天,不尤人,知止有定,发皆中节,所以自处也;谨之于始,虑其所终,豫则立,敏则有功,所以处事也。

初二日(8月16日)　凡事思而后行,勿轻然诺。　精神之运,心术之动,几微必辨,勿使逆气干顺气,勿作无益害有益。

初三日(8月17日)　心蔽吉凶者,疑鬼摄之。《易》所谓吉凶者,其义吉,其义凶也。君子精义入神,建诸天地而不悖,质诸鬼神而无疑,是以自天祐之,吉无不利。

初四日(8月18日)　与抚侯、融甫书,初五日发。

初六日(8月20日)　与崧乔书,初七日发。

初八日(8月22日) 自古皆有死,况我年已老,来日无多,与其戚戚以伤生,何如亹亹以积善,上以报答君亲,下以利济民物,且可为亡者资福,慎勿作无益害有益也。

初九日(8月23日) 海泉来,初十又来,道王严士、赵学南两公雅谊,约十三日见顾。 鹿苹来。

十一日(8月25日) 与惕寅书。

十二日(8月26日) 吾侪今日惟积学积善养心,与天为徒,与古为徒,可以苟度余生,勿再自误。

十三日(8月27日) 严士、学南见顾。 爱人必求有益于人,无益于人而徒自苦,非智非仁,君子不为也。

十四日(8月28日) 起一函稿。

十五日(8月29日) 礼佛荐先,不胜凄恻。

十六日(8月30日) 与崧乔书,明日发。 "《春秋》经世先王之志",见《齐物论》。

十七日(8月31日) 至王氏外舅姑处,凄怆恻怛,不能自已。仆本恨人,重遭此境,呜呼悲哉!

十八日(9月1日) 鸣高等来书。

十九日(9月2日) 与云抟书。 松岑来。

二十日(9月3日) 与抚侯等书。

二十一日(9月4日) 翰怡来书。 温习经书,强定心气,然未易也。语曰不容,何病不容,然后见君子困而不失其所亨,乃见君子之学问耳。

二十二日(9月5日) 青在来。 致松岑书。 孙思邈云"胆欲大而心欲小,智欲圆而行欲方",如此则处心处事无不当矣。

二十三日(9月6日)至二十八日(9月11日) 其间崧乔来书。青立见顾。 《王恭人传》初属稿。

月晦日(9月12日) 唐恭人忌日,设祭,抚今感昔,悲不自胜。陟岵来。

八月初一日(9月13日) 鹿苹来。 与松岑书。 与抚侯、融甫书。

初二日(9月14日) 续《王恭人传》稿。

初三日(9月15日) 续《王恭人传》稿。

初四日(9月16日) 撰《王恭人传》毕。

初五日(9月17日) 丁祭,未能恭与,在家设香案,望天九叩。《易》曰:"困,德之辩也。"吾今困极矣,惟当以圣人处困之道自处耳。 整理故纸。 略治《易》。 六妹为书《王恭人传》。

初六日(9月18日) 子嘉来书,覆之。 君子乾乾,不息于诚,积善无已也。"维天之命,于穆不已。於乎不显,文王之德之纯",积善之至,与天一也。此所以昭事上帝,聿怀多福也。 应致亲友各书:蔚芝、欣夫、君九、蔚若、慕韩、衡甫、翰怡。

初七日(9月19日) 略阅《庄子》。

初八日(9月20日) 子嘉来书。 与崧乔书。

初九日(9月21日)至十四日(9月26日) 其间得云抟覆书,更覆之。 覆子嘉书。 小病数日。 校《王恭人传》。 张寿赴申接益少奶归,述惕寅语,甚慰。 衰年多病,从此当涵泳道德,颐养元神,希圣乐天,以终吾身。

十五日(9月27日) 王恭人百日,讽经。

十六日(9月28日) 六妹见慰一诗,次韵和之。

十七(9月29日)、十八日(9月30日) 理旧日诗稿。

十九日(10月1日) 强定心气,玩《易》。 校《尚书》。 朋友既没,不言其过,厚之道也。

二十日(10月2日)至二十六日(10月8日) 其间益少奶回申,卓人同往,托其将大陆、国华两单交抚侯、融甫代为收藏,得覆书,存融处。 为乡间游民图窃坟树,致书于埜,出示严禁。 云抟来书见示嗣单稿本正副本,即覆之,翌日发。

二十七日(10月9日) 先圣诞日,恭诣府学行礼,仰日月之青光，散雰雾之蒙气，直上达天德，其吾所由出死而入生乎？ 死生有命，天也，非人力之所能为也。养生丧死无憾，尽人以合天也，君子亦为其所得为者而已矣。

二十八日（10 月 10 日） 卓人归，得抚侯书。 见昨来云抟书，附惕寅一纸，承嗣事又有变端，不知何故？

二十九日（10 月 11 日） 覆云抟书。 凡事有定，不怨天，不尤人，强为善以俟命而已矣。

三十日（10 月 12 日） 与抚侯、融甫书，翌日发。

九月初一日（10 月 13 日） 先妣忌日，哀敬设祭，神之格思，见茕孑孤儿，当不胜悯恻也。 子嘉来书，内附君九书，慰勉备至，深感。

初二日（10 月 14 日） 得于埜覆书，并禁窃坟树布告，当即发坟客张帖。 青立来。

初三日（10 月 15 日） 行道有福，天人至理，幽明通义。务民之义，敬鬼神而远之，观其生，知其死，智者所以不惑也；乾乾积善，不息于诚，以安其亲，以庇其家，自天祐之，吉无不利，仁者所以无忧也。

初四日（10 月 16 日） 鹿苹来。 覆子嘉、君九、蔚芝书，翌日发。 君子尽人以合天，不疑何卜？

初五日（10 月 17 日） 孟子言“行有不得，反求诸己，其身正而天下归之”，下引《诗》云“永言配命，自求多福”，天人之理，尽在是矣。

初六日（10 月 18 日）至初十日（10 月 22 日） 其间与慕韩、欣夫、孝标书。 得子嘉、君九书，覆之。 得蔚芝书。

十一日（10 月 23 日） 致吴蔚老书，托翰怡转寄。

十二日（10 月 24 日） 致翰怡书，翌日发。

十三日（10 月 25 日） 办事惟求问心无憾，自然天道助顺，人道助信，神之听之，介尔景福，吉无不利矣。 筮安否，遇睽之损。

十四日（10 月 26 日）至十八日（10 月 30 日） 抚侯来书，当覆，并当与崧、惕书。 得欣夫书。

十九日(10月31日) 略玩《易》。

二十日(11月1日) 青立见顾。 履安来。 卓铭来书。 玩《易》。

二十一日(11月2日)至二十六日(11月7日) 子嘉来书,内附君九书。

二十七日(11月8日) 时祭。 玩《易》。

二十八日(11月9日) 与抚侯、融甫、益少奶书。

二十九日(11月10日) 呜呼!家破人亡,众叛亲离,穷民无告,何罪何辜?人穷反本,祈天积善而已。

十月初一日(11月11日) 王恭人新节,礼佛。 覆子嘉、君九书。

初二日(11月12日) 诚则明,疑疾何从生?智者不惑,亦存诚而已矣。

初三日(11月13日) 阅《近思录》。

初四日(11月14日) 理旧日诗稿。

初五日(11月15日) 拟定心气,稍理旧业。处此厄穷,惟积学以明道,积善以补过,积气以养生。守此三者,念念不忘而已。

初六日(11月16日) 圣人处心光明如日月,理之所无,不以动其心;素位而行,不愿乎其外。夫是以不惑不忧不惧,心广体胖,其气浩然。 与孝侯书。

初七日(11月17日) 略温经书。

初八日(11月18日) 敬将《玉皇本行集经管窥赘言》厘订一则,以后当按日为之。

初九日(11月19日) 蔚芝来书。

初十日(11月20日) 清静,智也;慈悲,仁也。天道圣德,尽在于此,万善之本,万福之原也。

十一日(11月21日) 覆蔚芝书。

十二日(11月22日) 凡事烛以定识,持以定力,不惑不惧,由勉而安，庶乎知道矣。

十三日(11 月 23 日)　与翰怡书。

十四日(11 月 24 日)　寄翰怡处喜联喜幛。

十五日(11 月 25 日)　王季常女士偕八妹来。与子嘉、经耜书。

十六日(11 月 26 日)　略阅《说文》。

十七日(11 月 27 日)　子嘉来书。

十八日(11 月 28 日)至二十一日(12 月 1 日)　再与经耜书。　与汪星石书。　顾炳福来。　接翰怡、吴蔚老书。

二十六日(12 月 6 日)　务民之义，敬鬼神而远之，未知生，焉知死，圣人之言，中正无弊，天人之故，幽明之理，尽在于此。不此之守，而怵于虚无，使妖妄得乘间而入，则惑之甚者矣。　抚侯来书。

二十七日(12 月 7 日)　不怨天，存心养性，所以事天也；不尤人，敦仁强恕，所以接人也。恺悌君子，求福不回，如是而已，他非所计也。

二十八日(12 月 8 日)　发抚侯书。　与王季常书。　蔚若、君九、翰怡、蔚芝诸公慰勉之书皆至言也。

廿九日(12 月 9 日)至十一月初二日(12 月 12 日)　荐义卿事成，深感经耜意。

初三日(12 月 13 日)　课虚责有，迷离惝恍，徒自苦耳，何如依据实理，行心所安乎？

初四日(12 月 14 日)　无可奈何，安之若命，必不得已，自信其天。

五日(12 月 15 日)　斋戒，拈香神庙。　访子嘉。

初六日(12 月 16 日)　仁人不过乎物，吾数十年来所过多矣，今慎勿复过。

初七日(12 月 17 日)　和六妹见慰诗，末二句云："惟凭积善资天福，霄汉他年再合欢。"此实理也。以此报逝者，以此自处而已。

初九日(12月19日)　强定心气,稍理旧[业][1],始属《孝经集注》草,以便童蒙。

初十日(12月20日)　先君子忌日,哀敬承祭,在天来格,定不胜怜恻孤儿也。两息妇,其皆随至乎?瞻依慈云,仰承帝光,思之不胜神往也。

十一日(12月21日)　昨梦兰修夫人,若劝余服膏滋药者,知天人不隔,常无相忘也。

十二日(12月22日)　时祭。

十三日(12月23日)　为王恭人作佛事。

十四日(12月24日)　鹿苹来。

十五日(12月25日)　定心处事,慎勿蹉跎,与时偕行,思不出位,戴仁抱义,方寸长春。

十六日(12月26日)　养心学道治事,不可偏废,君子慎德,积小高大,贞固不拔,完如金城。

十七日(12月27日)　日来略理旧业,然不可举一废百。

十八日(12月28日)　积善积学,当亹亹不已。瞬存息养,日就月将,以冀专久而美。

十九日(12月29日)　理推而愈明,约而愈精,皆在纯一无间而已。

二十日(12月30日)　翰怡嘱账友王君燮梅持书见顾,意至可感。　欣夫来书。

二十一日(12月31日)　凡事依乎天理,行法俟命,理之所无,不以累心,夫何疑哉?

二十二日(1940年1月1日)　归刘氏侄女自申回,相对不胜凄恻。

二十三日(1月2日)　取出百元,尚余四数,量入为出,戛戛乎

---

① “业”字,原无,据文义补。

难！ 心定，七情自节，群妄自消，万事自理。

二十四日(1月3日) 日内当发亲友各信，并料理应办各事，按日为之，不可迁延。

二十五日(1月4日) 惩忿窒欲，养身之本；迁善改过，积德之本；思不出其位，存心之本。

二十六日(1月5日) 确乎不拔，自强不息，动天地，感鬼神，一诚而已矣。

二十七日(1月6日) 昨抚侯来信，当覆之。

二十八日(1月7日) 君子以天道圣言自信，则祸福利害不以动其心，无入而不自得矣，是以自天祐之，吉无不利也。 衡甫来书。 鹿苹来。

二十九日(1月8日) 此月《玉皇心印妙经管窥赘言》稿删正告成。

十二月初一日(1月9日) 约《孝经集注·诸侯章》就。

初二日(1月10日) 古人云"昨日何生，今日何成，日慎一日，完如金城"，岁聿云暮，可不勉乎？

初三日(1月11日)至初九日(1月17日) 其间与翰怡书，覆子嘉书，与抚侯、融甫、益少奶书。初六日祭梅真夫人，忽闻志霄侄孙病没，恻然伤之。初九日与崧乔书。

初十(1月18日)至十四日(1月22日) 抚侯来书，覆之。

十五日(1月23日) 《孝经集注》成六章。 意诚心正，终日乾乾，如对越上帝，可以胜百邪而集万福矣。

十六日(1月24日) 约《三才章》注。

十七日(1月25日)至廿二日(1月30日) 欣夫来书。

廿三日(1月31日) 定性莫如涵泳经文，沉潜反覆，积久自化。

廿四日(2月1日) 与抚侯、融甫及吴卓铭书。

廿五日(2月2日) 明以烛理则不惑，慎以处事则无悔。校《士冠礼大义》，续四月间事。悲夫！悲夫！

二十六日(2月3日) 自今以往,当随时存养省察,勿使礼义之心少有间断。与天为徒,惟善为宝,则吉凶不待趋避,而自有吉无凶矣。

二十七日(2月4日) 先妣生辰,敬谨承祀。 覆封衡甫书。来年应撰各文:恭撰《玉皇本行集经管窥赘言序》《恭上玉皇座下疏》《上吕祖、济祖疏》,撰刘翰怡寿铭、《惠松崖读书记序》《君直传》《闻远传》《四书朱注崧乔写本序》,以上拟五月前为之。补《礼经大义》十一篇、约须年终方毕。《文王受命余论》以下须又明年为之。《释诬》,撰家传各篇、《自述》《复礼堂二集序》《诗序》《自订年谱》。

庚辰(1940) 七十四岁。

春正月朔(2月8日) 望阙朝贺,恭纪二律。

初八日(2月15日) 生辰感赋二律。

初九日(2月16日) 玉皇圣诞,致斋拈香,恭纪一律。

十三日(2月20日) 皇上万寿,望阙祝嘏,恭纪一律。

十四日(2月21日) 胡绥之、王严士、周子明、赵学南四老同来。老人嘉会,德星聚曜,岁初盛事,胜于出游写忧矣。 言不可不慎,既出而悔,何如不出。 昨陈慰农见顾,当于日内答之。

十五日(2月22日) 始续《孝经集注》稿。 修学养身,须有定章,列目如下:每日读书外,必行一实事;作文不得过三千字;友朋来书即覆;妄念来即廓清之;以积善解悲,以闲邪养心;正谊明道,不计其他。

十六日(2月23日) 覆校《述学诗序》。

十八日(2月25日) 答慰农。

十九日(2月26日) 约《孝治章》义毕。 心定则理无不明,事无不治,顺天而动,素位而行,夫何疑何惧? 知善恶吉凶之所终始,闲邪存诚,日进不已,则自天祐之,吉无不利矣。

二十日(2月27日) 凡事为所当为,不计其功,则廓然大公,与道大适矣。

二十一日(2 月 28 日) 与抚侯、融甫及益少奶书,翌日发。

二十二日(2 月 29 日) 国学社来请题。

二十三日(3 月 1 日) 毋不敬,可以对越上帝,敬之至则无妄,无妄则诚矣。

二十四日(3 月 2 日)至三十日(3 月 8 日) 阅国学社卷,有讲题两章。 覆慰农书,皆翌日发。

二月初一日(3 月 9 日) 恭请《玉皇经》,校正文字,自是每日恭校数页。 讽《孝经》《四书》,玩《易》,每日皆然。

初二日(3 月 10 日) 凡事顺理而动,不可躁急,以道自信,有何猜嫌?

初三日(3 月 11 日) 抚侯来书。 玩《易》。 心平气和,智深勇沉,则事必济而患无由作矣。

初四日(3 月 12 日) 读《庄子》《陶诗》。

初五日(3 月 13 日) "《春秋》经世先王之志",见《庄子·齐物论》。又楚狂接舆歌,与《论语》小异,其知圣人耶?抑君子处乱世者之所当知也。

初六日(3 月 14 日) 掇《孝经》义。

初七日(3 月 15 日) 上丁大祀,拈香望天九叩。

初八日(3 月 16 日) 掇《孝经》义。

初九日(3 月 17 日) 掇《孝经》义。

初十日(3 月 18 日) 以《孝经集注》首两章属鹿苹誊正。

十一日(3 月 19 日) 立德常作进一步想,则浩然无滞机矣;处境常作退一步想,则宽然有余地矣。

十二日(3 月 20 日)至十六日(3 月 24 日) 恭校《玉皇本行集经》《心印妙经》一通毕。 略玩《易》。 掇《孝经》义。

十七日(3 月 25 日) 心一于是而不及乎他,闲邪存诚,如是而已。

十八日(3月26日) 掇《孝经》义。 玩《易》。

十九日(3月27日) 时祭。 静专则动直,直己而行,为所当为,不计其功,何快如之?反是则私意乘之而馁矣。

二十日(3月28日)至二十四日(4月1日) 连日阅卷,尚未得半,大约月内可竣事。

二十五日(4月2日) 午前定心温经,午后仍阅卷。 子嘉见归《明儒学案》。

二十六日(4月3日)至三月初九日(4月16日) 阅卷始毕。自初四日至十一日,为元配唐恭人、继室王恭人还受生,延僧讽经,料理各事始毕。

十二日(4月19日) 定心温经。 鹿苹来。 与抚侯、融甫书,明日交张寿带往。 郑君说"致知格物"曰:"其知于善深,则来善物。"朱子说"诚意"曰:"欲其一于善而无自欺。"指示学者,皆极深切。

十三日(4月20日) 定讣闻格式。

十四日(4月21日) 校《孝经》。 略玩《易》。 潜心于圣,直[①]上达天,无入而不自得,所谓"吉无不利"。

十五日(4月22日) 鹿苹来。

十六日(4月23日) 校《孝经》。

十七日(4月24日) 炳福来议葬事。 开发讣目。 一诚积善,弗使偏私,少有萌芽,高高在上。日监在兹,必无傥来之患,永言配命,自求多福,内省不疚,何忧何惧?

十八日(4月25日)至二十一日(4月28日) 其间与抚侯、融甫、崧乔、惕寅书。 校《孝经集注》。

二十二日(4月29日) 《孟子》曰:"博学而详说之,将以反说约也。"甚矣吾衰,惟有由博反约,将数十年学问所得义理,收拾团结,归

---

① "直"字,原误作"真",据文义改。按,明道程子有"敬义夹持,直上达天德自此"之语。此盖化用程子之语。

之方寸，造次颠沛必于是。昌黎所谓“游之乎诗书之源，行之乎仁义之途，毋迷其途，毋绝其源”者，俛焉日有孳孳，不以外物间之而已。

二十三日(4月30日) 齐庄中正，此心常存，则百邪去而万福来矣。 阅韩文、李诗散闷。

二十四日(5月1日) 知、仁、勇三者，天下之达德也。修道以仁，而仁必先之以智，成之以勇。择乎中庸，得一善则拳拳服膺而弗失之。诚之者，择善而固执之。善，仁也；择善，智也；弗失之，固执之，勇也。

二十五日(5月2日) 起覆蔚若世丈信稿。

二十六日(5月3日) 起致翰怡京卿信稿。 郑注释诚意、致知、格物至为亲切，盖崇德、修慝、辨惑之要也。

二十七日(5月4日) 起致君九信稿。

二十八日(5月5日) 属鹿苹誊写诸函。 略读《易》。

二十九日(5月6日) 复与翰怡书，以蔚若、君九书及远方同志各讣，托其转寄。

四月十三日(5月19日) 为先继室王恭人治丧，申刻举襄至永善堂。

十四日(5月20日) 安扺穹窿山麓之张家山。

十六日(5月22日) 午时，奉灵柩正位元配唐恭人之次，加工筑作，夜以继日。

十七日(5月23日) 暮，葬事毕，惟罗腔拜台，须从容修改。呜呼！日月于征，去年此时尚汲汲望疾瘳，而今已归复于土耶？然体魄既安，精神不隔，天长地久，永无相忘。他无可为，惟有积善行道，无愧怍于天人，图仰报于君亲，以不负两恭人平生相期而已。

二十二日(5月28日) 虞祭。

二十三日(5月29日)至二十七日(6月2日) 潘若梁、陈公孟、严鹿苹见顾。 先是，封衡甫见顾，附钱复初书。 又翰怡、君九、蔚老均有书来，并吊礼，须覆谢。 印光法师有书来唁，已覆。 日前，益少奶抄来银行存数：中国福一千，上海寿八百，金城喜六百，加息洋二百三十七元，江苏禄二百。　昨汪卓人带来抚侯、融甫一函。　自悼亡以来，悲伤憔悴，愤郁纷扰，百忧交困，一岁将周，而今既葬且虞，不能不强定心气，爱其身以有待矣。

二十八日（6月3日）　始定心温书。　与抚侯、融甫、三少太太、益少奶书。

五月五日（6月10日）　王恭人周忌，行小祥祭。

十六日（6月21日）　期服阕，感赋两诗。

十七日（6月22日）　定心气，理旧业。　颐初取象灵龟，由乾初潜龙也。确乎不拔，守而勿舍，君子之所以自养也。

十八日（6月23日）至二十四日（6月29日）　时事变迁，致书惠农，辞国学社主讲。竭数日力，将此次课卷阅迄，此后可闭关养素矣。

二十五日（6月30日）　定心气，温经书。　玩《易》渐卦。　校《孝经集注》。

二十六日（7月1日）　气不养则易怒，心不定则易疑。　玩大过卦。

六月十九日（7月23日）　陶渊明诗曰："匪道曷依，匪善奚敦。"君子乾乾，积善不息于诚，反复皆道，居动皆易，则自天祐之，吉无不利矣。　理旧业，以后累日，幸无间断。

二十日（7月24日）　苟得其养，无物不长。消息之机，微矣哉！

二十一日（7月25日）　理明则不惑，志定则日进。

二十二日（7月26日）　复小而辩于物，吉凶之几，审之于早矣。

二十三日（7月27日）　与翰怡书。

二十四日（7月28日）　昌黎云"无迷其途，无绝其源"，终吾身而已矣，如此方为有诸己。

二十五日（7月29日）　凡事不可迁延，迁延必致匆遽。

二十六日（7月30日）　闲邪存诚，审几必早；迁善改过，持之必坚。

二十七日(7月31日) 郭君于埜在途为凶徒所害，人之无良，乱靡有定，慨然为世道深悲，非独朋友私痛而已。 卓人归，得四五两侄书。 狂风多日，咎征可畏，今年穑事，正不知如何也。

二十八日(8月1日) 翰怡来书。

二十九日(8月2日) 与惠农书。

三十日(8月3日) 撰《国学社课艺序》未竟，翌日续成。

七月朔(8月4日) 先祖考忌日，敬谨承祀。

初二日(8月5日) 行所无事，所以处心；秩然有序，所以治事。要在动静交养而已。

初三日(8月6日) 无欲速，亦无迁延，庶乎有恒矣。

初四日(8月7日) 读书行己，当随时思察，不可毫发疏忽。

初五日(8月8日) 严士见顾。

初六日(8月9日) 感怀七夕，率成两诗。

初七日(8月10日) 八妹来，言日前梦王恭人甚详，又一夜闻兰香颇芬郁。见告甚慰。

初八日(8月11日) 天所以为天，圣人所以为圣，皆由积累不已。若一出一入，或在或亡，安望其能直上达天德乎？

初九日(8月12日) 君子慎独，其至小，惟小心之至，故闲邪存诚，行无不慊于心，至于心广体胖，而浩然之气塞乎天地也。

初十日(8月13日) 天积众精以自刚，乾元所以能用九也。学《易》之要在此。

十一日(8月14日) 偶拟一联：独居思仁，乐天安土；晚年好静，弄月吟风。

十二日(8月15日) 却暑莫如静坐，忘忧莫如读书。

十三日(8月16日) 事虽多，按日行之，无忧不给。所患者，因循坐误耳。

十四日(8月17日) 六十四卦皆成既济，而既济多戒惧之辞，惟其戒惧，是以济也。

十五日(8月18日) 终日乾乾，与时偕行，过去勿恋，未来勿逆，当境勿忽。

十六日(8月19日) 在天者不必幸，在人者不必计，自求多福，君子尽其在我。

十七日(8月20日) 与四五侄书。

十八日(8月21日) 又与侄辈书。 炳福来，付一百元。

十九日(8月22日) 覆君九书，明日发。

二十日(8月23日) 学问治事，均须有一定章程，无作辍间断，方克有成。

二十一日(8月24日) 人生世间，不能无事，治事得理，乃学之验。

二十二日(8月25日) 覆君九书。

二十三日(8月26日) 感秋赋一律。

二十四日(8月27日) 覆吴蔚老书，翌日发。 青立见顾。

二十五日(8月28日) 心神虚耗已甚，当思坤凝乾元之理，栽培深厚，以期息复。

二十六日(8月29日) 惠农招饮。

二十七日(8月30日) 命仆役整理书室。

二十八日(8月31日) 与国学社同人约惠农、哲侯诸公小饮。

二十九日(9月1日) 唐恭人忌辰，设祭。

八月朔(9月2日) 定心养气，涵泳义理，使神不外驰，庶几返消为息，和理日济。

初二日(9月3日) 夜梦在室见经部书多种，寻至别室，室人使奚持《近思录》一册至，字极清朗。少顷入园，见老少年叶极大，丹黄绚烂，神光照人。既而恭奉《玉皇经》，经后似有一段言圣人之道与天地同久，邪说暴行，终归扑灭，元弼能力任大道，崇正黜邪，天必锡之以福。文句不甚能记，大意如此。大字精刻，体极严正，梦中似觉，心神肃敬，出见两兄告之，且谓兄闻必喜。两兄皆欣然。觉而记忆，深自愧奋，一息尚存，敢不钦承！

初四日（9月5日） 卓人处划来前后共三百元，节前须再划三百元，当属抚侯于益少奶存折内扣还。

初五日（9月6日） 与蔚芝、卓铭书。

初十日（9月11日） 上丁，敬谨至文庙行礼。

十七日（9月18日） 先祖妣忌辰，敬谨承祀。 前数日料理旧存友朋书问。

二十二日（9月23日） 观心于复，有不善未尝不知；观身于艮，君子以思不出其位。此学《易》所以无大过欤？

二十三日（9月24日） 诚意为修身之本，闲邪存诚，辩之不可不早。

二十四日（9月25日） 一年以来，心如槁灰，又如乱丝，近日始将六十四卦温诵一周，意味深长，如失物复得，居而安，乐而玩，勿更为外物所夺，倘可以弗畔矣夫！

九月初五日（10月5日） 《大学》言致知，《中庸》言致中和。致知则深知善之为善，善机引申无穷，而意无不诚矣；致中和则闲邪存诚，时节其中，而道无须臾离矣。此入德之要。

初六日（10月6日） 读书无一字不体验，处心行己，无一事不思察，庶乎有诸己之谓信。

初七日（10月7日） 松岑介绍沈生文倬来受业，今日若梁率与俱至。生字凤笙，诚朴嗜学。 妄念易起，起即以理胜之，勿使潜滋。

初八日（10月8日） 访经耜未遇，遇马伯龙，遂访子嘉，议文庙事。

初九日（10月9日） 治经不无间断，流光如驶，去日苦多矣。

初十日（10月10日） 整理旧物，略有端绪，然何如修正身心之为急哉？

十一日（10月11日） 与抚侯、融甫书，明日发。

十八日（10月18日） 斋祓其心，清明在躬。知止有定，时节其中。如临帝天，如对圣贤。思不出位，可以尽年。　与四五侄书，明日托卓人带往。寻得侄来书。

十九日(10月19日)　凡事有一定章法，则无从脞矣。　毋恋既往，毋测未至，毋忽当境，则心逸而事举矣。

二十日(10月20日)　子嘉丈见顾。

二十一日(10月21日)　苋陆夬夬，谓决而和，其裁物之义，用之各当，怒而中节，同归于和者乎！犹有决焉，故曰中未光。若飞龙在天，万物咸睹，则中正光大之至矣。

二十二日(10月22日)　凡事有毫发不安于心者，必不可为。《诗》云："相在尔室，尚不愧于屋漏。"

二十三日(10月23日)　得翰怡书，以蔚若宫傅噩耗见告。既为天下痛惜，又不胜知己徂谢之悲！

二十四日(10月24日)　撰长联，挽蔚若宫傅。

二十五日(10月25日)　内侄唐炳若自六合来。

二十七日(10月26日)　时祭。午饭后，骤患昏晕，幸六妹急设法，转危为安，由智诠弟开方，连服数剂，幸能如常。　连日不敢用心，惟当日即作吴潜甫唁函，月杪与联幛同付邮，以织件却回，当明日别寄。

十月初一日(10月31日)　自今以往，当将旧日未竟之绪，以次续成。

二日(11月1日)　读书得其神理，好之乐之，不知其倦，斯所学在我矣。　心栋见顾。

三日(11月2日)　闻崧侄妇凶耗，为之慨然，夜撰一联挽之。

四日(11月3日)　与崧侄书，慰之。

初五(11月4日)至初九日(11月8日)　托智诠弟录田数副本。　炳福来，付四十元，大约坟工尚少五十余元。　煤炭欠六十元，米欠三十元，总须付一百四十余元。

初十日(11月9日)　与炳福字，明日寄。

十一日(11 月 10 日) 前数日,翰怡来书,随即覆之。此后友人来书,须随到随覆,不可稽延。

十二日(11 月 11 日) “圣人以此先心”一节,最为治《易》之要,体用一以贯之。

十三日(11 月 12 日) 心定则识定而不摇,力定而不移,可以通志成务。 沈凤笙来。

十四日(11 月 13 日) 阅《性命圭旨》,义甚精要,实不外乎存天理之本然,遏人欲于将萌,心正气顺而已,殊途而同归也。 崧乔自申归。 与抚侯、融甫书,托卓人明日带往。

十五日(11 月 14 日)至二十四日(11 月 23 日) 前年奏摺,业经发刊,系据初稿,今拣得写定本,改数十字。 以后读书行事,须随时纪录,用自考省。

二十五日(11 月 24 日) 约《易》义,便初学,为《周易约言》,今日乾卦成。

二十六日(11 月 25 日) 陟岵来。 深造以道,优游自得,读书有味,养心莫善于此。

二十七日(11 月 26 日) 访外舅姑,彼此凄然。 读书求速效,适为心害,非善学者也。素位而行,不愿乎外。凡事明道不计其功,则心广体胖矣。

二十八日(11 月 27 日) 妄念一起,即克治之,勿使复萌,积久则思无邪而诚矣。

二十九日(11 月 28 日) 子嘉丈见顾。 日就月将,瞬存息养,方能有益。岁云暮矣,勿再自误。

十一月初一日(11 月 29 日) 凡事无欲速,无见小利,思其终,思其复,其寡过矣乎!

初二日(11 月 30 日) 轻喜易怒,多言而躁,皆德之病。随事思察,存养深固,则遄喜无咎矣。

初三日(12 月 1 日) 如此衰年多病,凡事须为结束计,用静则吉，用作则凶。

初四日(12月2日) 经耜见顾。

初五日(12月3日) 与沈挹之书，并昨子嘉一函，交义卿同持往。

初六日(12月4日) 惊闻彭子嘉丈为凶徒所戕。呜呼！君子道消，小人道长，祸机四伏，一触即发。嘉老心存皇室，老成练达，不意惨遭此祸。数日前犹来此纵谈，前日又得其手书，咄咄怪事，我悲何堪？ 昨闻印光法师西归，作联挽之。此真僧也，言行深合于吾儒之道。顷又挽嘉丈一联。伤心人作伤心语，良可悲矣！ 自今以往，当谨守八字：“观空积善，读书养气。”

初七日(12月5日) 顺天而动，随分推行，不以利害动其心，坦乎荡荡，中不自乱，君子哉！

初八日(12月6日) 无事勿动心，有事勿分心，心神足，心力专，则事无不济矣。 作文须聚精会神，一气呵成，不可迟延。

初九日(12月7日) 物来顺应，事来不惑，为其所当为，无庸戚戚自苦也。 顾炳福来，报张家山前面窃树四十余株，当设法以杜其后。

初十日(12月8日) 先考忌日，哀敬承祀，追念遗训，永言弗忘，庶免背戾，终身弗辱。

十一日(12月9日) 甚矣吾衰，及今善养，其能有济否乎？为天地立心，为生民立命，有大愿望必有真精神，孟子善养浩然之气，所以能成愿学孔子之志。苟得其养，无物不长。日西方暮，何可游移？

十二日(12月10日) 《易》无思也，无为也，寂然不动，是以感而遂通，治心应物之妙，尽于此。

十三日(12月11日) 凡事顺理而行，不参意气，则吾无失德而人亦心服，事无不济矣。

十四日(12月12日) 与抚侯、融甫书，交卓人带往。

十五日(12月13日) 恒，德之固也，有恒无大过，学《易》之要。

惟有恒可以无大过，得一善则拳拳服膺而弗失之，至于其心三月不违仁，恒之至也。

十六日(12 月 14 日) 炳福来，言坟树又稍被窃。此等事，当细审情形，随机善处，以杜祸患。

十七日(12 月 15 日) 君子之于朋友，虽爱之重之，乐道其善，而立言勿溢其分，信之道也。

十八日(12 月 16 日) 志之所至，气亦至焉；气之所至，诗亦至焉。诗即言也，志定则气盛，气盛则言宜矣。

十九日(12 月 17 日) 气质偏蔽，当以理胜之，如镜为尘垢所翳，刮垢磨光，则本体虚明如故矣。

二十日(12 月 18 日) 既往不咎，未至毋测，素位而行，事来不惑。 得翰怡书。

二十一日(12 月 19 日) 为翰怡撰寿铭，属稿累日，至是成。得抚侯、融甫书。

二十二日(12 月 20 日) 与经耜、捛芝书。

二十三日(12 月 21 日) 修校寿铭一过。 时祭。

二十四日(12 月 22 日) 鹿苹来，以寿铭稿属其誊写。

二十五日(12 月 23 日) 整理书籍。 读君九所撰《罗恭敏传》。

二十六日(12 月 24 日) 覆翰怡书。

二十七日(12 月 25 日)至十二月初二日(12 月 30 日) 数日内整理书籍，校鹿苹所钞翰怡寿铭，至是始寄。

初三日(12 月 31 日) 玩《易》。

初四(1941 年 1 月 1 日)、初五(1 月 2 日)两日 鹿苹又钞寿铭一分，校就。

初六日(1 月 3 日) 唐恭人生辰，设祭。

初六日(1 月 3 日)至十二日(1 月 9 日) 其间得翰怡覆书，内附致鹿苹书，即转交。寻鹿苹来，见示覆书。 为德荣事与惠农书。

与经耜书。　心神不定已久，长此不已，失养日消，何以自支？操而存之，可不务乎？

十三日（1月10日）　与翰怡书。

十四日（1月11日）　发。

十五日（1月12日）　定心温经。

十六日（1月13日）　存心致知，非有二义，朱子《中庸注》宜深体味。

十七日（1月14日）　君子居易以俟命，为所当为，不计其功，惟天可乐，何土不安？

十八日（1月15日）　炳福来言坟树又被窃，当善图之。凡事隐心而动，勿轻听易怒，折其两端而用中，乃可万全而无害。　年内应致书目：抚侯、翰怡、君九、复初、蔚芝、欣夫、六合。

十九日（1月16日）　为窃树案与龚汝霖司令、惠彬士警察所长书。

二十日（1月17日）　心定则见理明，料事当无"憧憧往来""不恒其德"之失矣。　与四五侄书。　翰怡以千元为润笔，意甚厚，当即函谢。

廿一日（1月18日）　与翰怡书。　存其心，养其性，与乾元生德，息息相通，故曰所以事天也。　凡事慎之又慎，则无疑悔。

廿二日（1月19日）　鹿苹来[①]。

廿三日（1月20日）　前日与翰怡书未寄，因得其来书，改易数语，明日付邮。

廿七日（1月24日）　与君九书。

王君九住北京西四北后毛家湾廿三号。

鸣高住上海法租界巨籁达路八百廿弄四十四号。

---

① 自"鹿苹来"至"廿七日　与君九书"，原在"蔚若住青岛湖北路三三号"后，今移此。

封衡甫住松江泽润桥　篑进斋笺扇店　收交。
融甫住上海威海卫路威凤里三十二号。
崧乔住上海静安寺海格路七九弄七九号　何宅二楼。
蔚若住青岛湖北路三三号。
翰怡住上海胶州路四百五十号。
抚侯住上海巨籁达路景华新村四十五号。
朱象甫住上海华山路幸福村七号。
唐蔚芝住上海南阳路四十四号。
王欣夫　上海梵王渡圣约翰大学。

复礼堂日记

曹元弼

辛巳(1941) 七十五岁。

春正月乙亥朔(1月27日) 望阙朝贺,恭纪二律。

二日(1月28日)至十一日(2月6日) 其间有《感春》一首、《人日感怀》一首。 得刘翰怡书。 洪青立、王欣夫均来。 又外舅王春瑚丈于初二日逝世。三日薄暮闻耗,五日驰往,不胜悲感! 又杂事烦扰,患齿痛舌痛,六妹亦不适,请智诠弟治之,得间。

十二日(2月7日) 恭校《玉皇本行集经》,开卷约两日内可卒业。 潜玩《周易》,讽诵《孝经》《四书》,日以为常。

十三日(2月8日) 恭祝皇上万寿无疆,兆民蒙福,四海永清,礼成,恭纪二律。 经耜来,语久。 得抚侯书。

十四日(2月9日) 覆翰怡书,十六日发。

十五日(2月10日) 略玩《易》。

十六日(2月11日) 执义一则用心固,郑君云:“心志定,故可自得。”如此,庶乎君子坦荡荡矣。 昨闻沈子良同年于十三日逝世,敦行博物,老成人也,惜哉!

十七日(2月12日) 戴东原先生云:“立身守二字,曰不苟;待人守二字,曰无憾。”闲邪存诚,不苟之至也;博爱广敬,无憾之至也。 翰怡来书,内附君九一笺。

十八日(2月13日) 致知在格物,郑注言事缘人所好来,此义最为精邃,当深体弗忘。

十九日(2 月 14 日) 卓人来。 略玩《易》。

二十日(2 月 15 日) 鹿苹来。 理义之心,不可稍有间断。瞬有存,息有养,庶乎其可。

二十一日(2 月 16 日) 居正所以行正,未有心不定而学能成、事能济者。善建不拔,则身修而道立矣。

二十二日(2 月 17 日) 至外舅处荐七。 吊沈子良同年。

二十三日(2 月 18 日) 友人书问,未覆者多。自明日始,当日覆一函。

二十四日(2 月 19 日) “夙夜惟寅,直哉惟清”,礼最初之微言也;“寂然不动,感而遂通”,《易》至精之妙义也。

二十五日(2 月 20 日) 得失之心偶动,遂至困于葛藟,要当物来顺应,坦然处之耳。

二十六日(2 月 21 日) 致翰怡书。

二十七日(2 月 22 日) 致君九书,附翰怡函内同发。

二十八日(2 月 23 日) 经耜、陟岵、鹿苹均见顾。 敬则定,定则能治惧;恕则平,平则能治怒。

二十九日(2 月 24 日) 覆卓铭书。

三十日(2 月 25 日) 覆六合书。 与蔚芝书。

二月朔(2 月 26 日) 闲邪存诚,敬义夹持,动静交养,事天立命,其庶乎?

初二日(2 月 27 日) 无有师保,如临父母,则此心常存,寂然不动,感而遂通矣。

初三日(2 月 28 日) 上丁与乡人、士君子恭行释菜礼。

初四日(3 月 1 日) 与封衡甫、钱复初书,明日发。

初五日(3 月 2 日) 仁智互根,动静交养,默存深体,自然近道。

初六日(3 月 3 日)至十八日(3 月 15 日) 其间撰重刻《玉皇本行集经引》及《跋》,预拟刻成印就后焚香告天疏。 得蔚芝、欣夫覆书。

十九日(3月16日) 君子居动皆易,应事接物皆足验我心之存否、我学之进退。瞬存息养,铢积寸累,勿忘勿助长,当及今勉之。

二十日(3月17日) 心定则无轻喜易怒之失,悔吝不生,魂梦亦安矣。 撰《刘翰怡京卿六十寿序》,至二十五日定稿。

二十六日(3月23日)至三月十五日(4月11日) 其间作《四书章句集注崧乔书大字本序》。 作翰怡寿诗。 上海汇来喜记存折,内二百五十元。

十六日(4月12日) 校《玉皇经管窥赘言》。 校《孝经集注》。 玩《易》义。

十七日(4月13日) 仲虎见顾。

十八日(4月14日) 稍缓数日,当撰《先从兄君直传》。

十九日(4月15日) 使人至上海致翰怡庆礼。

二十日(4月16日)至四月初二日(4月27日) 《玉皇本行集经》敬谨覆校毕。 续《孝经集注》《周易约言》。

初三日(4月28日)至初八日(5月3日) 《孝经集注》成。

初九日(5月4日) 玩《易》。 定心。 随意温故,最有意味,学养均于是乎在。 鹿苹来。

初十日(5月5日) 抚侯来书。

十一日(5月6日) 乐天知命,安土敦仁,德盛礼恭,心广体胖,此君子之藏身于安乐窝也。

十二日(5月7日) 君子无入而不自得。居而安者,《易》之象;乐而玩者,爻之辞。夫何忧何危乎? 《易笺释》成已久矣,炳烛余光,尚拟从事于《书》。吉日辰良,托始于此。

十三日(5月8日) 阅《尚书》义。

十四日(5月9日) 陟岵来。

十五日(5月10日) 拂意之来,当安定以待之。理有一定,坦然顺应可也。

十六日(5月11日) 苟得其养,无物不长。君子不忧不惧,养之至也。

十七(5月12日)至二十一日(5月16日) 其间上海汇来二百五十元,计喜记折尚存五百元,寿记折八百元未动,日内当属赶汇二百元,存六百元。又中行尚存二百元,国华存千二百元。合计活存二千五百元。加以大陆定期五千元,量入为出,如何勉力支持数年,当熟筹之。 田租已收者十六户,共七百十元余,内有四十元余留汪卓人处。

二十二日(5月17日) 良日也,始属三书稿:一《尚书郑氏注笺释》,一《尚书学》,一《圣学通考》。 玩《易》既济。

五月初一日(5月26日) 前日抚侯来书,并汇到二百元,寿记折尚存六百元。

初五日(5月30日) 王恭人再周忌辰。人生世间,若驷过隙,彭殇一致,同归于尽,惟此光明正大之德,足与天地长存耳!

初六日(5月31日) 乐天知命,安土敦乎仁,故能爱此天地安乐之窝,圣人神明之舍也。

初七日(6月1日) 访汪仲虎。 前数日为君直从兄作传,今日定稿。

初八日(6月2日) 闲居安性,学之本也;覃思终业,乐莫大焉。

初九日(6月3日) 阅《书》义。

初十日(6月4日) 与抚侯、融甫书。

十一日(6月5日)至十六日(6月10日) 其间多阅《书》义,定编纂《书学》法。 上海汇来二百元,寿记折尚余四百元。

十七日(6月11日) 温故知新,各定章法,养身修德,无间须臾。

十八日(6月12日) 隐恶而扬善,先人而后己,君子之用心也。 凡事豫则立,豫非欲速也。惟豫故无欲速不达之病。

十九日(6月13日) 利之中而有义焉,如瘝疾之有生机也;义之中而有利焉,如壮夫之伏病根也。其几不可以不辨。 凡事须仁至义尽，不可稍涉苟且。　鹿苹来。

二十日(6月14日)　与仲虎书，日内当发。　蔚芝、君九均来书，当覆。

二十一日(6月15日)　信道笃，故不惑；乐善深，故不忧；行无不慊于心，故不惧。

二十二日(6月16日)　学南来。　处事以节，处心以和，则礼乐之意得矣。

二十三日(6月17日)　养心处事，当以“约”字为主。

二十四日(6月18日)　《书学》略有端绪，循是行之，勿忘勿助长，可矣。　封[①]衡甫自松江来见顾。

二十五日(6月19日)　昨夜梦侍慈亲，作儿时嬉戏状，入母怀中。殆人穷反本，且在天之灵，恩勤无已，怜其衰病，顾复而呵护之耶？“明发不寐，有怀二人”，“夙兴夜寐，毋忝尔所生”，念兹在兹，须臾勿忘。　气体小有不适，惟少时先君子常诵《论语》“父母惟其疾之忧”为戒，可不深念耶？

二十六日(6月20日)　以后五日，每日说《书》，然他事未免抛荒。

六月初一日(6月25日)　大雨时行，闭目端坐，讽籀经书。

初二日(6月26日)　凡事须有节度，不可顾此失彼。　于穆不已，天之所以为天也；至诚无息，圣之所以为圣也。学而时习，如元气无一息之间，君子之所以希圣希天也。

初三日(6月27日)　与抚侯等书，明日交卓人带去。　君子之学，反本复始，真知力行，养故生新，无迷其途，无绝其源，终吾身而已矣。

初四日(6月28日)　先君子生辰，敬谨设祭。“父母惟其疾之忧”，当日趋庭，每举此语为训，可不深念耶？养心保身，万事之本。

---

① “封”字，原误作“松”，今改。

初五日(6月29日) 学不厌难,循序有节,则无难非易,而精神亦不觉疲劳矣。

初六日(6月30日)至二十二日(7月16日) 其间覆欣夫书,寄去夔一从兄传;覆蔚芝书,寄《中庸通义》。 上海汇来三百元,喜记折尚有二百元。

二十四日(7月18日) 兰雪轩庭中玉莲初发一花,荐于先君子照前。出房异种也。此先人明德馨香,积厚流光,发荣滋长之验,敢不祇承,修身慎行! 治《书》。

二十五日(7月19日) 治《书》。

二十六日(7月20日) 温《易》。 治《书》。

二十七日(7月21日) 温《易》。 治《书》。 经耜见顾。欣夫来书,覆之。

二十八日(7月22日) 请鹿苹来录《尚书》稿。 青立见顾。

二十九日(7月23日) 讽籀经书,须语语深入心坎,方能学养兼到。

闰月朔(7月24日) 治《书》。 与欣夫及抚侯、融甫书。

初二日(7月25日)至初六日(7月29日) 说《尚书》。 其间汪青在来,欣夫来书。

初七日(7月30日) 扫尽妄念,专意存养。

初八日(7月31日) 温《易》。 说《书》。 青在来。

初九日(8月1日) 气习之偏,当力化之;利贞之功,最切要者。

初十日(8月2日) 凡事豫则立,时行则行,不可迁延。

十一日(8月3日)至十九日(8月11日) 其间君九来书,抚侯等来书,均须覆。

二十日(8月12日) “成性存存,道义之门”,读书著书,皆为存养之资,则和顺于道德而理于义矣。

二十一日(8月13日)至七月初一日(8月23日) 其间说《尚书》时多,然未免抛荒他经。 上海汇来三百元,喜寿两记折共余三百元，又中行二百元，益少奶经手之款总余五百元。

初二日(8月24日)　定心治经。

初三日(8月25日)　炳福来。　抚侯来书。

初四日(8月26日)　覆抚侯书。

初七日(8月29日)　以先继室王恭人神主入家祠。

初八日(8月30日)　古今万事东流水，惟此心此理，与天地俱存。以待尽之身，遭无妄之世，万感交心，如之何哉？一息尚存，仁为己任而已矣。　欣夫来。

初九(8月31日)至十三日(9月4日)　欣夫又来，以君直、闻远、虞生三君子诗稿本悉付之，并授以前日所撰《松崖读书记序》。

十四日(9月5日)　时祭，敬谨将事。　说《书》。　玩《易》。

十五日(9月6日)　说《书》。

十六日(9月7日)　阅《孙薇隐集》。

十七日(9月8日)　鹿苹来。　月内须覆翰怡、君九书。　为重谒泮宫事撰《祭历科文宗文》。

十八日(9月9日)至二十六日(9月17日)　其间覆翰怡、君九书。　与抚侯、融甫及惕寅书。

二十七日(9月18日)　瞬存息养，日知而月无忘，所谓学而时习，自强不息也。勉勉循循，深造自得，此中自寓真乐，孔颜千载，旦暮遇之。　翰怡属账友王燮梅以书来候，意甚可感。

二十八日(9月19日)至八月初三日(9月23日)　抚侯等来书。　作《重游泮宫述怀诗》六首。

初四日(9月24日)　越三日，上丁祀先圣，当往与祭。斋心壹志，俾可对越在天。

初六日(9月26日)　至府学，偕同人恭祭先圣。礼成，更行重游泮宫。谒圣礼退，至沧浪亭明道堂，与严士祭历科文宗，自彭宗师至我师黄漱兰先生。因旧典旷废已久，此次明伦堂悬匾，自彭案以来，高年应此典者，总列名故也。归，致敬天地，望阙谢恩，拈香先祠，还至书室，正坐读经。

初七日(9月27日)　心正则壹，壹则群妄自息。

初八日(9月28日)　读书须字字深入心坎，方能畅于四支，发于事业。

初九日(9月29日)　寂然不动，感而遂通，仁知、动静、乐寿之妙，贯彻在此。

初十日(9月30日)　读书处事各有节限，即日月不过、四时不忒之象，否则举一废百，恒旸恒雨，皆咎征矣。

十一日(10月1日)　上海汇来五百元。

十二日(10月2日)至二十二日(10月12日)　日记往往历旬日不书，殊非曾子日省之义。举一废百，顾此失彼，恶乎可？

二十三日(10月13日)　凡拂意之境，难处之事，当思古圣贤遇此如何，自然物来顺应，事来不惑矣。

二十四日(10月14日)　克己之法，当攻其偏，通其蔽，和顺于道德，而理于义，以持养之，乃克有济。

二十五日(10月15日)　集经传语，自撰一联云：立德立言，成己成物；怜心怜目，无思无为。

二十六日(10月16日)　传曰："心广体胖。"心无一毫蔽累然后广，一于善则无蔽累矣。　卓铭来书。

二十七日(10月17日)　为学者务闲邪存诚，心主一，百邪自息。

二十八日(10月18日)　凡事以养身为主，目之不明，困已如此，况心血日耗，而可以出位之思自扰乎？

二十九日(10月19日)　过去未来，皆勿以撄心，惟当境不可忽耳！

九月初一日(10月20日)　先妣忌辰，敬谨设祭。痛念慈恩，敢不自保其身乎？"父母惟其疾之忧"，遗训犹在耳也。　自是以后，专治《尚书》，不问他事，而忽忽一月，所成无多，此非旦夕间事，但当日就月将，不可因一废百。　其间顾炳福屡来，为先茔树木事，使设法善保。　上海汇来三百元。

十月初一日(11月19日)　立天地心，报君亲德，明圣贤道，拯生民命，其本皆在身，而身之本在心。圣贤千言万语，无非教人治此心而已。

初二日(11月20日)　终日乾乾，君子终日对越在天也。如此，则内省不疚，屋漏无愧，浩浩乎乐天矣。

初三日(11月21日)　变化气质，须随时随地用功，勿以老耄而自舍。

初四日(11月22日)　抚侯等来覆书，为坟树事即与崧乔接商办理。

初五日(11月23日)　凡事好谋必成，乘气必败，能于怒时遽忘其怒，而观理之是非，则于道思过半矣。

初六日(11月24日)　禹之治水，水之道也，行其所无事也。治心治事皆如是而已。

初七日(11月25日)　炼气归神，由博反约，庶几数十年所学在我。

初八日(11月26日)　操存则以一持万，沛然有余，所以心广体胖。

初九日(11月27日)　朱子曰："心存，群妄自然退听。"此言最善。

初十日(11月28日)　养目养心，无他道也。一言以蔽之，曰定而已矣。

自十一日(11月29日)至十一月十四日(12月31日)　编辑《书》义，兼有杂事，忽忽月余矣，其间上海汇来四百元，国华折尚存五百元。　田租第一次于十三日收得二百七十元有奇。　欣夫当覆书。　翰怡、蔚芝、君九皆当致书。　卓铭亦宜覆书。　《闻远传》须作。

十五日(1942年1月1日) 君子思不出其位,无事寂然不动,则有事感而遂通矣。

十六日(1月2日) 郑君曰:“故学之熟矣,后时习之,谓之温。”我老矣,惟有将数十年读书学问所得义理,归之心,体之身耳!

十七日(1月3日) 求其所未知,求在外者也;求其所已知,求在我者也。获之而食,食之而肥,是为有诸己。

十八日(1月4日) 已往不必悔,未至不必测,当然而然,心安理得。

十九日(1月5日) 整理故纸。

二十日(1月6日) 人心之危,道心之微,克己复礼,自强不息,则危者安,微者著矣。

二十一日(1月7日) 妄动其心,即毁伤其身之本,不可不戒。

二十二日(1月8日) 平居无事,须将经义涵泳在心,陶渊明云:“我爱其静,寤寐交挥。”神游千古,意味深矣。

二十三日(1月9日) 治心守一字,曰静;著书守一字,曰约。

二十四日(1月10日) 和陈哲侯引退诗。

二十五日(1月11日) 论撰之法,振起全神,博观约取提元,毋迁延,毋躁迫,庶乎得之。

二十六日(1月12日) 青立见顾。 欣夫来书。

二十七日(1月13日) 年老目困,精神遐漂,皆不足忧,惟当定心养气,为所当为而已。

二十八日(1月14日) 日内当覆欣夫书。 年内当作《闻远传》。 知者不惑,仁者不忧,勇者不惧,如此则心广体胖矣。

二十九日(1月15日) 正其谊,不谋其利;明其道,不计其功。凡事为所当为而已。

三十日(1月16日) 著书欲速,即功利之见;君子深造自得,成不成,非所计也。

十二月朔(1月17日) 欣夫来。

二日(1月18日)　鹿苹来。

三日(1月19日)　释“慎徽五典”章毕。

四日(1月20日)　乾静专动直，坤静翕动辟，君子体之，寂然不动，感而遂通，是谓知《易》。

五日(1月21日)　精神专一，则义理融贯，气盛言宜，故立元神为万事之本。

六日(1月22日)　读书论世，以古圣人气象，想望涵泳，则鄙吝自消，心广体胖矣。

七日(1月23日)　“非礼勿视”四句，先儒谓制之于外，以安其内，实则存之于内，以闲其外耳！

八日(1月24日)　知于善深，则来善物；知于恶深，则来恶物。“复以自知”“小而辨于物”，此诚身之本。

九日(1月25日)　变化气质，为学问第一要义，亦第一难事。汤武反之，变化之极则也。

十日(1月26日)　人心之危也，道心之微也，闲邪则危者安，存诚则微者著。

十一日(1月27日)　瞬存息养，随事思察，庶免蒺藜之困，终收桑榆之功。

十二日(1月28日)　谦以制礼，继之曰复以自知，何也？克己复礼为仁也。复以自知，继之曰恒以一德，何也？得一善则拳拳服膺而弗失之也。

十三日(1月29日)　凡事以圣言为断，而不任以私见，则廓然大公，昭然不惑矣。

十四日(1月30日)　心术之动，辩之早辩，必使表里融彻，无一毫渣滓。　闻和羹表兄于初十日逝世，感念畴昔，心怛不已。

十五日(1月31日)　处心务求光明，立言必有关系。

十六日(2月1日)　君子思不出其位，非时而思，即出位也。

十七日(2月2日)　心正所以为天地立心，气顺所以为万物立命。

十八日(2月3日) 存心养性,行法俟命,立我元神,与时消息。

十九日(2月4日) 冬尽春来,又一年矣。君子年弥高,德弥劭,务使方寸间元气盎然,定理确然。 鼎伯来。

二十日(2月5日) 曲园太年丈七十后不复著书,吾入春后将七十六矣,而强为之,难哉! 每日限定时刻,得寸则寸,得尺则尺,于是温故养心,保我固有可也。

二十一日(2月6日) "蛊,元亨而天下治",因气质之偏而用力克之,则身治矣。

二十二日(2月7日) 黄叔度使见者无鄙吝之心,道气深厚,不可及也。

二十三日(2月8日) 强恕者,用其力以克己,故求仁莫近。

二十四日(2月9日) 《中庸》"道不远人"章,朱子《章句》三引张子语,最宜服膺。

复礼堂日记

壬午(1942) 七十六岁。

春正月己亥朔(2月15日) 恭祝皇上中兴，赋诗一律。

初八日(2月22日) 生辰感赋一诗。

十二日(2月26日) 校《尚书笺释》“帝曰咨汝羲暨和”节。

十三日(2月27日) 望阙恭祝皇上万寿，礼成，恭纪一律。释“在璇玑玉衡”节。

十四日(2月28日) 善意不可稍有间断，颜子三月不违仁，虽不能至，敢不勉乎？ 求在我者求之，求在外者听之，死生有命，富贵在天，乐天知命，安土敦仁，何入而不自得乎！

十五日(3月1日) 发愤忘食，乐以忘忧，世俗之忧乐，不能入于其心也。

十六日(3月2日) 子曰：“不怨天，不尤人，下学而上达，知我者其天乎。”念兹在兹，终身诵之。

十七日(3月3日) 气习之偏，变化最难，要当以理胜之。

十八日(3月4日) 日月于征，新年已过，养身著书行事，不可偏废。

十九日(3月5日) 惟静能动，惟乐能寿，仁智交相为用，惟有道者能体之。

二十日(3月6日) 行善当存进一步想，处境当作退一步想，所谓敦仁知命也。

二十一日(3月7日) 事无大小，当以镇静宽容处之。

二十二日(3月8日) 优游涵泳，日就月将，学养之要，尽在于此矣。

二十三日(3月9日) 《中庸》言圣学之极至，所谓“诚者，自诚也”；其义皆自六艺诂训而来，所谓“而道，自道也”。

二十四日(3月10日) 翰怡来书。

二十五日(3月11日) 斋袚其心，深造以道，庶几所学皆有归宿，而德与年进。

二十六日(3月12日) 养身著书治事，不可偏废，当时节其中，勿忘勿助长。

二十七日(3月13日) 说经必求无憾，不可有一毫欲速之心。

二十八日(3月14日) 释“辑五瑞”节毕。

二十九日(3月15日) 希圣希天，念兹在兹，本心常存，万理莹彻，物来顺应，行所无事矣。

三十日(3月16日) 与象甫书。

二月初一日(3月17日) 好学深思，心知其意，犹可能也。得其意而居之安，资之深，左右逢原，是难能也。

初二日(3月18日) 释“二月东巡守”章。

初三日(3月19日) 寂然不动，其静也专，《易》之缊也；感而遂通，其动也直，《易》之门也。

初四日(3月20日) 年老力衰，著述或不能成，不足忧也。学问数十年，犹未免为乡人，是则可忧。

初五日(3月21日) 光阴如驶，春色平分矣。《抑戒》之诗，终身诵之。

初六日(3月22日) 凡事有一定时刻，一日如此，日日如此，日计不足，月计有余矣。

初七日(3月23日) 斋袚其心，神明其德，不使邪气得干其间，希圣希天，其庶乎！

初八日(3月24日) 与抚侯等书。

初九日(3月25日) 阴极阳生，坤凝乾元，出震息复，由复息泰，由泰成既济，学《易》之要，尽于此矣。

初十日(3月26日)　覆翰怡书，花朝寄。

十一日(3月27日)　内省不疚，无恶于志，由此可以寻孔颜乐处矣。

十二日(3月28日)　《易》道首乾，《书》教首钦，《礼》主于敬，《诗》思无邪，《春秋》大居正，圣学纲要，不外一敬而已，所谓君子存之也。

十三日(3月29日)　时祭。　精力日衰，非竭力培养，不能支持。恭惟鞠养，何以仰酬？

十四日(3月30日)　凡事不可操存太促，求益反损。

十五日(3月31日)　蔚芝来书。

十六日(4月1日)　述而不作，博学反约，仁为己任，不计其功，吾今著书，守此数语。

自十七日(4月2日)　抱恙，反覆淹缠，精神虚耗，其间两得翰怡书，附君九书，日内须覆。光阴荏苒，倏将春在邻家矣。

三月十五日(4月29日)　始续《书笺释》稿。

十六日(4月30日)　鹿苹来，属其接写《孙疏校补》。　积善在身，如长日加益，此意最宜深体。

十七日(5月1日)　扬子云云“游于礼义，入自人门”，勉焉可以希圣矣；“游于独智，入自圣门”，卓乎可以达天矣。

十八日(5月2日)　《易》曰：“有孚惠心。”《诗》曰：“克广德心。”荡荡乎无私也，肫肫乎博爱也，邈乎其难能也。

十九日(5月3日)　昼漏虽长，无不夜之理，人之精自有止境，岂可止进忘退？

二十日(5月4日)　“夙夜惟寅，直哉惟清”，所谓“斋戒，以神明其德”。学《易》由礼者，当以此存心。

二十一日(5月5日)　曾文正《主静箴》云：“吾志则一，彼纷不纷。”日月之光，万物皆在其中，而实无一物，此君子处心之象也。

二十二日(5月6日) 立夏,大风气寒,民反德为乱,则天反时为灾。有道仁人,悲天悯人,欲拨乱世而反诸正,当常以“救民命,正人心”六字存方寸间,扩充我心之善,以感发人心之善,挽回气运,或有万一之望耳。

二十三日(5月7日) 自今以往,当将应治之事,逐日料理,不可蹉跎。

二十四日(5月8日) 详考巡守礼,考据不厌其详,一事得其正,即位天地、育万物之气象。

二十五日(5月9日) 昔人云治惧难,治怒亦难,二者相反,而或相因,惟定心可以治之。

二十六日(5月10日) 前日翰怡属王夑[①]梅来候,日内当作谢函。

二十七日(5月11日) 《孟子》曰:“存其心,养其性,所以事天也。”宋贤云“毋不敬,可以对越在天”,敬则心存而性得其养矣。

二十八日(5月12日) 自今以往,处心处事,当以约为主。子曰:“以约失之者鲜矣。”

二十九日(5月13日) 心定则素位而行,物来顺应,自无已甚之事。

四月初四日(5月18日) 寄抚侯等及朱象甫书。 知止有定,发皆中节,念兹在兹,服膺弗失。

初十日(5月24日) 《郑志》及《公羊解诂》皆有“朝罢朝”之语。诸侯朝天子礼毕归国,是罢朝者;他国诸侯来朝之问天子安否及王朝有无新政令,是谓朝罢朝。

十一日(5月25日) 心常存则理易明,物来顺应,事来不惑。

十二日(5月26日) 青立见顾。

十三日(5月27日)至二十二日(6月5日) 著书虽不可缓,然

① “夑”字,原误作“雪”,今改。

举一废百，诸事蹉跎，殊非宜也。

二十三日(6月6日) 心无往不静，无时不乐，方为得养。

二十四日(6月7日) 温故但当涵泳大义，不必屑屑文字间。

二十五日(6月8日) 曲寻道意，优游涵泳，或亦养在其中矣。

二十六日(6月9日) 炳福来。 凡事当镇以静，我志则一，彼纷不纷。

二十七日(6月10日) 事未至，当审定；事已至，当果断。否则未智，焉得仁乎？

二十八日(6月11日) 君子不怨天，不尤人，行有不得，反求诸己。

二十九日(6月12日) 修德当就进一步想，处境当就退一步想。

三十日(6月13日) 欣夫来。

五月初一日(6月14日) 一心如止水，万事等浮云。

初二日(6月15日) 王恭人逝世将三周，先期作佛事。

初七日(6月20日) 当使此心常乐常静，则学养并进矣。

初八日(6月21日) 许君云惜道之味，此言旨哉！

初九日(6月22日) 鹿苹来。

初十日(6月23日) 治世可反否为泰，养生可反老为婴，其道尽在《易》，盍反而求之？

十一日(6月24日) 多闻择善，多见而识，此圣人述作之法，故太史公云“其所表见，皆不虚”。

十九日(7月2日) 心定则喜、怒、哀、乐发皆中节，清明在躬，气志如神，和理日济，同于大顺矣。

二十日(7月3日) 述而不作，圣人明训；劳而少功，俗儒流弊。

二十一日(7月4日) 饮河期满腹，贵足不余。凡事皆作如是观。

二十二日(7月5日) 随意挥洒，作小文一篇。

二十三日(7月6日) 应作事甚多,须按日为之,勿再因循。

二十四日(7月7日) 心定则不多事,亦不畏事,豫则立,整以暇矣。

二十五日(7月8日) 夙夜惟寅,直哉惟清,天德也。礼以承天,此其精义。

二十六日(7月9日) 养身作事,皆当有一定章程,不可因循废弛,非独学而已。

二十七日(7月10日) 学如不及,犹恐失之,故能日知其所亡,月无忘其所能。

六月初一日(7月13日) 《易》教不远复,《书》教安汝止,《诗》教思无邪,《礼》教毋不敬,《春秋》教正谊明道,皆诚意正心之学也。

鹿苹来。

初二日(7月14日) 克己之功,将数十年积病涤瑕荡秽,刮垢磨光,朗朗如玉山上行,岂不快哉!

初三日(7月15日) 君子慎独,精神之运,心术之动,差以毫厘,谬以千里,可不戒哉!

初四日(7月16日) 先君子生辰,敬谨承祀,追惟彝训,修身慎行,何敢不勉?

初五日(7月17日) 奋起精神,遏恶扬善,刚健笃实,辉光日新,何事不济?

初六日(7月18日) 克己之道,非如扶醉人强起之而已,当如禹恶旨酒,永绝醉根。

初七日(7月19日) 五侄融甫久病竟殁。呜呼!融甫为人孝友慈祥,宅心甚厚,而天靳其年,未及花甲,悲夫!

初八日(7月20日) 祀先祖考妣。　闻孙君企道卒。志洁行方,君子也,惜哉!

十三日(7月25日) 《易》曰:“宽以居之。”《书》曰:“敬敷五教在宽。”宽者,勉勉循循,从容自得,非怠缓也。怠缓则跲且困,不能宽矣。

十四日(7月26日)　前日抚侯来书,日内当覆。

十五日(7月27日)　鹿苹来。

十六日(7月28日)　人心之危,道心之微,复小而辨于物,一阳不乱于五阴,则危者安,微者著矣。

十七日(7月29日)　覆抚侯书。

二十五日(8月6日)　天气酷热,惟涵泳经书微言大义,可以消暑。心定则气和而神清。

二十六日(8月7日)　说“帝曰皋陶”节。

七月初八日(8月19日)　夙夜惟寅,直哉惟清,人之所以异于禽兽者,清浊之分耳!敬则静专而动直,直则邪秽无所容于心,如天之得一以清矣。此帝舜论礼之精义也。

初九日(8月20日)　翰怡、君九来书。

初十日(8月21日)　撰君九寿文。

十一日(8月22日)　覆翰怡书。

十三(8月23日)、十四日(8月25日)　将寿文清本重加审定。

十五日(8月26日)　寄翰怡书及寿文。

十六日(8月27日)　天气渐凉,当加意养身,平心定气,凡事受之以节。

二十日(8月31日)　闲邪存诚,无一息之间,乃能由下学而上达,所读之书皆会归有极。清明在躬,气志如神矣。　鹿苹来。

二十一日(9月1日)　得翰怡覆书。

二十二日(9月2日)　心定则气自充体,何病于衰?阴极阳生,出入无疾,反复其道,何忧于竭,果能此道矣,虽眊必明,虽老克壮。

二十三日(9月3日)　人法天也,观万物之所以成终而成始,则知养生续命之道矣。

二十四日(9月4日)　知止有定则不惑,先难后获则不忧,内省不疚则不惧。

二十五日(9月5日) 夙夜惟寅,直哉惟清,则心广体胖[1],气志如神矣。

二十六日(9月6日) 精力日衰而应料之事甚多,当定心按日治之。

二十七日(9月7日) 凡事量力而行,安排已定,勿更迁延。

二十八日(9月8日) 有不善,未尝不知;知之,未尝复行。定识定力,非至明详者不能。

二十九日(9月9日) 唐恭人忌辰,设祭。

八月初一日(9月10日) "夙夜惟寅"二句,存诚主敬之功也;"直而温"四句,体中应和之学也。

二十七日(10月6日) 望前事多,望后疾扰,何以处心,惟有乐道。　先圣诞日,在家敬谨拈香。

二十八日(10月7日) 《五帝德》言舜好学,《中庸》言舜好问,惟其生知,是以笃好。　《五帝德》言舜命羲和,《书大传》言舜时八伯有羲伯、和伯,足相证明,盖尧时羲和之后。

二十九日(10月8日) 闻穹窿山梅塘坟树尽被窃伐,推测情势,当系族中败类所为,麟凤德门竟出枭獍。此虽非一人一家人之祸,而吾身犹在,不能遏乱,无以对先人,痛何极耶!

三十日(10月9日) 前翰怡、君九来书当覆。　闻唐慕韩逝世,不胜怀旧之感,日内当函唁。

九月初一日(10月10日) 先妣忌辰,痛念慈恩,重伤坟树事,凄恻无极!

初二日(10月11日) "分北三苗",郑注谓分北西裔之三苗,据《吕刑》注则苗民窜在西裔,及在故土为恶,非一世矣。郑说分北据西裔言,古《书》师说,必有所据。舜禅后,又有征苗之事,包举在下文"陟方"中,此"分北"或亦兼之。

---

① "胖"字,原无,据文义补。

初三日(10月12日)　君子居动皆易，吉无不利。其本"在复以自知，恒以一德"。

初四日(10月13日)　不忮不求，进而上之，则"无然畔援，无然歆羡"矣。

初五日(10月14日)　外物得失，不足道矣。知及之仁，不能守之，虽得之，必失之，是大可惧耳。

初六日(10月15日)　《尧典》既卒业，考《书序》又多日矣。

初七日(10月16日)　乐天知命，故不怨天；安土敦仁，故不尤人；乾乾积善，精义入神，故下学而上达。

初八日(10月17日)　积气则久生，积学则成德，积善则有庆，积功则人归之，皆求在我者。

初九日(10月18日)　庄子言有道之人，过而不悔，非遂过也，事已如此，不留在胸中为芥蒂，如孟敏不顾堕甑耳！

初十日(10月19日)　若梁来。

十一日(10月20日)　伊尹乐尧舜之道，视天下藐然不足以动其心，是以能任天下之重。《诗》曰"克广德心"，此之谓也。　太史公择言尤雅，可谓疏通知远而不诬。

十二日(10月21日)　绚烂之极，归于平淡，存心养性，修身俟命而已。　鹿苹来。

十三日(10月22日)　或问寿，曰积善；问福，曰积学；问康宁，曰积养。自求多福，积此三者而已。

十四日(10月23日)　君子无终食之间违仁，瞬存息养，心一于是，而不及乎他，故能日新其德。

十五日(10月24日)　病目可愈也，病体可强也，欲寡其过而未能，可勉而至也，在行之无已，为之不止，不止焉耳！

十六日(10月25日)　卓铭来，语久。

十七日(10月26日)　有定识，方能真知；有定力，方能自克。能自克，则无私欲之蔽，而识益明矣。

十八日(10月27日) 喻义喻利,划分两途,义之中不容杂以一毫谋利之见,犹纯白中不容有一点之污。

十九日(10月28日) 养身积学,皆须坚定章程,日进不已。

二十日(10月29日) 陟岵来。

二十一日(10月30日) 道得于心之谓德,不能治心,虽所学至精,所言至当,犹是艺成而下,非德成而上也。

二十二日(10月31日) 凡事隐心而动,量力而行,行所无事,动出万全,斯为尽善。

二十三日(11月1日) 《荀子·正论篇》:"尧舜南面而听天下,天下无隐士,无遗善。" 《庄子·天道篇》:"尧曰:'吾不敖无告,不废穷民。'" 《吕览·谕大》:"《夏书》曰:'天子之德广运,乃神乃武乃文。'"

二十四日(11月2日) 心正意诚,非法不言,非道不行,则自无妖梦。

二十五日(11月3日) 《尸子》曰:"舜云从道必吉,反道必凶,如影如响。" 与卓铭书。

二十六日(11月4日) 应行之事,必须速行,不可迁延。

二十七日(11月5日) 时祭。敬谨将事。

二十八日(11月6日) 《战国策》赵武灵王引《书》云"去邪勿疑,任贤勿贰"。《后汉·崔骃传》引《书》"矜矜业业,无怠无荒"。

二十九日(11月7日) 凤笙来。

十月初一日(11月8日) 鹿苹来。

初二日(11月9日) 说《皋陶谟》首节。

初三日(11月10日) 天地盈虚,与时消息。凡事委心任运而已。

初四日(11月11日) 岂弟君子,求福不回。凡事行心所安而已。

初五日(11月12日) 吉凶由人,无测未至。

初六日(11 月 13 日) 淡泊明志，宁静致远，养生处事之道，尽于此矣。

初七日(11 月 14 日) 置身圣贤之域，游心诗书之源，广大高明，何乐如之。

初八日(11 月 15 日) 凡事勿妄疑，亦勿轻信，小小得失，不可以丝毫累心。

初九日(11 月 16 日) 心地闲静，虚旷自然，善言德行。

初十日(11 月 17 日) 《大学》注“《帝典》，《尧典》，亦《尚书》篇名”，盖二典别篇别名，而亦总称《帝典》。盖五帝之书，各自为典，统言则曰《五典》、曰《帝典》，孔子于其中惟取二典耳。

十一日(11 月 18 日) 与卓铭书。

十二日(11 月 19 日) 心地虚静，见道自明，立言自当。

十三日(11 月 20 日) 读书当字字心历而身体之，方为所学在我。

十四日(11 月 21 日) 二哥九十冥诞，追怀凄恻。

十五日(11 月 22 日) 卓铭来书，翌日覆之。

十六日(11 月 23 日) 九德以“宽而栗”，居度，量宏，操密也。

十七日(11 月 24 日) 潜心于圣，深造以道，知止有定，居安资深，其乐如何？

十八日(11 月 25 日) 翰怡账友王夑梅以书来。

十九日(11 月 26 日) 道得于心而不失，是为真得，其他得失无足道也。 日内当托鹿苹招德荣议续刊书事。

二十日(11 月 27 日) 心术之动，一有不善，立即去之，是为明强。

二十一日(11 月 28 日) 凡事安则能理，豫则立，敏则有功。

二十二日(11 月 29 日) 凡事尽其在我，不必逆亿将来。

二十三日(11 月 30 日) 正其本，万物理，心得其养，何事不济？

二十四日(12 月 1 日) 《皋谟》九德，先柔，仁之用也，天德之施也;《洪范》三德,先正直,仁之体也,天地之中也。

二十五日(12月2日) 凡事顺理而动,见几而作,乐天知命,勿以得失累心。

二十六日(12月3日) 喻义喻利,如阴阳黑白,不容相杂,故曰"正其谊,不谋其利"。

二十七日(12月4日) 不逆诈,不亿不信,诚也;抑亦先觉,诚则明也。 与经耜书。

二十八日(12月5日) 求在外者勿求,求在内[①]者勿舍。

二十九日(12月6日) 君子居则观象,动则观变,寂然不动,故感而遂通。若憧憧往来,则渎筮不告矣。

三十日(12月7日) 事当无可奈何之时,有一要道处之,曰理得心安,不逆不亿。

十一月初一日(12月8日) 心气和平,德性坚定,则乐天安土,可以无大过矣。

初二日(12月9日) 吾今他无可为,惟有将数十年读书微言大义,融会于心,服膺弗失而已。

初三日(12月10日) 孔颜元气春生,常在方寸间,其乐何如? 目眊健忘,惟定心可以补救。

初四日(12月11日) 夙夜惟寅,则直而静洁,无丝毫邪秽之蔽矣。

初五日(12月12日) 卓铭来书。 以天地万物为量,以古仁圣贤人为归。尊其所闻,则广大矣;尊其所知,则高明矣。

初六日(12月13日) 宅心当宽,立言当约。

初七日(12月14日) 《中庸》云"虽愚必明,虽柔必强",学问如此,养身亦然。

初八日(12月15日) 凡艰难之境,皆天所以砥砺君子,处置尽

---

① "内"字,原误作"外",据文义改。

善，是为学问。 与卓铭书。

初九日(12月16日) 昔人谓《周礼》一书全在分数明，所谓天秩天叙也。

初十日(12月17日) 先君子忌辰，敬谨承祀，目力日衰，精华将竭，仰惟慈恩，敢忘操养。 日内应发各书：上海家书、刘、唐、王、六合、松江。

十一日(12月18日) 天叙有典，天秩有礼，不可有须臾之离，毫厘之谬。

十二日(12月19日) 凡事须有一定章法，勤行无怠，日计不足，月计有余。

十三日(12月20日) 坤凝乾元，由亥出子，此意当深味。

十四日(12月21日) 时祭。 立身行道，希圣希天，念念不忘，庶几无忝所生。

十五日(12月22日) 心定则无轻信，心广则无见小。

十六日(12月23日) 《益稷》疏“揔为消帖”，恐有误字，容再思之。

十七日(12月24日) 孙氏以日月星辰为画于旐旗，粉米黼黻为衣裳皆有，而衣更有山龙至藻火五章，引证皆未甚确。

十八日(12月25日) 小不忍则乱大谋，动心忍性，所以曾益其所不能也。

十九日(12月26日) 非理之来，英雄能忍，圣贤能容，若悻悻然见于其面，则小丈夫耳！

二十日(12月27日) 廓然大公，无计较物我之私仁也。

二十一日(12月28日) 存心养性，克己强恕，庶几仁熟。

二十二日(12月29日) 顺理而动，先事而思，艰贞无咎，勿恤有福矣。

二十三日(12月30日) 经耜见顾。

二十四日(12月31日) 行所无事，事乃有济；不计其功，功自能成。

二十五日(1943年1月1日) 皮氏《孝经疏》说五服甚允当，而于《尚书》坚执伏传讹脱之文以立异于郑，甚矣，其蔽于门户之见也。

二十六日(1月2日) 君子之持己也，屹乎其有立也，如秋山之峻；其待人也，廓乎其有容也，如春海之涵。

二十七日(1月3日) 终夜不寝，以思圣人犹曰无益，待深造自得耳！

二十八日(1月4日) 冬至阳生，日益加长，积善积学积养，皆当如此。

二十九日(1月5日) 有弗辨，辨之弗明弗措也，顺理推寻，自无不解。

十二月初一日(1月6日) 君子坦荡荡，景风淑气，洋溢方寸间，何乐如之！

初二日(1月7日) 与抚侯书，初四发。

初三日(1月8日) 寂然不动，即太极也；发皆中节，即既济也。在正吾心之乾元而已矣。

初四日(1月9日) 昼无妄想，夜寐自安，夜气能养，精神自足。

初五日(1月10日) 昌黎云“游之乎诗书之源”，此言最有味。

初六日(1月11日) 知过立改，福莫大焉，故《易》消息首复，为由泰成既济之本。

初七日(1月12日) 涵泳道德，舞蹈诗书，和气充溢，是为乐天。

初八日(1月13日) 与卓铭书。

初九日(1月14日) 欲仁得仁，愿无不适；知止知足，气常有余。此知、乐、仁、寿合一之妙。

初十日(1月15日) 黄帝、尧、舜垂衣裳而天下治，礼达分定，天下文明也。

十一日(1月16日) 心定理明，乃能删裁繁诬，刊改漏失。

十二日(1月17日) 抚侯来书,当覆。

十三日(1月18日) 洒扫庭内,惟民之章;扫净心地,乃德之基。

十四日(1月19日) 目困益甚,吾今急务,可知矣。人有恒言,静生明。

十五日(1月20日) 神定则清升浊降,故静生明。

十六日(1月21日) 岁云暮矣,当为之事急宜料理。

十七日(1月22日) 凡事贵安定,戒虚矫。

十八日(1月23日) 与青立书,以两诗寿之。

复礼堂日记

曹元弼

癸未(1943)　七十七岁。

春正月初一日(2月5日)　望阙朝贺,恭纪二律。　以后日赋诗一二首至三十韵毕,如甲寅旧事。

初七日(2月11日)　潘君若梁率其子咏枞、咏治来从余受经。

初八日(2月12日)　生辰,感赋一诗。

初九日(2月13日)　玉皇圣诞,瞻天拈香,恭纪一律。

初十日(2月14日)　欣夫、抚侯来书。

十一日(2月15日)　始编《书》义"天聪明"节。

十七日(2月21日)　覆抚侯书。

十八日(2月22日)　《书笺释》卷三、《孙疏校补》卷三皆成。新正成全韵诗三十余首,未免好事,不如安养精神之为得也。

十九日(2月23日)　辑"帝曰来禹,汝亦昌言"节义。

二十日(2月24日)　招鹿苹。

二十一日(2月25日)　凡事适可而止,不过乎物。

二十二日(2月26日)　鹿苹来。

二十三日(2月27日)　德荣来,与约定刻书法。

二十四日(2月28日)　八妹患恙甚剧,急调治,始转危为安。

二十五日(3月1日)　抚侯来书,并汇到大陆存款八百余元。

二十六日(3月2日)　"下民昏垫",孙疏引《论语集解》孔注,须考。

二十七日(3月3日)　曾文正曰:“吾志则一,彼纷不纷。”此治心治事之要。

二十八日(3月4日)　当覆抚侯、欣夫书,是夜不适。

二十九日(3月5日)　体惫心烦,强自镇定。

二月初一日(3月6日)　疾痓。

初二日(3月7日)　在内休养。

初三日(3月8日)　“汝亦昌言”节毕,愁病中著书,迁延多矣。

十一日(3月16日)　八妹自前月初来此,精神意兴如常,不意廿四日骤患头痛甚剧,服药无效,病情迭变,竟于本日子时逝世,悲夫!

十二日(3月17日)　悲痛之余,非静养不能支,姑略以书自遣。

二十七日(4月1日)　心神不定久矣,自今以往,当确守知止有定、发皆中节之义,庶几反未济为既济,以保我真元。

二十八日(4月2日)　抚侯、欣夫书已覆,余当按日覆之。

二十九日(4月3日)　时祭,敬谨将事。

三十日(4月4日)　物来顺应,扰之镇之以定。

三月初一日(4月5日)　清明佳节,未免感怀。

初二日(4月6日)　以书招鹿苹。

初三日(4月7日)　抚侯来书。

初四日(4月8日)　坎离二卦当潜心探索,妙用无穷。

初八日(4月12日)　以数十年所得义理融会于心,须臾不离,和顺积中,养孰有善于此者乎?

二十日(4月24日)　君子终日乾乾,自强不息,成性存存,直上达天德。

二十一日(4月25日)　志能帅气,则喜、怒、哀、乐自然中节。

二十二日(4月26日)　《诗》教思无邪,《礼》教毋不敬,一言括之,曰闲邪存诚。

二十三日(4月27日)　著书不可欲速,作事不可迁延。

二十四日(4月28日) 书之成否，天也，不可稍涉苟且。

二十五日(4月29日) 有恒无大过，学《易》之要；不恒其德，则陷于过而颠矣。

二十六日(4月30日) 思不出位，则寂然不动矣；立不易方，则行所无事矣。

四月初四日(5月7日) 坚定其心，敬义夹持，积学积气积善，皆以此为基。与翰怡书。

初五日(5月8日) 翰怡遣账友王燮梅来访。

初六日(5月9日) 燮梅又来，以致翰怡书付之。

初七日(5月10日) 复小而辨于物，辨去其不善而一于善也。

初八日(5月11日) 屡省乃成，惧成之易败也，是以学贵温故。

初九日(5月12日) "复以自知，恒以一德"，复之功必在乎？必在乎"立不易方"也。

初十日(5月13日) 若梁率天授、天如同来，论学移时。

十八日(5月21日) 人心之危，道心之微，闲邪存[①]诚，务审其几。

二十八日(5月31日) 无过者，生知安行也。有不善未尝不知，知之未尝复行，生安之次也。见其过而内自讼，痛悔而力改之，则困知勉行者也。及其成功，一也。

二十九日(6月1日) 时祭，孝子临尸而不怍，由平日修身慎行，壹举足，壹出言，不敢忘父母也。

三十日(6月2日) 行无不慊于心，则清明在躬，气志如神，而善言德行矣。 前日与蔚芝书。

五月初一日(6月3日) 震无咎者存乎悔，力行其善，至于充满而积，实则悔亡，吉无不利矣。

初二日(6月4日) 闲邪存诚，行无不慊，志至气至，则本道德

---

① "存"字，原误作"在"，今改。

为文章，浩乎其沛然矣。

初三日(6月5日) “复礼”二字，顾名思义，瞬存息养，须臾弗离，自今伊始，终吾身而已矣。

初四日(6月6日) 衰态日增，当以养身为维持世道人心之本。

初五日(6月7日) 王恭人忌辰，设祭怆然。

初六日(6月8日) 存其心，养其性，所以事天也。修身俟命，内省不疚，无恶于志，是以自天祐之，吉无不利。

初七日(6月9日) 发仲虎书。

初八日(6月10日) 始释《禹贡》。

初九日(6月11日) 荟萃说《禹贡》各书。

初十日(6月12日) 拟以“恭则寿，静生明”作对，属崧乔用大字书之。

十一日(6月13日) 天授来，言姚俊先欲见顾，约十四五为期。

十二日(6月14日) 凡事只得度理顺势而行，不必憧憧多思。

十三日(6月15日) 治经当如先圣先师临之在上，存养省察，无须臾离，方能与圣合契。

十四日(6月16日) 志，气之帅也。志正则血气自治。

十五日(6月17日) 操则存，气至而滋息为培；舍则亡，气反而游散则覆。

十六日(6月18日) 一为过，二为涉，三而不改，灭其顶凶，所谓大过者也。以颐通之，体复一爻，庶乎可矣。　俊先介若梁父子见顾，语久。

二十三日(6月25日) 知善恶吉凶之所终始，一于善而无自欺，仰不愧天，俯不怍人，其斯为安乐窝乎！

二十四日(6月26日) 知过，智也；改过，勇也；复于无过，心一于善，仁也。

二十五日(6月27日) 将数十年读书所得，聚精会神，归之于心，其为宝也大矣。

二十六日(6月28日) 存心养性以事天，则自天祐之，吉无不利，理有固然，夫何疑？

二十七日(6月29日) 敬胜怠，义胜欲，此胜则彼消，间不容发，可无慎乎？

二十八日(6月30日) 谈虎色变，则自陷坎欿；见猎心喜，当痛除积习。

二十九日(7月1日) 一岁已去五月矣，积学积养积善，百倍其功，犹恐不及，敢不勉乎？

六月初一日(7月2日) 君子黄中通理，正位居体，心得其养，则百体从令，所谓先立乎其大者，则其小者不能夺也。

初二日(7月3日) 释壶口、梁、岐始毕。

初三日(7月4日) 《六经》所言皆人道也，尽人道则上承天明，下则地义，而天文地理之学，皆足以见至理之所存，否则迹象而已。

初四日(7月5日) 先君子生辰，敬谨承祀，修身慎行，恐辱先也。追惟遗训，曷以无忝？

初五日(7月6日) 袁生昌字洪畴，介沈凤笙来见，高才笃志，大是可造。

初六日(7月7日) 治《礼》数十年，克复之功，尚未实践，老已至矣，敢不勉乎！

初七日(7月8日) 夙夜惟寅，直哉惟清，所谓圣人以此斋戒，以神明其德也。《易》《礼》精要在此。

初八日(7月9日) 戒慎恐惧，瞬存息养，则喜、怒、哀、乐自然中节，所谓“时节其中”也。

初九日(7月10日) 德荣以《赘言》刻样六页来。

初十日(7月11日) 祀先祖考妣，追惟无念聿修之义，曷胜战竞！

十一日(7月12日) 考覃怀衡漳。

十二日(7月13日) 洗濯其心，反复其道，神明其德，闲邪存诚，非礼不动，则希圣希天之道在是矣。

十三日(7月14日) 学问之道，始于有恒，及其至也，则至诚无息。

十四日(7月15日) 有弗辨，辨之弗明弗措，不可稍涉含糊。

十五日(7月16日) 敬胜怠，义胜欲，此长则彼消，此屈则彼伸，当守之坚，攻之力，不然必败。

十六日(7月17日) 君子怀刑，内省之疚，不啻天讨；去恶之快，有如更生。 鹿苹来。

十七日(7月18日) 天君泰然，百体从令，心得其养，则气体不畏其衰矣。

十八日(7月19日) 四月以来，心乱殊甚，滑性焚和，迷谬其体，吁嗟殆哉！自今以往，闲邪存诚[①]，百倍其功，庶克有济。

十九日(7月20日) 复，德之本也。朋来无咎，利有攸往，则本立而道生矣。

二十日(7月21日) 恒，德之固也。立不易方，艰贞无咎，则泰不反否而济。

二十一日(7月22日)至七月初二日(8月2日) 忽忽旬余，匆忙未书，其间若梁偕哲侯见顾。

初三日(8月3日) 爱惜精神，涵泳义理，操存不懈，庶乎有益。

初四日(8月4日) 王燮梅持翰怡书见顾。

初五日(8月5日) 益之后继以夬，所以益者由于决也。

初十日(8月10日) 时祭。 修身慎行，恐辱也，夙兴夜寐，敢不敬乎？

十四日(8月14日) 夙夜惟寅，直哉惟清，清明在躬，气志如神，学至此，其庶矣乎！

廿六日(8月26日) 以天地圣人之心为心，斋戒以神明其德，

---

① "诚"字，原脱，今补。

无造次颠沛之违，复自道，何其咎，吉。

廿七日(8月27日) 拂意之来，皆治气养心之助，涵养得失，正于此验之。

八月初一日(8月31日) 永丰庄于阳历六月廿一结存贰万六千八百八十元·七△六，又于六月廿八存入叁千元，九月二日存入伍千元，又九月三日即大清历八月初四日支五百元。

初九日(9月8日) 动静交养，学养相济，心不外驰，积久庶几有效。

初十日(9月9日) 苟得其养，无物不长，此还至而立有效者。

十一日(9月10日) 又支取五百元。

十二日(9月11日) 说“九河既道”毕。

九月初一日(9月29日) 先妣忌辰，敬谨承祀。连日抱病，追惟鞠育，深惧毁伤。 又支取弍千元。

初四日(10月2日) 定心摄养，随时思察，闲邪存诚。

初五日(10月3日) 天地盈虚，与时消息，乐天知[①]命，夫何忧何惧！

初六日(10月4日) 乾上知悔，坤象知贞。

初七日(10月5日) 静生明，此仁智合一之理。

初八日(10月6日) 圣人定之以中正仁义而主静，立人极焉，是天下之大本也。

初九日(10月7日) 支五百元。 撰五侄墓志。

初十日(10月8日) 诸葛武侯云“非宁静无以致远”，惟静故能动也。

十一日(10月9日) 朱子赞康节曰“闲中今古，静里乾坤”，乐哉此境也！

十二日(10月10日) 仁以安人，则动无不应；义以正我，则静

① “知”字，原误作“之”，今改。

无不安。

十三日(10 月 11 日)　敬怠义欲之间,势无中立,辨之不可不早。

十四日(10 月 12 日)　支一千五十元买煤球。

十五日(10 月 13 日)　苟得其养,无物不长。养主静,静生明。

十六日(10 月 14 日)　素位而行,无入而不自得;强恕而行,于人何所不容。

十七日(10 月 15 日)　惟闲居安性,乃能覃思终业。炳烛之明,当守此而已。

十八日(10 月 16 日)　支二千元。

十九日(10 月 17 日)　寂然不动,书味常酝酿方寸间,庶几和顺于道德矣。

二十日(10 月 18 日)　存千五百元。　前结算存三万四千八百元有零,内支出五千,尚存二万九千八百八十元有零。

二十一日(10 月 19 日)　释兖州毕。

二十二日(10 月 20 日)　阅青州义。

二十三日(10 月 21 日)　持志养气,积累勿舍,自然有效。

二十四日(10 月 22 日)　诚则动,静生明,必然之理,立致之效,顾力行何如耳!

二十五日(10 月 23 日)　明其道,不计其功。夫惟不计功,是以有功。

二十六日(10 月 24 日)　鹿苹来。

二十七日(10 月 25 日)　以余生治余事,当使此心如水流云,在宽然有余。

二十七日(10 月 25 日)　支取七千五百元付粮,另支五百元,合八千元。

二十八日(10 月 26 日)　又支一千元。　计尚存二万〇八百八十有奇。

十月初一日(10月29日) 平情畜德,动静交养,须臾毋违,思虑云为,必谨书之,以自考信。 鹿苹来。

初二日(10月30日) 凡事打破后壁,则天地皆宽,何惕惕为?

初三日(10月31日) 忧戚所以玉汝于成,何必怨天尤人?

初四日(11月1日) 静则生明,当坚定其心,勿烦勿扰。

初五日(11月2日) 凡事权以缓急,当行即行。

初六日(11月3日) 肝火不潜,学养不足也,自克之谓何?

初七日(11月4日) 水流心不竞,云在意俱迟,养心之妙若此。 公孟见过。

初八日(11月5日) 闻远云"昨日过如昨日死,今日改如今日复生",此言可为徙义鞭策。

初九日(11月6日) 与六妹夜吟,各得数首,然无事总以泊然无思为上。

初十日(11月7日) 吉凶悔吝,不可必也。趋吉避凶,遏恶扬善,在我而已。

十一日(11月8日) 水到渠成,物来顺应,以静制动,动必有中。

十一月二十日(12月16日) 坚定心气,温习故学。

二十一日(12月17日) 涵泳义理,陶养正性,是老年养生之主。

二十二日(12月18日) 始与智诠续校《禹贡》。

二十三日(12月19日) 为学不可有丝毫欲速心,当优游涵泳。

二十四日(12月20日) 清明在躬,气志如神,此天德也。《易》《礼》精缊,尽于此矣。

二十五日(12月21日) 《荀子》"处一之危,养一之微",此二语当深玩。

二十六日(12月22日) 时祭,敬谨将事。

二十七日(12月23日) 复之日,因时思义,毋迷其途,仁远乎哉！

二十八日(12月24日) 事多不足患，心定则措置裕如。

二十九日(12月25日) 鹿苹、陟岵来。

三十日(12月26日) 见几明决，用意忠厚，处事之道，尽于此矣。

十二月初一日(12月27日) 日中必熭，操刀必割，见几明决也；宁人负我，无我负人，用意忠厚也。

初二日(12月28日) 克己复礼为仁，遇拂意事当思圣人处之宜如何？

初三日(12月29日) 高处立，阔处行，小小得失，何足劳神，惟事物当前，不可疏忽耳！

初四日(12月30日) 释青州毕。

初五日(12月31日) 始考徐州。

初六日(1944年1月1日) 唐恭人生辰，设祭。

初七日(1月2日) 程子见人静坐，即称其好学。知止有定，学之本也。

初八日(1月3日) 君九见顾。

十五日(1月10日) 情缘物动，物感情迁，滑性焚和，迷失本真，为日久矣。继自今，闲邪存诚，克己复礼，严密省察，如临帝天，庶几炳烛之明，尚有成德之望。

十六日(1月11日) 乐天知命，无求于人；任重道远，尽其在我。

十七日(1月12日) 君九见顾。

十八日(1月13日) 《述学诗》始开印。 心定，则貌恭言从，视明听聪，喜、怒、哀、乐发皆中节，一于善而无息矣。

复礼堂日记

曹元弼

甲申(1944) 七十八岁。

春正月朔(1月25日) 望阙朝贺,恭纪二律。 数日内,君九、欣夫见顾,筹印《述学诗》。

初十日(2月3日) 君子爱日以学,及时以行,况我年已耄,养身积善修学,尤不可斯须怠。 是日始续考《禹贡》徐州。

十三日(2月6日) 恭祝皇上万寿,赋诗二律。

十四日(2月7日) 蔚芝见寄《文集四编》。

十五日(2月8日) 蔚芝来书。

十七日(2月10日) 君九见顾。

二十五日(2月18日) 无妄,刚自外来而为主于内,内有主则群妄自息,所谓敬胜百邪。

二月初五日(2月28日) 君子慎独,无须臾离道,则心清身安,与天地同流,乐且寿矣。

初六日(2月29日) 立志希圣,坚定不移,惩忿窒欲,迁善改过,终日乾乾,不息于诚,直上达天德由此。

初七日(3月1日) 释徐州毕,始考扬州。

初八日(3月2日) 日力不足,非所患也,一息尚存,此志不容少懈耳!

初九日(3月3日) 妄念须防窃发,当以敬胜之。

初十日(3月4日) 郑君《礼序》云:“统之于心曰体,践而行之曰礼。”统之于心，致中也；践而行之，致和也。

十一日(3月5日)　絜静精微，治心之妙；恭俭庄敬，治身之要。

十二日(3月6日)　欣夫来书。

十三日(3月7日)　君子而时中。时中，圣人之事也。郑君曰："时节其中。"希圣之事也。

十四日(3月8日)　盛必防衰，衰而不戒，能无竭乎？

十五日(3月9日)　克己复礼为仁，学圣之要尽于此。若不能自克，则楚灵之亡，可为殷鉴。

十六(3月10日)　君九见顾。

十七日(3月11日)　心操则存，舍则亡。志于道，据于德，所谓操也；依于仁，则常存矣。

十八日(3月12日)　寻孔子、颜子乐处，则知于善深。

十九日(3月13日)　君九见过。　印《述学诗》毕。　选青来。

二十日(3月14日)　正月十四、十七两日押款须催缴。

二十一日(3月15日)　陟岵见顾。　养心为万事根本。吾老矣，他无可为，惟正其本而已。

三月初一日(3月24日)《大学》《中庸》两篇郑注，示人进德之方，深切著明，当服膺弗失。

初二日(3月25日)　风雨，口占二律。

初三日(3月26日)　望晴，又赋一诗。

初四日(3月27日)　考三江义十余日，始有端绪，辨之弗明弗措也。

初五日(3月28日)　释三江未毕。

初六日(3月29日)　洒扫廷内，维民之章，况斋祓其心，神明其德，可不务乎？

十四日(4月6日)　思无邪，毋不敬，日新又新，自强不息，希圣乐天，其乐何穷？

十五日(4月7日)　君子所性，仁义礼智，根心生色，施于四体，则元气流行，大亨以正，居动皆易矣。

十六日(4月8日) 外物之来，得之有命，君子求诸己，何入而不自得耶？

十七日(4月9日) 君九、陟岵、欣夫并见顾。

十八日(4月10日) 言动著述，皆操存之用，不可少忽。

二十六日(4月18日) 凡事遇有疑难，当思圣人处此宜如何，则德心克广，泛应曲当矣。

四月初一日(4月23日) 修身为平天下之本，而仁义又为修身之本，真知善之为善，乃能行仁而邪自不足以干之，慝无不修，惑无不辨，而德自崇矣。

初二日(4月24日) 题孙母毕太君事，长歌一首。

初三日(4月25日) 始释荆州。

初十日(5月2日) 君子以顺德，积小以高大，闲居安性，覃思终业，瞬存息养，日就月将，炳烛余生，或犹可及。 前日，哲侯、鹿苹、陟岵见顾，昨公孟见顾。

十一日(5月3日) 养目莫如养心，养心莫如静。

二十一日(5月13日) 苟不至德，至道不凝。凝犹成也。《易》坤凝乾元，为息复成既济之本。《庄子》说藐姑射神人曰："其神凝。"此《易》之元也。孔氏《礼记正义序》曰："精粹者凝然不动。"此凝道崇礼之本也。

二十二日(5月14日) 所谓定者，静亦定，动亦定，即学即养，无动非静也。仁且智，乐以寿，是为养正则吉。

二十三日(5月15日) 与欣夫书。

二十四日(5月16日) 风雨闷坐，得诗[1]四首。

二十五日(5月17日) 静绎复卦。

闰月初一日(5月22日) 翰怡属王夔梅携书来，覆之。

---

① "诗"字，原误作"书"，据文义改。

初二日(5月23日) 覆孙玉良书。

初三日(5月24日) 学养合一,知行合一,一于仁而已矣。克己复礼为仁,君子无斯须去礼,故无终食之间违仁。

初四日(5月25日) 心定,则视、听、言、动悉范乎礼,喜、怒、哀、乐时节其中,而养无不得矣。

初五日(5月26日) 刚健笃实,则克己复礼,统心践履,诚中形外,故辉光日新。

初六(5月27日)至十一日(6月1日) 其间君九、鹿苹、陟岵皆见顾。

十二日(6月2日) 释荆州毕。

十三日(6月3日) 始释豫州。

十四日(6月4日) 雨,坐无聊,得诗三首。

十五日(6月5日) 养身治事,皆学也,不可偏废。积善积学积气,昨日何生,今日何成,当随时思察。

十六日(6月6日) 青立见顾。

十七日(6月7日) 颜渊、仲弓问仁两章,当念释在兹,如闻提命,则德日进而不自知矣。

十八日(6月8日) 欣夫来。

十九日(6月9日) 时祭。 韩子有言,“无迷其途,无绝其源,终吾身而已矣”,吾今亦云。

二十日(6月10日) 一日暴之,十日寒之,择乎中庸而不能期月守矣,学者之大戒。

二十一日(6月11日) 鹿苹来。

二十二日(6月12日) 复,德之本;恒,德之固。如是则修慝辨惑,而至于不贰过矣,所谓弗损益之也。

二十三日(6月13日) 陟岵来。

二十四日(6月14日) 胸中正则眸子瞭焉。正则静,静则明矣。

二十五日(6 月 15 日) 涵人以酒食约同人就我饮。

廿六日(6 月 16 日) 考荥播讫。

二十七日(6 月 17 日) 确乎其不可拔。复,德之本也。

二十八日(6 月 18 日) 积之以沟浍,泄之以尾闾,非徒无益,而又害之。

二十九日(6 月 19 日) 复以自知,智也;克己复礼,仁也;行己有耻,勇也。皆反求诸己而已矣。 心正气顺,则耳目聪明,血气和平。

三十日(6 月 20 日) 统检书版,幸无缺失。 覆翰怡书,并汇三千元。

五月初一日(6 月 21 日) 将数十年读书所得义理融会于心,专久而美,何乐如之。

初二日(6 月 22 日) 昌黎云"游之乎诗书之源,行之乎仁义之途,无迷其途,无绝其源",此言最为切要。

初三日(6 月 23 日) 利贞者,性情也。变化气质,克去私欲,使心志百体,皆由纯正是也。

初四日(6 月 24 日) 静以制动,乐以忘忧。

初五日(6 月 25 日) 王恭人忌辰,设祭。

初六日(6 月 26 日) 古人云"静者心多妙",颇见"为物不贰,生物不测"之意。

初七日(6 月 27 日) 进德之要,莫大乎去结习,所谓修慝也。

初八日(6 月 28 日) 一于善而无自欺,念兹在兹,敬义夹持,庶乎其可。

初九日(6 月 29 日) 得翰怡覆书,汇款已达。

十一日(7 月 1 日) 克己复礼,闲邪存诚,而后能以万世之人伦礼教自任,思日孜孜,一息不可少懈。

十二日(7 月 2 日) 陟岵来。

十三日(7 月 3 日) 恭撰《皇上四旬万寿征经祝嘏说》,始属草。

十四日(7月4日)　安志平心,聚精会神,学养之要。

十五日(7月5日)　鹿苹来。

十六日(7月6日)　求在外者,毫末勿以累心;求在我者,斯须不可放舍。正其谊,不谋其利,庶乎有济。

十七日(7月7日)　事之得失,体之盛衰,皆无足介怀,乐天知命而已。

十八日(7月8日)　陟岵来。

十九日(7月9日)　专精神,节思虑,顺时而动,量力而行,毋意毋必,何忧何惧!

二十日(7月10日)　惟静可以消暑,躁则内热焚和,是助暑也。水流云在,自然生凉。

二十一日(7月11日)　精神虚耗,但当安养。养到功深,自然气足。

二十二日(7月12日)　学养有节,修息有方,不可牵混。　永丰庄结存四万四千□□元。即日支两万元。

二十三日(7月13日)　凡事隐心而动,熟虑而行,不可轻发。

二十四日(7月14日)　君子以仁存心,以礼存心,则在人无怨,在己无忧矣。　《圣寿征经说》,敬谨撰成。

二十五日(7月15日)　凡事好整以暇,黾勉弗懈,则无不济。

二十六日(7月16日)　涵人来。　支一千五百元。

二十七日(7月17日)　义卿来。

二十八日(7月18日)　陟岵来。　星东来。

二十九日(7月19日)　心定则暑气不能侵,井洌寒泉,乃凝阳之本,复初所伏也。

六月初一日(7月20日)　知者乐,仁者寿,其要在于以理养心而已。

初二日(7月21日)　老泉云"惟天下之静为能见微而知著",心如止水,如明镜,则无物不照。

初三日(7 月 22 日) 朱子云“静谓心不妄动”,心不妄动则无动非静矣。

初四日(7 月 23 日) 先君子生辰,敬谨承祀,修身慎行,恐辱先也,夙兴夜寐,可不深念耶?

初五日(7 月 24 日) 《二集》目录刻成。

初六日(7 月 25 日) 戏言出于思之浮动,当以沉静镇之。

初七日(7 月 26 日) 书味深中有主,则阴阳之和,险易之利,皆所不计也。 支三千元。

初八日(7 月 27 日) 读书不求甚解,乃真解人。深造以道,不求而自得解矣。

初九日(7 月 28 日) 恭校祝嘏文。 心不离道,戒慎恐惧,乐在其中矣。

初十日(7 月 29 日) 先祖考生辰,敬谨承祀。

十一日(7 月 30 日) 心有主则能不动,操则存,是为有主。

十二日(7 月 31 日) 所学有诸己而不失,此天下之至宝也。浃洽于中,乐莫大焉。

十三日(8 月 1 日) 小有不适,安心静养。

十四日(8 月 2 日) 释梁州沱、潜毕。 支五百元。 涵人来。

十五日(8 月 3 日) 心不役乎物,则常静而正矣。

十六日(8 月 4 日) 著书当从容暇豫,无欲速苟且。

十七日(8 月 5 日) 君子庄敬日强,清明在躬,何惮乎暑?

十八日(8 月 6 日) 鹿苹来。

十九日(8 月 7 日) 支二千元。

二十日(8 月 8 日) 立秋,万物成,以秋卦气入恒与节,恒以一德,节以制度,闲居安性,覃思终业,其在此乎?

二十一日(8 月 9 日) 付庄三万九千二百,合前约存五万九千有奇。

二十二日(8 月 10 日) 恭校《圣寿征经说》。

二十三日(8月11日)　曾文正以“取人为善，与人为善”两语为常课，每日自省，真我师也。

二十四日(8月12日)　恭校《圣寿征经说》。

二十五日(8月13日)　读书须字字归心，勿稍滑过。

二十六日(8月14日)　平旦清明，端坐读书，如对圣贤，以定心气，则一日有事，可无大戾矣。

二十七日(8月15日)　汉儒尊经术，宋儒阐性理，经术之要在明人伦，明人伦在隆礼由礼。

二十八日(8月16日)　收回押款本利二万一千元。

二十九日(8月17日)　心定则浩然之气行乎其所不得不行，此即乾元之亨，而利有攸往也。

三十日(8月18日)　涵人来。

七月初一日(8月19日)　先祖考忌辰，敬谨承祀。　陟岵、鹿苹来。

初二日(8月20日)　涵人来。

初三日(8月21日)　精力日衰，非安意存养不可。

初四日(8月22日)　郑君云闲居安性，覃思终业，自今以往，当如故友王虞生言半日读书，半日静坐，动静交养，庶乎可久。　买煤八千五百元。

初五日(8月23日)　君九见顾。　恭撰奏摺。

初六日(8月24日)　翰怡来书。

初七日(8月25日)　孟子善言养，曰养心，曰养性，曰养气。统而言之，曰养身；推而行之，曰以善养人。有味乎其言也。

初九日(8月27日)　鹿苹来，缮写《征经祝嘏说》。

初十日(8月28日)　时祭。

十四日(9月1日)　天气渐凉，当定心养性，安意著书，勿再辜负时光。

十五日(9月2日)　始释雍州。　孙玉良来书。

十六日(9月3日) 翰怡来书。

十七日(9月4日) 覆翰怡书,属鹿苹写奏疏稿。

十九日(9月6日) 致翰怡书,二十日发,并寄奏疏稿。

二十一日(9月8日) 养心莫善于玩《易》,当沉潜反覆,游心乎其源。

二十二日(9月9日) 与翰怡书。

二十四日(9月11日) 寄进呈各书,托翰怡转交叶总领事。

二十五日(9月12日) 邮汇贡款三千元。

二十六日(9月13日) 欣夫来书。

二十七日(9月14日) 喜怒哀乐,圣人发皆中节,既济也;君子时节其中,变而成既济也。

二十八日(9月15日) 凡事尽其在我,毋测未至,不亿不信,心广体胖,所谓君子坦荡荡也。若疑虑一生,则长戚戚矣。

月杪(9月16日) 唐恭人忌辰,设祭。 寄申三千元退回。

八月初十日(9月26日) 董子云"正其谊,不谋其利;明其道,不计其功",郑君云"述先圣之元意,整百家之不齐,庶几以竭吾才",皆中有所主,不愿乎外者。

十一日(9月27日) 知止而后有定,心不定则不静不安,其能虑而得乎?

十二日(9月28日) 至诚无息,积累至于博厚高明,此圣学之极至。小而用之养心养目,真积力久,亦必一旦豁然贯通。

十三日(9月29日) 凡事尽吾心力,勿再疑虑,方寸之间,但当书味盎然,道气蔼然而已。

十四日(9月30日) 陟岵来。

十五日(10月1日) 孟子言"强为善",此三字当须臾不离。

十六日(10月2日) "举直错诸枉",郑注"诸,之也;之,犹是也",谓错此枉者。郑以"诸"无是训,故转为之。

十七日(10月3日) 先祖妣忌辰,敬谨设祭。

十八日(10月4日)　省王氏外姑。　访君九。

十九日(10月5日)　杨翰西、王君九、孙树人皆见顾。

二十日(10月6日)　老年读书,记忆必不审,亦在乎得其意而已。　得翰怡覆书。

二十一日(10月7日)　昔者疾,今日愈。

二十四日(10月10日)　毋自欺,君子之畏天也;不动心,君子之乐天也。

九月初一日(10月17日)　先妣忌辰,敬谨承祀,仰维鞠育,曷胜悲思!

初三日(10月19日)　翰怡来书,日内当即覆。　支取一万元。

初九日(10月25日)　覆翰怡书。

初十日(10月26日)　华云轩斋醮,竭诚致斋,上疏祈天。

十七日(11月2日)　潜心于圣,所以事天;约身以礼,所以立命。　心定则学自有得。

十月初一日(11月16日)　释导岍节。

初二日(11月17日)　礼所以明人伦,非礼勿视、听、言、动,则于人伦各尽其当然之则,而无一毫私欲之伤吾仁矣。

初三日(11月18日)　唐蔚芝谱兄寿文属鹿苹写成。

初四日(11月19日)　支洋一万二千元。

初五日(11月20日)　寄蔚芝书及寿文。

十二日(11月27日)　自今以往,读书静养治事,当随时操存省察,勿使他日复悔今日。

十三日(11月28日)　敬以闲邪,静以观理,养心之本;敏则有功,简则易从,治事之要。

十四日(11月29日)　覆翰怡书。

十五(11月30日)至十八日(12月3日)　小病数日,其间君九、鹿苹来,得蔚芝覆书。

十九日(12月4日)　支七千五百元。

至十一月十二日(12月26日) 此二十余日中,得翰怡书,知明年重宴鹿鸣,蒙天恩赏给“研经笃志”匾额,谨于昨日预拟谢恩摺。 君九、陟岵均见顾。 撰《孙得之孝廉伯南茂才传》。 支洋五千元,约存有二万四千余。

十七日(12月31日) 翰怡来书。

十八日(1945年1月1日) 覆并寄谢恩摺稿,当于廿一日发。

二十日(1月3日) “知止而后有定”一节,下学之基;“至诚无息”一节,上达之效。君子乾乾,积善之所以成始而成终也。

廿一日(1月4日) 发翰怡、鹿苹两函。

廿二日(1月5日) “学而时习”,乾之“自强不息”也;朋自远来,复之“朋来无咎”也;“人不知而不愠”,君子“时止时行,动静不失其时,其道光明”也。

廿三日(1月6日) “择乎中庸,得一善,拳拳服膺而弗失之”,此进德第一要义。

廿八日(1月11日) 支五千元。

十二月初二日(1月15日) 得翰怡书并恭领到上赏“研经笃志”匾额,由庞莱臣京卿赍来。

初三日(1月16日) 恭设香案,叩谢天恩。

初四日(1月17日) 博学而笃志,不以私欲害其所闻也;切问而近思,守约而反求诸身也。故仁在其中。

初五日(1月18日) “得一善,则拳拳服膺而弗失之”,此至诚无息之本。

初六日(1月19日) 唐恭人生辰,设祭。

初七日(1月20日) 其心三月不违仁,隐微之地,恺悌光明,为何如耶?

初八日(1月21日) 安土敦仁,乐天知命,安处善乐,循理君子之所谓安乐者如此。

初九日(1月22日) 存永丰庄六万三千元。 陟岵来。

初十日(1月23日)　得翰怡书。

十一日(1月24日)　大雪枯坐,得诗四章。

十二日(1月25日)　覆翰怡书,十三日发。

十八日(1月31日)　支一万元。

十九日(2月1日)　君九来。

复礼堂日记

曹元弼

乙酉(1945) 七十九岁。

元旦(2月13日) 望阙朝贺，恭纪二律。

初十日(2月22日) 始释导河节。

十三日(2月25日) 望阙恭祝皇上万寿，矢音二律。

二十三日(3月7日) 时当启蛰，万物咸动，君子时中，非礼勿动，动必有济。

二十四日(3月8日) 存庄尚有万五千二百元。 凡事当求问心无憾，余非所计。

二十五日(3月9日) 积德养身之要，尽在“知止而后有定”一节，此观身以艮，观心以复，以静制动，成终成始之枢纽也。

二十九日(3月13日) 君九见顾，带来翰怡一函。

二月初四日(3月17日) 撰《徐积余观察墓志铭》成。

初六日(3月19日) 心定则离火下降，坎水上滋，目光自潜滋暗长，所谓静生明也。

初十日(3月23日) 覆翰怡书，寄《积余墓志》。

十四日(3月27日) 年衰多病，当专心静养，以积气为积学积德之本。

十五日(3月28日) 闻汪青在逝世，深为惋惜，当函慰心源，问其事略，为之传。

二十日(4月2日) 时祭，敬谨将事。

二十一日(4月3日) 知止有定，各正性命之本也；发皆中节，保合太和之本也。如此积久，目不求明而自明矣。

二十二日(4月4日) 翰怡来书。 无物我计较之私，则近仁矣。

二十三日(4月5日) 检王恭人旧物，心殊怆然。

二十四日(4月6日) 阅旧撰《礼经大义序》，毋自虚所言也。

三月初一日(4月12日) 君子以仁存心，以礼存心，无不爱也，无不敬，万物皆备于我，合外内之道也。

初二日(4月13日) 道有消长，时有否泰，君子处之皆吉，其义吉也。

初三日(4月14日) 思无邪，无体之礼也。始于克己复礼，终于从心所欲不逾矩。

初四日(4月15日) 鹿苹来。

初五日(4月16日) 礼所以明人伦，无一言一动之非礼，则察乎人伦矣。

十二日(4月23日) 崧乔忽患中风骤卒。呜呼悲哉！以侄积善累仁，活人无算，而年仅止此耶？以余槁木死灰，日薄西山，万感交心，而重遭此惨痛！心气稍定，当为传以告世之好德君子。

十四日(4月25日) 自今以往，万事观空，存心养性，听天顺命，量力为善，量时为学，终吾身而已矣。

二十日(5月1日) 心气稍定，略温经书，以散悲郁。

二十一日(5月2日) 遇拂意事，当思圣人所以处此者如何，则廓乎有容，怡然理顺矣。 翰西、君九见顾。

二十二日(5月3日) 得抚侯书。 言者心之声，诚于中，形于外，发于外，动于中，喜怒哀乐，内外交应，有动于中，必摇其精，可不慎耶！

二十三日(5月4日) 为善最乐，非独圣贤有是心也，人皆有之。圣贤能全之尽之耳！

二十四日(5 月 5 日) 凡事豫则立，定心方能立事。

四月初三日(5 月 14 日) 为崧乔作传。

十一日(5 月 22 日) 苟得其养，无物不长，炳烛余光，急宜深护，非恤其私，为斯道也。

十四日(5 月 25 日) 崧乔治丧。

十五日(5 月 26 日) 百年易过，万事皆空，惟浩然之气，上下与天地同流，当善养之耳！

二十一日(6 月 1 日) 时祭。《孝经》引《诗》云"无念尔祖，聿修厥德"，"夙兴夜寐，无忝尔所生"，当此时世，惟有勉强为善，祈天永命，以冀灾害不生，祸乱不及而已。

二十二日(6 月 2 日) 君子而时中，喜、怒、哀、乐未得其节者，当随时节之使中，久之则知矣。

六月十三日(7 月 21 日) 天下之动贞夫一，君子结心于一，则成性存存，道义之门，日进无疆，优入圣域矣。

十四日(7 月 22 日) 一日克己复礼，终身以之，拳拳服膺而弗失，是为自强不息。

十五日(7 月 23 日) 心定则志能帅气，自不轻喜易怒。

十六日(7 月 24 日) 殷《易》《归藏》亡矣，《系》曰："君子所居而安者，《易》之象[①]也；所乐而玩者，爻之辞也。"吾于《周易》乎《归藏》。

十七日(7 月 25 日) 乐天知命，安土敦仁，安处善乐，循理君子居之，是为安乐窝。

十八日(7 月 26 日) 治气养心，积善累德，勉行无忒。

十九日(7 月 27 日) 归刘氏侄女即世，但焉深悲，撰联以哀之。

二十日(7 月 28 日) 忘忧莫如读书，却暑莫如主静。

二十一日(7 月 29 日) 仁者爱人，方寸纯乎元气，故犯而不校。

二十二日(7 月 30 日) 陟岵来。

---

① "象"字，《周易 · 系辞》作"序"。

二十三日(7 月 31 日) 君九见顾。

二十四日(8 月 1 日) 深造自得,左右逢原,动静云为,依乎天理,是为读书乐。

七月自朔(8 月 8 日)至十九日(8 月 26 日) 心乱如麻,事多失记,其间与哲侯、惠农书,与翰怡、蔚芝书。哲侯、陟岵见顾。 今日惊闻圣驾蒙尘,忧惧不已,惟望皇天眷佑,往蹇来誉,前沉后扬。小臣涓埃未答,惟有日夜至诚祈天,苦口觉民,为拨乱重光之助耳!

二十日(8 月 27 日) 覆欣夫书。

二十一日(8 月 28 日) 以一身系名教纲常之重,我身存即圣道存,我身存即大清存,祈天永命,强为善而已矣。

二十二日(8 月 29 日) 君九来,欷歔商榷移时。

二十三日(8 月 30 日) 于无可奈何之秋,有坚定不拔之志,信天理,俟天命可也。

二十四日(8 月 31 日) 张睢阳云"未识人伦,安知天道",人者,天地之心,尽人伦所以行天道也。

二十六日(9 月 2 日) 陟岵来。

二十七日(9 月 3 日) 与陈筱石尚书书,当托庞蘅裳带往。

二十九日(9 月 5 日) 得翰怡覆书。

八月初一日(9 月 6 日) 君九见顾。

初三日(9 月 8 日) 陟岵来,与致筱帅书托其转交庞君。

十六日(9 月 21 日) 《尚书·禹贡》将毕,前写定稿当按日覆阅。

十七日(9 月 22 日) 先祖妣忌辰,致祭。

十八日(9 月 23 日) 《尚书》卷首当作《通考》数篇。

十九日(9 月 24 日) "致知在格物",郑注云"其知于善深则来善物",进德与否,以此验之。

二十日(9 月 25 日) 凡事勿忘勿助长,持之有恒,是为善养。

二十一日(9 月 26 日) 宽以居之,仁以行之,心广体胖,物我无间矣。

二十二日(9月27日) 昨闻先考妣墓有损，中心惨怛，急宜修复。

二十三日(9月28日) 前由君九交下翰怡、象甫各见贶十万元，鹿鸣旧事，不堪回首，当以此款散给孑遗穷民，作书谢之。

二十七日(10月2日) 同人以愚今年重宴鹿鸣，制匾于圣诞日，悬府学，时当括囊，不出户庭，谨于家拈香九叩，又望行在谢恩，并致敬祖先。君亲大德未报，圣贤名教千钧一发，垂暮余生，当力任弗舍，一息尚存，不敢以老耄自弃。

二十八日(10月3日) 坤凝乾元，至大有而成，将出复矣。此中消息，当细参之。

二十九日(10月4日) 当踢天蹐地之时，为所当为与所得为，尽吾心力而已。

三十日(10月5日) 不忧不惧，何思何虑，优哉游哉，聊以卒岁。

九月初一日(10月6日) 先慈忌辰，恭惟鞠养，当此乱世，不胜战竞。

初二日(10月7日) 《易》之余，《庄》也；《诗》之余，《骚》也；《春秋》之余，太史也。

初三日(10月8日) 涵人来，知良友在难情形，所望天道佑善，蹇反为解耳！

初四日(10月9日) 凡事当凝神静气，谋定而动，不可躁迫。

初五日(10月10日) 陟岵来，托其带一书致袁孝谷。 君九来。

初六日(10月11日) 凡物皆非我有，所有惟一身耳；我身亦终非我有，所有惟我道耳！

初七日(10月12日) 鹿苹来，略悉情形。

初八日(10月13日) 孝谷来，快语移时。陟岵、润松同坐。

初九日(10 月 14 日)　学《易》须潜心玩索,百回不厌,方为真知。

初十日(10 月 15 日)　“元亨利贞”四字,顷刻有违,凶悔吝即见。

十一(10 月 16 日)、十二日(10 月 17 日)　为惠农诸公事作一长函,须酌定乃发。

十三日(10 月 18 日)　陟岵来。　释《禹贡》“东渐于海”节。

十四日(10 月 19 日)　震在内为专,天德之静也。复之至日闭关,所以立万事之本。

十五日(10 月 20 日)　申地诸友日内当贻书。

十六日(10 月 21 日)　陟岵、鹿苹来。

十七日(10 月 22 日)　思无邪,毋不敬,则行无不慊于心,而浩然之气与天地同流矣。

十八日(10 月 23 日)　释《禹贡》毕。

十九日(10 月 24 日)　我老矣,存心养性,修身俟命而已矣。

二十日(10 月 25 日)　舜让于德弗嗣,不陟帝位也;受终于文祖,但摄其事也。盖仍以百揆摄天子事,故至尧丧毕,让丹朱,诸侯不从,不得已而践帝位,乃使禹宅百揆。

二十一日(10 月 26 日)　陟岵来。

二十二日(10 月 27 日)　鹿苹来。

二十五日(10 月 30 日)　时祭。

二十六日(10 月 31 日)　礼所以明人伦,隆礼由礼,斯须不去诸身,则人伦之极,由我立矣。

二十七日(11 月 1 日)　读书须字字玩味,心存而身体之。

二十八日(11 月 2 日)　说经不可有苟且欲速之心,守先王之道以俟后圣,必详慎出之。

二十九日(11 月 3 日)　陟岵来。　惕寅自申来。

三十日(11 月 4 日)　凡事委心任运,力能为者,尽力为之而已。

十月初一日(11月5日) 主静则明,无欲则刚。

初二日(11月6日) 勿以善小而不为,勿以恶小而为之,当辩之早辩。

初三日(11月7日) 几者动之微,吉之先见,凶即伏其下,微乎危乎!

初十日(11月14日) 知者乐水,心如止水则静,心如流水则乐。

十一日(11月15日) 敬则心正,和则气顺,惟敬故和。

十二日(11月16日) 元,性善也;亨,学问也;利贞,变化气质,克去私欲也。学《易》之要,尽于是。

十八日(11月22日) 礼者,养也。视、听、言、动悉范乎礼,养心莫善焉。

十九日(11月23日) 释《甘誓》毕。

二十日(11月24日) 收田租老币五千元,存利成商号。

廿二日(11月26日) 收田租一百卅八万,合法币六千九百元,另加十二万元,合法币六百元,总七千五百元,存利成商号。

三十日(12月4日) 鹿苹来。

十一月朔(12月5日) 将平生所读之书,收拾精要,归之吾心,优游涵泳,乐在其中矣。 前日单束笙、王欣夫相继来。

初二日(12月6日) 论人须宽,律己须严。能敬以恕,仁不远矣。

十三日(12月17日) 坚定心气,涵养本源。 撰《王芾卿世丈周礼疏残稿序》。

十四日(12月18日) 收田租法币壹万四千五百元,又四千五百元,共一万九千元,以一万元存利成商号。前日支取四千元。

十五日(12月19日) 始阅《商书序》。

十六日(12月20日) 应撰文须逐日料理,勿再迁延。

二十五日(12月29日) 与顾炳福议定修理先祖先考妣坟墓,

工价三百五十万元，先付五十万。 昨闻鹿苹述君九言圣驾在合江，由俄人护卫，心稍慰。 自此以后，至丙戌正月半前，因智诠弟忽患蹉跌，虽渐向愈，而未敢出门，借目无从，《书疏》辍业，几及两月。独居苦吟，万感交心，殊闷人也。

复礼堂日记

曹元弼

丙戌(1946) 八十岁。

春正月朔(2月2日) 望行在朝贺,恭纪二律。

初八日(2月9日) 八秩生辰,以皇上蒙尘在俄,又追念先亲,悲恻万状,嘱侄辈以下,概不言寿,有《感怀诗》二律。

十三日(2月14日) 望行在祝嘏,恭纪二律。

十六日(2月17日) 请鹿苹校写《尚书》,苦阴雨连绵,往来阻隔,近始有畅晴之望。或者天未丧斯文,努力为之而已。 闻穆宗毅皇帝惠陵被盗,痛骇欲绝,与君九学部同上醇亲王、涛贝勒书。 前日又得君九书,称郭啸麓前辈来函,涛邸得确信称,圣祖、高宗、文宗及后妃各陵园均被盗发,总八处,闻之痛极。据云系守陵人沟通土匪,以火药炸开,情形至为惨重,事为共产党所阅,缉获首要六犯,枪决枭示。可见大逆不道之贼,为天地所不容,各党所共恶。现由淳、涛、忻、倜四邸电蒋政府,筹商善后。啸麓及同仁亦发快邮应之,元弼悲忿涕泣之下,即驰书告唐蔚芝尚书,并拟致蒋政府函告。昨君九来此。 前致啸麓函已由鹿苹面交君九转寄。致凤楼函,适陟岵来,属共转致。

三月十九日(4月20日) 始校《商书》义。 君九来书,内附啸麓复函。

二十日(4月21日) 君九见顾。

二十一日(4月22日) 陟岵偕金君冬雷见顾。冬雷名震,持论甚正，且通达世务，杰士也。

二十四日(4月25日) 君九见顾，出翰怡书示。

廿九日(4月30日) 鹿苹以君九拟致美政府代电稿见示，遂即致翰怡书，并覆君九书。

四月十五日(5月15日) 释《汤誓》毕。

十六日(5月16日) 潘天受来。

十七日(5月17日) 释《仲虺之诰序》。

五月二十四日(6月23日) 始释《盘庚》。君九来，求助尊王事，筱石制军已允领衔。

八月初一日(8月27日) 世乱年衰，他无可为，惟当存心养性，为天经地义、圣道人伦爱惜精神，仁为己任而已。

初三日(8月29日) 释《盘庚》毕。 与蔚芝书。

十月二十四日(11月17日) 始编《周书》。 吾衰已甚，他无可为，惟有寻孔颜乐处，终吾生以倘佯。

二十五日(11月18日) 乐天知命，安土敦仁，静观自得，与物为春。

二十六日(11月19日) 考《泰誓序》。

二十七日(11月20日) 静生明，静则火下降，水上滋，既济之道也。

二十八日(11月21日) 夜卧不可动一念，当法坤元安贞，以希息复。

二十九日(11月22日) 君九见过。

三十日(11月23日) 致李印书，属草就。

复礼堂俟命录

曹元弼自述

戊子(1948) 八十二岁。

我生不辰,未壮而蓼莪衔哀,将艾而黍离遘闵,数十年间迭遭一妹、两兄、元配、继室之丧,率十年左右而一遇凶祸。加以师友凋零,道义神交知己,深感恻恻悲怀,而三年来贤弟子如汪青在、金松岑、严鹿苹相继云亡,不胜"天丧予"之叹。孰意今年正月初十日,又丧我笃友高义、十年来性命相依、顷刻不离之从妹。八旬衰龄,两目殆瞽,孑然仄影,号咷无闻。何辜于天,使我至于此极邪?予既为妹传,又成其圹,乃强定心气,以所行事记于册,自今日始。《孟子》曰:"莫非命也,顺受其正。""君子行法以俟命。"不怨天,不尤人,强为善而已矣。

三月十三日(4月21日) 曾子曰:"仁以为己任,死而后已。"人在天地间,不可虚生,我生意尽矣,而犹未死,则维持天经地义、继往圣绝学、开万世太平之责犹未可谢,《书》义仅至《康诰》,痛怛之余,仍当努力为之。

十四日(4月22日) 余自号复礼老人久矣,抚躬自问,己其能克乎?礼其能复乎?虽不逾大闲,而小疵日多,能无悔吝交乘乎?顾名思义,日省厥身,如对帝天,如临父母,庶乎既耄犹可进德。 不惑不忧不惧,虽处困极,乐亦在其中矣。 陟岵来。

十五日(4月23日)　莫非命也，顺受其正，焉用戚戚自苦为？与其为无益之牢愁，何如潜心于圣，以道自养之为得邪？

十六日(4月24日)　星东来，殷勤慰问。

十八日(4月26日)　吉凶求诸天，得失求诸人，皆愿乎外也。君子素患难行乎患难，以古圣贤处困之道自处而已。

十九日(4月27日)　孝标寄清和款，送去见却，日内当覆书。

二十一日(4月29日)　轻喜易怒，皆心不定之咎，知止有定，则发皆中节矣。　抚侯来。

二十二日(4月30日)　心定则物来顺应，有事如无事矣。

二十七日(5月5日)　与欣夫书。　始释《康诰》。

四月初三日(5月11日)　与翰怡书。

初八日(5月16日)　苟得其养，无物不长。君子固穷，存心养性以事天而已。

初九日(5月17日)　寄蔚芝书。　数日内得翰怡书，惠寄为纫秋妹印传及诗资二百万元，表章懿行，高义可感，覆书谢之。　得蔚芝书，殷勤慰劝，详论《易》理，以解我闷。　为应岐题崧乔侄在外国时所得家书册。

十九日(5月27日)　焕如来商加租事。

二十七日(6月4日)　君九见过。　与沈凤笙书。　处无可奈何之境，当乐天知命；遇卒然横逆之来，当动心忍性。

五月初一日(6月7日)　君九见过，代作一书，致蔚芝。

初六日(6月12日)　予孑然一身，年衰目困，无以自支，适有平阳柴氏女，年亦五十六矣。媒者来言，甚合，即于今日聘定。此万不得已之举，穷民无告，绝处逢生，天合奇缘，人间创格，可为则为之而已矣。

初八日(6月14日)　乾乾积善，浩浩其天，善机洋溢，天地同流，素位而行，何思何虑？

十六日(6月22日)　以仁存心，以礼存心，积善敬身，严密自省，自今至于后日，庶无罪悔，专久而美。

二十八日(7月4日) 余处无可奈何之时，为万不得已之举，联姻柴氏。是日备礼往迎，交拜庙见，一如古礼及《大清通例》。

六月初四日(7月10日) 先君子生辰，帅妇承祭。

初七日(7月13日) 谢杨翰西厚礼来贺，润松代予属函稿，甚善。见我久劳，俾省心力，至可感也。 覆谢刘翰怡书。

二十三日(7月29日) 释《酒诰》。

七月初七日(8月11日) 卓人来商榷一切。 昨欣夫来，持《复礼堂文二集》去，约数月内录一副本。 “养气积善”四字，念念不忘，久必有效。

初八日(8月12日) 焕如来。 凡事以圣人之言断之则不惑，以圣人所以处此者处之，则不忧不惧矣。

复礼堂俟命录

曹元弼自述

己丑(1949) 八十三岁。

春正月朔(1月29日) 望行在朝贺,恭纪二律。

十三日(2月10日) 望行在祝嘏,恭纪二律。

二、三月间,撰《张钱二征君合集叙》,寄欣夫印行。 撰《张闻远同年传》,交欣夫携之申,亦交印书诸君子冠《张集》卷端印行。

夏四月朔(4月28日) 日月于征,倏复有夏。乐天知命,安土敦仁,寻孔颜真乐,作羲皇上人,何入而不自得邪!

二日(4月29日) 释《君奭》毕。

三日(4月30日) 略加修改。

四日(5月1日) 又统阅一周。

五日(5月2日) 阅《成王征》诸序义。

六日(5月3日) 释《成王政》等序。

七日(5月4日) 始释《多方》。

八日(5月5日) 感念时光,悲怀身世,赋《送春》二律。 是夕梦六妹如平生。

九日立夏(5月6日) 梦侍先君子。

十日(5月7日) 释《多方》二节。

十八日(5月15日) 偶吟小诗两首。 "惟圣罔念作狂"二句,义至深切,可见人心之危,道心之微,祸福无门,惟人自召,毫厘千里,不可不慎。夫圣而罔念,何至作狂?然一眚之疚,即不得不谓之狂。

至清之水而入一点之浊，虽所浊甚微，随浊随清，而此一点固已浊矣。狂而克念，岂能即作圣？然一隙之明，扩而充之，即可以为圣；至浊之水，而有片时之清，虽其清甚暂，随清随浊，而此片时固已清矣。是以君子不可不自戒，小人不可终自弃。

二十六日(5月23日) 始释《立政》。

二十八日(5月25日) 录近作三首。

五月初三日(5月30日) 《易·杂卦》"蒙杂而著"，虞注云"初杂为交"句有误，当云"物杂为文"。 数日头晕，颇似可虑，当坦然处之，使坎水上滋，离火下降，自然和理日济。

复礼堂日记

吴县曹元弼

己丑年(1949)

闰七月七日(8月30日) 七七乘四九,倍之得九八。 是日释《吕刑》“皇帝清问”以下。

八日(8月31日) 上卷脱稿。

九日(9月1日) 复校一过。

八月三十日(10月21日) 《古文尚书郑氏注笺释》全书脱稿。是夜梦朝圣祖仁皇帝,天颜温霁,微臣何幸,得从二百数十年后,仰瞻云日神光,救时报国,深愧无能,惟修身明道,求无忝儒职而已。

九月初七日(10月28日) 得诗二首。

初八日(10月29日) 昨夜又成两诗。

初九日(10月30日) 欣夫来。

初十日(10月31日) 《书笺释》《校补》首册均校毕。 杜工部《秋兴》诗“丛菊两开他日泪,孤舟一系故园心”,“系”字上贯“舟”字,下贯“心”字,“开”字亦上贯“菊”字,下贯“泪”字,谓开两目流泪也。此逆计他日归至故园,见菊开,动时世之感,离别之思,两目流泪,如花之开出耳。“开”“泪”二字相属,少陵必有所本,读者虽不得详,可以意逆志。

十六日(11月6日) 勤庐来语移时,甚快。

十一月初一日(12月20日) 覆校《尚书·汤誓》《盘庚》。

二日(12月21日) 章同善甥来。

十二月 《尚书郑氏注笺释》并《序》成。

庚寅年五月初十日(1950 年 6 月 24 日) 忧心如醉,久不记录,聊复续之。年迈目眊,岁不我与,他无可为,惟将数十年读书所得,精理至言,养我元神,乐天知命,强为善而已矣。《尚书》清本已写至《召诰》,逐字精校,当无大误。

二十三日(7 月 7 日) 欣夫来。

二十五日(7 月 9 日) 李印泉自北京来苏,十年久别,邂逅相遇,慨论世变,且喜且悲。其言圣道决无中绝之理,辞气甚壮,实获我心。

六月初一日(7 月 15 日) 为惠农事,致书印泉。至今月余,尚复缭缓,当继续图之。

月内卓铭、陟岵皆有书来,复之。

七月初四日(8 月 17 日) 校《多士》写定本毕。

九月初四日(10 月 14 日) 校《尚书笺释》至《立政》得半。

辛卯年正月二十二日(1951 年 2 月 27 日) 复翰怡书。乐天知命,安土敦仁,我有志焉,而未逮也。日月逾迈,任重道远,其毋以老耄而自舍。

三月二十五日(4 月 30 日) 自二月中旬抱恙,至月初方愈,将历年诗文及六妹诗按日整理。

二十七日(5 月 2 日) 覆阅壬子、癸丑两年诗已装裱者,凡二十三页。六妹诗已写成十三页,余当陆续审定接写。

二十九日(5 月 4 日) 出门归,倦乏已甚。

四月八日(5 月 13 日) 久病初愈,当深思坤息乾元之理,安志平心,无思无虑,不忧不惧,以顺天命。

五月初二日(6 月 6 日) 拟释郑君《书赞》,整理旧稿。

九月初一日(10 月 1 日) 先慈忌辰,祭毕,忽患中风,幸而转机，可望调养复元。殆先灵吁天拯之，俾得更生邪？　病困时，拟自挽数联：戴仁而行，抱义而处，常恨君亲恩未报；抉经之心，执圣之权，所惭民物济无功。　守先王，俟后圣，敢希伏郑；学孔子，颂伯夷，私淑孟韩。　先帝以国士待臣，无一毫报答朝廷恩，终身负罪；后王于吾书有取，使百姓重被尧舜泽，虽死犹生。　自古皆有死，百岁须臾耳，非曰豫凶事，聊以见吾志。

二十三日(10月23日)　读书数十年，著书百余卷，精华已竭，一病几死，而竟不死，是天鉴其任重道远之苦心，以为能堪其事，而不遽放归者也。自今以往，当严自思察，如临帝天，如临父母，窃取卫武公《抑戒》之义，凡往日之小善未为者必为之，小恶未去者必去之，如昔人所谓"昨日有过如昨日死，今日改如今日更生"，终吾生强为善而已矣。　怒，凶德也；言，危机也。曷其奈何弗敬？

二十四日(10月24日)　理所必无而妄意之，若疑疾然，是谓大惑。辨惑正当于此用力，明察而决去之。

十月六日(11月4日)　致翰怡书。

七日(11月5日)　致欣夫书。

九日(11月7日)　得欣夫复书。

二十二日(11月20日)　致翰怡书。

十一月初四日(12月2日)　《易·杂卦传》"蒙杂而著"，虞注云"初杂为[①]交"，"初""交"二字皆误，当云"物杂为文"。

十二日(12月10日)　自今以往，当存心养性，际一生之坎离，以立积善成德、著书垂教之本。一言一动，造次颠沛必于是。

十三日(12月11日)　欣夫来，属其一切，慨然许诺，深感之。

十二月朔(12月28日)　为严载如作《渊雷室文集序》。

十二日(1952年1月8日)　寄交翰怡。

---

① "为"字，原脱，据己丑年五月初三日(1949年5月30日)记、此记"当云'物杂为文'"及《周易集解·杂卦传》引虞注补。

十六日(1 月 12 日) 得翰怡、欣夫书。

壬辰年三月十三日(1952 年 4 月 7 日) 覆载如书，寄《张星若传》。

五月二十一日(6 月 13 日) 张蛰公见过。

八月朔(9 月 19 日) 子夜梦朝至尊，贤士大夫毕集，古今人不一。天颜接下温霁，闻远与余班联不远，岂思之思之，鬼神通之与？梦境虽难凭，然月朔时首，或非偶然。

二日(9 月 20 日) 梦先考妣，醒后不胜悲恻。

三日(9 月 21 日) 梦六妹如平生。

五日(9 月 23 日) 梦伯仲两兄。呜呼！积于昼者稀逢素识，觌于梦者欢若平生。以是思哀，哀可知矣。

数日内又梦先舅氏师及鹿苹，三传师弟聚于一堂，亦佳境也。

初八日(9 月 26 日) 知其不可而为之，圣人之仁也；知其不可奈何而安之若命，达士之智也。伊尹乐尧舜之道，颜子箪瓢陋巷不改其乐，伏生、董子、许君、郑君之志学专一，诸葛武侯、陶渊明之抱负远大，胸怀超旷，夫岂以死生富贵动其心哉？吾读书数十年，翘企前贤，犹甚自愧。此其所以苦趣多，乐趣少也。 昨翰怡属王夔梅见过，畅叙离怀，深感厚意。

望日(10 月 3 日) 夜月甚明，视若增光，心颇喜。

癸巳年三月初五日己亥(1953 年 4 月 18 日) 昨载如来书。

三月二十三日丁巳(5 月 6 日)立夏建日 载如、翰怡、欣夫皆有书来，即复之。

五月初十日(6 月 20 日)成日 自今以往，当深自思察，精神之运，心术之动，弗使有毫厘之错，有则必谨书之。日慎一日，以终吾身。

二十日(6 月 30 日) 载如来书。 与翰怡书。

二十一日(7月1日) 覆谢载如书。

二十二日(7月2日)成日 与欣夫书。

六月初一日(7月11日)定日 昨钱簪桐以汪仲虎书及贺诗,并见惠十万元来。故人厚谊,济我穷途,随即覆谢。 今日翰怡来书,赠致自鬻藏书慨助四十万元,为我饘粥药饵之资,真使人感激涕零也。

初三日(7月13日) 覆翰怡书。

初七日(7月17日) 覆载如书。

初九日(7月19日) 仲虎来书。

初十日(7月20日) 覆仲虎书。

十六日(7月26日) 仲虎来书。

二十日(7月30日) 与庆翔书。

二十一日(7月31日) 载如来书。

二十二日(8月1日) 复载如书。

八月初一日(9月8日)定 白露。 昨复载如书。

二十七日(10月4日) 潘天如来,因作书与蔚芝,属其面交。

九月初二日(10月9日) 欣夫来书,随即覆之。

初三日(10月10日) 得载如来书,并为我作《复礼堂二集序》,纯茂渊懿,浑灏流转,深得我心。又见和诗一首,神韵悠然。

初四日(10月11日) 翰怡属王夔梅来存问,重阳日作书谢之。

初五日(10月12日) 沈勤庐来。

初七日(10月14日) 覆载如书。

附录一　吴县曹先生行状

弟子王大隆　谨撰

先生姓曹氏，讳元弼，字谷孙，又字师郑，一字懿斋，号叔彦，晚号复礼老人，又号新罗仙吏。系出宋武惠王讳彬后。八世祖侍楼公，明诸生。清初，自安徽歙县迁吴，遂占籍江苏吴县。曾祖敬堂公，讳炯，国学生。曾祖妣张氏。祖云洲公，讳维坤，国学生。祖妣陶氏。父锦涛公，讳毓俊，同治丁卯举人。妣倪氏。自曾祖以来，世以岐黄术济世，全活无算。

先生生而奇慧。三岁，云洲公教以八卦奇偶，颇能辨别。四岁，锦涛公教以《易本义》前卦歌及《四子书》、群经，已能通晓大意。光绪辛巳，以幼童科试第四名入庠。元和训导六合唐公毓和得先生卷，心器之，以女字之。乙酉，调取江阴南菁书院肄业，从定海黄先生以周问故。时大江南北才俊士咸集南菁，朝夕切磋，而尤与娄张锡恭、太仓唐文治交笃，质疑问难无虚日。是年，选充拔贡生第一名，学政瑞安黄公体芳奇赏之，于卷后加批云"他日当以经济气节名世"，旋中式本省乡试第二十七名举人。明年，应礼部试赴京，于瑞安客座识孙先生诒让，论礼甚相得，并与公子绍箕订昆弟交。

己丑，倪太夫人弃养，先生哀毁甚，撰《北堂侍立记》以志懿德。居丧，始以历年读《礼》条记整理，编写成《礼经校释》二十二卷。校者，校经、注、疏之讹文；释者，释经、注、疏之隐义。自唐贾公彦疏迄近胡培翚《正义》，咸顺其上下，推其本意，正讹补脱，乙衍改错。其说之异于注者，推其致误之由以订正之，务求按之经而合，问之心而安。

越岁刊成，以质当世，会稽李慈铭、长洲王颂蔚咸推为高密功臣。

甲午，会试中式，以目疾未与廷试。乙未，补行殿试。时殿廷试竞尚书法，习以成风。先生自幼以用精太过，目疾甚，不能作楷。阅卷者既列二等矣，有御史熙麟参奏，奉旨提卷呈览。常熟翁文恭公方入直，面奏曹元弼虽写不成字，实大江以南通经博览之士。卒以字迹模糊，降列三等五十名，以中书用。文恭尝太息谓：经生安能与时流争笔画之工哉！

时南皮张文襄公方督两江，延为书局总校。是年冬，锦涛公卒，先生哀毁一如居倪太夫人丧。丁酉，文襄移节两湖，电聘主讲两湖书院。先生撰《原道》《述学》《守约》三篇，示诸生治学之方，亦先生所以自道也。在院，与番禺梁文忠公同辑《经学文钞》，而相与论学者，则番禺马贞榆、陈宗颖，长沙胡元仪，丹徒陈庆年，同县王仁俊，宜都杨守敬，宛平桑宣，合肥蒯光典，罗田姚晋圻也。未几，文襄命编《十四经学》，立治经提要钩玄之法，约以明例、要旨、图表、会通、解纷、阙疑、流别七目。先生以兹事体大物博，任重道远，发愤覃思，闭户论撰，寝食俱忘，晷刻必争，冀速揆于成。已刻者，《周易学》八卷、《礼经学》九卷、《孝经学》七卷；刻而未竟者，《毛诗学》《周礼学》《孟子学》各若干卷。其《论语学》，则后改题曰《圣学挽狂录》者也。

庚子，以捐资报效，与伯兄元恒均得奖郎中，分部行走。丁未，文襄又电招为湖北存古学堂总教。时清廷设礼学馆，编纂《通礼》，先生故交张锡恭、钱同寿及从兄元忠皆入馆任分纂。礼部尚书溥良奏保先生来京，以方任存古事，未应征，仅列顾问。戊申，江苏巡抚陈启泰荐举经明行修，并以所著《礼经校释》进呈御览，奉旨赏给翰林院编修，原书发交礼学馆。是年，江苏亦奏设存古学堂，延为经学总教，仍兼鄂学。同时，长洲叶昌炽为史学总教，元和邹福保及王仁俊、唐文治先后为词章总教，同郡孙宗弼、沈修、孙德谦为协教，皆一时硕学通儒，师资称极盛焉。

宣统辛亥，辞存古总教。旋即致政诏下，先生心摧气绝，饮恨吞声。唐恭人常密防先生。先生问何故，恭人曰："主辱臣死，君素志也。但自裁无益，守死善道，以存书种，效贞苦节妇何如？"先生长太息曰："天乎！与子偕隐，矢死靡他。"自此闭户绝世，殚心著述。所往来者，叶昌炽、邹福保、张锡恭、朱祖谋、王季烈、刘锦藻、承斡数君子而已。其后袁世凯设礼制馆，以书币来聘，则峻拒之。孔林被兵燹，清东陵被盗发，则竭鬻文赀助修之。暇则为诸弟子讲授经义，毅然以守先待后为己任。

念洪荒初辟以来，中国圣教王道所自始，人类所以孳生不绝之由，反本复始，潜心学《易》。以前儒之说犹有未尽，更定体例，以郑注为主，采荀、虞诸家及古《易》说为之笺，而以己意贯穿惠栋、张惠言、姚配中及各家说释之。由先儒之说以通经传，由经传以定先儒之异同得失，苟义有不慊，十易其稿而犹未已，必心安理得而后写定。历十七年，成《周易郑氏注笺释》二十八卷。又恐文句繁多，学者寻省不易瞭，别为《周易集解补释》十七卷。自序累万言，尤惓惓于学《易》改过迁善，以消杀机而返元气。以《大学》《中庸》二篇乃孔门论礼至极精萃之言，郑注简而精，朱注详而明，乃隐括条理，由博返约，成《大学通义》一卷、《中庸通义》二卷。谓孔子行在《孝经》，立人伦之极，致中和、赞化育之仁，发育万物，峻极于天，其本尽在《孝经》。汉郑君笃信好学，非礼不行，故依经立注，为学者宗，而今所传郑注，后人疑难百端，霁圛千载。直至陈氏澧据《郊特牲》正义引王肃难郑《孝经注》，定为礼堂写定之文，聚讼始息。因据臧庸、严可均辑本，撰《孝经郑氏注笺释》三卷，并校注疏脱误，为《孝经校释》一卷。

先是，于丁巳岁曾综括数十年治经心得，于每经各为诗若干首，提挈纲维，开示来学。先举大义，正宗旨也；次详源流，明传信也。共得诗六百数十首。然经义渊深，经师家法源远末分，百家得失参错不齐，其势非注不明。丙子，始博引群书，稽撰其说，三年而注成，为《复礼堂述学诗》十五卷。己卯，为诸弟子讲说《礼经》，以为威仪三千，乃政教典则之详，人伦日用之实，上下通行，师儒讲习；《礼记》则其传，

《冠》《昏》诸义，皆七十子会通经文，亲受圣旨，提纲挈领，为后学举隅。乃引而申之，触类而长之，为《礼经大义》二卷。继又以前所著《孝经学》《孝经郑氏注笺释》可语成人通学，难以诰教小子，乃取旧日论撰，删繁就简，仿朱子注《四书》之法，集汉郑君以下百家之注，并自著之书，融合为一辞，成《孝经集注》二卷。

《述学诗》之成，先生年已七十五矣。其间世祸之烈，门庭之痛，有不如无生之感。而一息尚存，仁为己任，此志不容稍懈，所欲著书甚多。念《尚书》为前圣施于政治、道济天下之实，乃于辛巳四月创稿。据郑注为本，集合《大传》《史记》《说文》称《书》古文、马氏佚注，及《礼记》《左传》《论语》《孟子》、周秦诸子、两《汉书》等所载《书》说，为之笺，而博观约取近师胡、江、王、段、孙、陈、王、皮诸家义，反复深思，弥缝变易释之。义有丝毫未惬，辄数易其稿，必问心无憾而后已；耳校口授，谆复不厌，必一字无误而后已。盖以目瞑意倦，桑榆困病之余，著书之苦，未有若是者也。历十年而成《古文尚书郑氏注笺释》四十二卷，都五十余万言。又别为《孙氏尚书今古文注疏校补》，《太誓》以下未成。遗命以二书稿授弟子王大隆。昔济南伏生髦年传《书》，卒开汉代经术之盛。先生之学，无愧于伏生，而无如大隆之非其任也。他所著《复礼堂文集》十卷，《二集》《三集》各八卷，诗存若干卷。

先生说经，一以高密郑氏为宗，而亦兼采程、朱二子，平直通达，与番禺陈氏为近，而著书二百余卷，总三百余万言，则又过之。同县吴文安公尝谓："吾苏二百六十年，前后得两人焉。昆山则有亭林先生，吴县则为吾叔彦先生，振纲常，扶名教，为宇宙间特立独行之真儒。"识者谓为千古之公论。

先生内行纯笃，事亲孝，虽笃老，每述恩慈，辄呜咽不已。与兄元恒、福元，痛痒相关，出入必偕，终身无间言，祥和之气，充溢门庭。吴中数孝弟家风者，必以曹氏为首。自辛亥以来，历世多变，忧伤憔悴，晚更穷乏，饔飧不继，而惟以著书立教，孜孜不倦，虽疾病呻吟，不废简毕。斯真所谓守死善道者，非耶？卒于农历癸巳九月十五日丑时。距生于清同治六年丁卯正月初八日□时，享年八十有七。即于是冬，窆于穹窿山祖茔之次。元配六合唐氏，继配同县王氏、上虞柴氏。

大隆侍先生讲席三十五年，训诲殷勤，亲同骨肉。去年夏，自沪返里，晋谒礼堂，深谈缱绻，临别以未能再见为忧，泛澜不已。不图别才数月，遽厄龙蛇，山颓木坏，悲痛曷极！谨诠次所闻知先生生平学行，质言不文，以俟后之传儒林者采择焉。谨状。

（《复礼堂诗集》卷首附王欣夫《吴县曹先生行状》排印本）

附录二　复礼堂日记不分卷

吴县曹元弼撰。手稿本。

先师手书日记，余整理遗稿所得者曰《懿斋日记》，曰《倚庐纪痛》，皆光绪二十一年乙未所记，时师年二十九，上年会试中式，以目疾未应廷试，用内阁中书。旋里，七月、十月两赴金陵，谒江督张香涛之洞、座师黄漱兰体芳，一时交游如柯巽庵逢时、王晋卿树枏、梁星海鼎芬、蒯礼卿光典等。十一月丁外艰，回家居丧，所记别为《倚庐纪痛》。曰《明发庐日记》，为二十二年丙申所记，亦居丧中。曰《不远复斋日记》、曰《潜圣斋日记》，皆二十三年丁酉所记。二月朔，鄂督张香涛电汪柳门鸣銮促师赴鄂。六日启程，十四日至武昌，掌教两湖书院。三月廿五日开馆，交游如王雪丞秉恩、陈善余庆年、马季立贞榆、陈孝坚宗颖等，旧游如梁星海、蒯礼卿，同乡则王幹臣仁俊、汪荃台凤瀛皆在。曰《笃信斋日记》，二十四年戊戌至二十五年己亥所记。曰《日知后录》、曰《寻孔颜乐斋日记》，皆三十年乙巳所记。曰《丙午学记》、曰《礼堂写经记》，皆三十二年丙午所记。曰《礼堂温故录》、曰《复礼堂日记》，皆三十四年戊申所记。是数年皆在家编《十三经学》。曰《复礼堂日记》、曰《清夜焚香录》，皆宣统元年己酉所记，后半涉二年庚戌。曰《无忝录》、曰《希圣潜天室存养记》、曰《定隐庐日记》、曰《复礼堂日记》、曰《明刚自偲斋学志》、曰《复礼堂日记》，皆二年庚戌所记。曰《复礼堂日记》、曰《孔思堂日志》，皆三年辛亥所记。是数年皆总教江苏存古学堂。曰《复礼堂日记》，一九一四年夏正甲寅所记。曰《复礼堂俟命录》、曰《复礼堂日记》，为一九四八年夏正戊子至一九五三年夏正癸巳所记。是数年皆闭户著书。案之年历，所失者多矣。

就存者核之，亦颇凌乱。凡读书有得，则记；著书有暇，则记；故所阙或数日至数月，亦有一册而仅书一二叶者。列目虽繁，综录之不过两册。我师为学推服陈兰甫之汉、宋兼采，尝与张闻远书曰："多读书，以见诸实行，实为弟痛下箴砭。自得此语后，弟书日记，不敢有一事稍略以自欺其心。"故所记皆为自治身心，绳过纠愆，鞭策极严。

往读王壬秋《湘绮楼日记》，于民国五年五月廿五日云："曹元弼来。皇皇欲有求，所谓不知世事。余亦乐得吃洞庭枇杷、山东杏子耳。匆匆去。"面质之师，师谓与壬秋素昧平生，学术出处，两皆异趣，其言不知何自而来。案师平生踪迹从未至湘，或谓壬秋乡人或有同姓名者。然有洞庭枇杷语，阅者易致混淆，为附白于此，以晓后世。

（录自王欣夫撰，鲍正鹄、徐鹏整理《蛾术轩箧存善本书录·甲辰稿》卷三）

《中国近现代稀见史料丛刊》已出书目

第一辑

莫友芝日记
汪荣宝日记
翁曾翰日记
邓华熙日记
贺葆真日记
徐兆玮杂著七种
白雨斋诗话
俞樾函札辑证
清民两代金石书画史
扶桑十旬记(外三种)

第二辑

翁斌孙日记
张佩纶日记
吴兔床日记
赵元成日记(外一种)
1934—1935中缅边界调查日记
十八国游历日记
潘德舆家书与日记(外四种)
翁同爵家书系年考
张祥河奏折
爱日精庐文稿
沈信卿先生文集
联语粹编
近代珍稀集句诗文集

第三辑

孟宪彝日记
潘道根日记
蟫庐日记(外五种)
壬癸避难日志　辛卯年日记
嘉业堂藏书日记抄
吴大澂书信四种
赵尊岳集
贺培新集
珠泉草庐师友录　珠泉草庐文录
校辑民权素诗话廿一种

第四辑

江瀚日记
英轺日记两种
胡嗣瑗日记
王振声日记
黄秉义日记
粟奉之日记
王承传日记
唐烜日记
王锺霖日记(外一种)
翁同龢家书诠释
甲午日本汉诗选录
达亭老人遗稿

第五辑

袁昶日记
吉城日记
有泰日记
额勒和布日记
孟心史日记·吴慈培日记
孙毓汶日记信稿奏折(外一种)
高等考试锁闱日录
东游考察学校记
翁同书手札系年考
辜鸿铭信札辑证
郭则沄自订年谱
庚子事变史料四种(外一种)
《申报》所见晚清书院课题课案汇录
近现代"忆语"汇编

第六辑

江标日记
高心夔日记
何宗逊日记
黄尊三日记
周腾虎日记
沈锡庆日记
潘钟瑞日记
吴云函札辑释
新见近现代名贤尺牍五种
稀见淮安史料四种
杨懋建集
叶恭绰全集
孙凤云集
贺又新张度诗文集
王东培笔记二种